Antoine de Saint-Exupéry
(1900. 6. 29 ~ 1944. 7. 31(추정))

버금세계명작시리즈

살면서 꼭 읽어야 할 생텍쥐페리 명작선

앙투안 드 생텍쥐페리 / 정시원 옮김

생텍쥐페리 명작선

목차

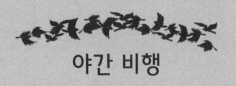

야간 비행

Vol de nuit

디디에 도라씨에게 바칩니다.

서문

 항공사들이 직면한 문제는 다른 운송 수단들의 속도와 경쟁하는 일이었다. 이 책에서 훌륭한 상관의 모습으로 그려지고 있는 리비에르는 그 점에 대해 이렇게 설명하고 있다. '우리에게 그것은 사활이 걸린 문제다. 우리는 낮 동안에 철도와 선박에 비해 앞섰던 것을 매일 밤 까먹기 때문이다.' 처음에는 강력한 비난에 부딪혔다가 나중에야 받아들여진 야간 비행은 초창기의 여러 위험을 겪어 낸 후에야 현재와 같이 실행되고 있다. 그것은 이 소설이 집필되던 시점에도 여전히 매우 모험적인 일이었다. 뜻밖의 일들이 산재한 항로의 가늠할 수 없는 위험에다 믿기 힘든 밤의 신비 또한 보태졌기 때문이다. 물론 큰 위험들이 여전히 남아 있기는 하지만, 매번 새로운 비행이 항로를 수월하게 하여 다음번 비행을 좀 더 안전하게 한다는 점을 우선 지적하고 싶다. 미지의 땅을 탐색하는 일과 마찬가지로 비행에도 최초의 영웅적인 시대가 있었다. 그 같은 하늘의 선구자 중 한 사람의 비극적 모험을 그리고 있는 '야간 비행'은 자연스레 서사시의 분위기를 띠고 있다.
 나는 생텍쥐페리의 첫 작품인 '남방 우편기'도 좋아하지만, '야간 비행'을 더 좋아한다. 어느 비행사의 추억을 강렬하고 정밀하게 기록한 '남방 우편기'는 감상적인 줄거리가 섞여 있어서 우리를 주인공과 더욱 친밀하게 해 준다. 사랑에 몹시 민감한 인물인 그 주인공을 우리는 인간적이며 상처받기 쉬운 사람이라고 느끼는 것이다. '야간 비행'의 주인공은 인간성을 상실하지는 않았지만 확실히 초인간적인 미덕으로 올라서고 있다. 나는 이 가슴 떨리는 이야기에서 무엇보다 그의 고귀함에 마음이 간다. 우리는 인간의 나약함, 포기, 타락 같은 것들을 익히 알고 있으며, 오늘날의 문학은 그런 것들을 들추어내는 일에만 지나치게 능란하다. 하지만 무엇보다 우리에게 보여 주어야 할 것은 긴장된 의지에서 얻게 되는 바로 그 자기 초월이다.

 비행사의 모습보다 더욱 놀랍게 다가온 것은 그의 상관인 리비에르의 모습이다. 리비에르는 직접 행동하지는 않는다. 그는 비행사들을 행동하게 하고 그들에게 자신의 미덕을 불어넣으며 최선을 요구하고 위업을 강요한다. 그의 냉혹한 결정은 허약함을 용인하지 않는다. 그리고 그는 조그만 실수도 처벌한다. 처음에는 그의 엄격함이 비인간적이고 지나치게 보일 수도 있다. 하지만 그 엄격함이 적용되는 곳은 인간 자체가 아니라 인간의 결함이며, 리비에르는 그것을 공들여 단련시키려고 한다. 이렇게 묘사된 인물을 통해 우리는 작가가 감탄하는 것이 무엇인지 느끼게 된다. 나는 특히 심리학적으로 대단히 중요해 보이는 역설적인 진실을 밝혀 준 점에 대해 작가에게 고마움을 느낀다. 인간의 행복은 자유가 아니라 의무의 수용에 있다는 진실 말이다.

이 책의 인물들 각자는 자신이 해야 하는 일, 그 위험천만한 임무에 헌신하고 있고, 오직 그 일의 완수 안에서만 행복한 휴식을 찾아내는 것이다. 그리고 리비에르는 냉혈한 사람이 결코 아니며(사라진 조종사의 아내가 찾아왔을 때 그녀를 맞이하는 장면의 이야기는 그 무엇보다 감동적이다.) 조종사들에게 명령을 내리는 일은 그 명령을 실행하는 조종사들보다 더 많은 용기가 있어야 하는 일임을 알 수 있다.

그는 다음과 같이 말한다. "사랑받으려면 동정심만 가져도 된다. 하지만 나는 동정심이 거의 없거나 그런 마음을 숨긴다. 이따금 그런 나의 힘에 놀라곤 한다." 그리고 "자네가 명령을 내리는 사람들을 사랑하게. 하지만 그걸 말로 하지는 말아야 해."라고 말하고 있다.

리비에르를 지배하는 것은 의무감이다. '의무에 대한 막연한 감정, 그것은 사랑하는 감정보다 더 위대하다.' 인간은 자신의 목적을 절대 자기 자신 안에서 찾지 못한다는 것, 하지만 뭔지 모를 것에 복종하고 희생하며 그것이 그를 지배하고 그것에 의해 살아간다는 것. 그리고 나는 여기서 내 작품에 등장하는 프로메테우스에게 "나는 인간을 사랑하지 않는다, 나는 인간을 고통스럽게 하는 것을 사랑한다."라고 역설적으로 말하게 했던 그 '모호한 감정'을 다시 발견할 수 있어 기쁘다. 이것은 모든 영웅주의의 원천이다. '우리는 무엇인가 가치 면에서 인간적 삶을 넘어서는 것처럼 행동한다고 리비에르는 생각한다……. 하지만 그래서 어쩌라는 건가?' 또는 '어쩌면 구해 내야 할 무엇, 좀 더 영속적인 무언가가 존재할 것이다. 어쩌면 리비에르가 일하는 것은 바로 인간의 그 부분을 구해 내야 하기 때문이다.'라고 저자는 말하고 있다. 우리도 이러한 진실을 의심하지는 말자.

 과학자들이 끔찍하게 예견하는 앞으로의 전쟁에서는 남성적 미덕이 아무런 쓸모가 없어질 것이다. 그리하여 영웅주의의 개념이 군대와 멀어지는 그런 시대에, 용기라는 것이 가장 훌륭하고 가장 유용하게 펼쳐지는 것을 볼 수 있는 곳은 비행이 아닐까? 무모할 수도 있는 일들이 지휘 체계를 갖춘 임무에서는 그렇지 않게 된다. 끊임없이 목숨의 위협을 느끼는 조종사는 우리가 일상적으로 말하는 '용기'라는 관념에 대해 미소를 지을 어떤 권리가 있다. 생텍쥐페리는 내가 오래전에 그에게서 받은 편지를 여기에 인용하더라도 이해해 줄 것이다. 그것은 그가 카사블랑카와 다카르 간의 운행 조건을 확보하기 위해 모리타니 상공을 비행하던 시절의 편지다.

"나는 언제 돌아갈지 모르겠네. 몇 달 전부터 일이 아주 많아. 실종된 동료들을 추적하고, 반란 지역에 추락한 비행기들을 구조하고, 때로는 다카르행 우편기도 조종해야 한다네. 얼마 전에 작은 쾌거를 이루어 냈어. 비행기 한 대를 구조하기 위해 열한 명의 무어인과 기술자 한 명과 함께 이틀 동안 밤낮을 함께했지. 다양한 종류의 심각한 상황들이 있었어. 난생처음으로 내 머리 위에서 총알이 날아다니는 소리를 듣기도 했지. 나는 이런 상황에 부닥쳐 있는 나의 모습이 어떤지를 체험했어. 나는 무어인(8세기경 이베리아반도를 정복한 이슬람교도들을 막연히 부르던 말)들보다 훨씬 차분했어. 또한 나는 늘 의아스럽던 사실을 이해하게 되었지. 왜 플라톤(아니 아리스토텔레스인가?)은 용기를 미덕의 가장 끄트머리에 놓았을까 하는 문제 말이야. 용기는 아주 아름다운 감정들로 이루어진 것이 아니네. 약간의 분노, 약간의 허영심, 대단한 고집, 그리고 스포츠를 즐길 때의 통속적인 쾌감이 거기 있지. 무엇보다 체력을 기르는 일은 용기와 아무 상관이 없어. 윗도리를 풀어 헤치고 팔짱을 낀 채 편히 숨 쉬는 거야. 그러면 한결 상쾌해지지. 밤에 그런 일이 벌어지면 거대한 바보짓을 해냈다는 감정이 섞여 들곤 하네. 이제 나는 그저 용감하기만 한 사람은 더 이상 칭찬하지 않을 거야."

 나는 퀸튼의 책(그 책에 전적으로 동의하지는 않지만)에서 발췌한 명언을 덧붙이고 싶다.

 '우리는 사랑을 숨기듯 용기를 감춘다.' 아니 '선량한 사람들이 자신의 온정을 감추듯이 용감한 사람들은 자신의 공적을 감춘다.'라고 말하는 편이 더 낫겠다.

 생텍쥐페리의 모든 이야기는 그가 그것에 대해 '제대로 잘 알고' 하는 이야기이다. 빈번한 위협을 직접 마주했던 그의 개인적인 삶은 흉내 낼 수 없는 진정성의 묘미를 그의 책에 부여해 준다. 우리는 전쟁 이야기와 상상적 모험을 다룬 수많은 책을 알고 있다. 이따금 저자의 유연한 솜씨가 드러나는 작품도 있지만, 진정한 모험가와 투사들이 읽으면 실소를 짓게 되는 그런 책들도 있다. 내가 그 문학적 가치를 찬탄해 마지않는 이 책은 다른 한편 자료의 가치 또한 갖고 있으며, 분리할 수 없이 밀접하게 연결된 두 가지 장점은 '야간 비행'에 각별한 중요성을 부여하고 있다.

앙드레 지드

1

비행기 아래로 내려다보이는 야산들은 황금빛 저녁노을 속에 짙은 그림자를 뱃길처럼 새겨 넣고 있었다. 들판을 환히 비추는 저녁노을은 쉽게 사그라질 것 같지 않았다. 겨울이 다 가도록 눈이 쌓여 있듯, 이곳의 들판에는 저녁노을이 오래도록 물들어 있었다.

남극 지방에서 부에노스아이레스를 향해 파타고니아 우편기를 몰고 오던 조종사 파비앵은 고요한 구름이 만드는 적막과 가벼운 굴곡을 타고 저녁이 항구 주변의 잔물결처럼 다가오고 있음을 알아차렸다. 그는 거대하고 행복한 정박지로 들어서고 있었다.

그는 문득 자신이 그 적막 속에서 양치기처럼 천천히 산책하고 있는 듯한 생각이 들었을 것이다. 파타고니아의 양치기들은 서두르지 않고 이리저리 양 떼들 사이를 걸어 다닌다. 한 마을에서 다른 마을로 옮겨 다니는 파비앵은 작은 마을들을 지키는 양치기인 셈이다. 두 시간마다 그는 강가로 물을 마시러 가거나 들판에서 풀을 뜯는 양 떼를 마주치곤 했다.

이따금 바다보다 인적이 드문 초원을 몇백 킬로미터씩 지나다 보면 외딴 농가를 만나기도 하는데, 농가는 마치 출렁이는 초원의 물결 속에 인간의 삶을 싣고 뒤로 휩쓸려 가는 배처럼 보였다. 그럴 때면 그는 비행기 날개를 움직여 그 배에 인사했다.

 '산 훌리안이 시야에 들어옴. 십 분 후 착륙하겠음.'
 무선기사가 항로의 모든 무선국에 통보했다.
 마젤란 해협에서 부에노스아이레스까지 2,500킬로미터에 이르는 항로에는 이와 비슷한 비행장들이 일정한 간격으로 죽 늘어서 있었다. 그중에서도 이 비행장은 마치 아프리카에서 최후로 정복된 촌락이 신비 속에 있듯, 밤의 경계선 위에 펼쳐져 있었다.
 무선기사가 조종사에게 종이쪽지 한 장을 건넸다.
 '뇌우가 심해서 수신기에 잡음뿐입니다. 산 훌리안에서 자고 갈까요?'
 파비앵은 미소를 지었다. 하늘은 어항처럼 고요했고, 그들 앞에 펼쳐진 모든 기항지의 비행장들은 '하늘 맑음. 바람 없음.'이라는 신호를 보내왔다.
 그는 대답했다.
 "계속해서 갑시다."
 무선기사는 과일 속의 벌레처럼 하늘 저 어딘가에 뇌우가 자리 잡고 있을 것이라는 생각이 들었다. 밤은 아름답지만 언제든지 망쳐질 수 있었다. 그는 부패의 기운이 감도는 어둠 속으로 들어서는 것이 영 내키지 않았다.

파비앵은 산 훌리안을 향해 엔진 속도를 낮추면서 피로를 느꼈다. 인간의 삶을 부드럽게 하는 모든 것들, 예를 들어 집이나 작은 카페, 길가의 나무들이 그를 향해 점점 크게 다가왔다. 그는 마치 정복을 끝내고 저녁이 되어 자신이 획득한 제국의 영토를 내려다보며 인간들의 소박한 행복을 발견하는 정복자 같았다. 파비앵은 이제 그만 무기를 내려놓고 무거운 몸과 근육을 살피고 싶었다. 인간은 가난 속에서도 넉넉한 마음으로 살아가기 마련이니, 이제부터는 그저 소박하게 창문 밖으로 변함없는 풍경을 바라보며 살고 싶었다. 그는 이런 조그만 마을이라도 좋을 것 같았다. 인간은 일단 선택하고 나면 삶이 빚어내는 우연에 만족하며 그곳을 사랑하는 법이니까. 그것은 사랑처럼 우리를 가두어 놓는다. 파비앵은 이 마을에서 오래도록 살면서 이곳의 영원성의 한 부분이 되고 싶었다. 왜냐하면 지금껏 그가 한 시간씩 머물렀던 작은 마을들과 그가 횡단했던 낡은 담장으로 둘러싸인 정원들이 그와는 상관없이 영원할 것처럼 보였기 때문이다.

마을은 비행기를 향해 솟아올라 그의 앞에 펼쳐졌다. 파비앵은 우정에 대해서, 다정한 소녀들에 대해서, 하얀 식탁보 사이의 친밀함에 대해서, 영원한 것으로 길들여질 그 모든 것들에 대해서 생각했다. 그동안 마을은 비행기 날개에 닿을 듯 지나갔고, 더 이상 담장의 보호를 받지 못하는 정원의 신비는 그대로 드러낮다. 하지만 착륙하고 나서 그는 돌담 사이를 천천히 걸어가던 몇몇 사람들 외에 아무도 보지 못했다는 사실을 떠올렸다. 마을은 그 오롯한 부동성으로 은밀한 열정을 지켜내며, 마을의 온화함을 내어 주기를 거부했다. 그가 이 마을의 온화함을 얻어 내려면 비행이라는 행동을 포기해야만 했다.

 십 분 후, 파비앵은 다시 비행을 시작했다. 그는 산 훌리안을 돌아보았다. 그곳은 이제 단 한 줌의 빛에 불과했고, 곧이어 하나의 별로, 그러다 마침내 먼지로 흩어지며 마지막으로 그를 유혹했다.

 '이젠 계기판이 보이지 않는군. 불을 켜야겠어.'

 그는 스위치를 만졌다. 하지만 조종석의 붉은 램프는 푸르스름한 대기에 희석되어 아직 계기판의 바늘이 잘 드러나지 않았다. 그는 전구 앞에 손가락을 가져갔다. 붉은빛이 손가락을 겨우 물들일 정도였다.

 '너무 이르군.'

 그런데도 밤은 어두운 연기처럼 피어올라 이미 계곡을 가득 메웠다. 더 이상 계곡과 들판이 구별되지 않았다. 마을은 벌써 불을 밝혀 별 무리처럼 서로 화답하고 있었다. 그 역시 표지등을 깜빡거려 마을에 응답했다. 등대가 바다를 향해 불을 밝히듯 집들이 저마다 거대한 밤을 향해 별처럼 불을 밝히자 대지는 온통 서로를 부르는 불빛으로 뒤덮였다. 인간의 삶을 뒤덮고 있던 모든 것들이 반짝이기 시작했다. 파비앵은 밤으로 들어서는 것이 마치 포근하고 아름다운 항구로 들어서는 것 같아 감탄스러웠다.

그는 조종석에 머리를 파묻었다. 계기판 바늘에 형광빛이 감돌기 시작했다. 조종사는 숫자들을 차례차례 점검하며 자신이 창공에 견고하게 자리하고 있다는 사실에 만족스러웠다. 그는 강철 버팀대를 손가락으로 만지며 그 금속 덩어리 속에 생명이 있다는 것을 느꼈다. 금속은 진동하는 것이 아니라 살아 있기 때문이다. 500마력의 엔진이 이 물체 속에 아주 부드러운 전류를 흐르게 하고, 그것은 얼음처럼 차가운 금속을 벨벳처럼 부드러운 살로 변화시킨다. 다시 한번 조종사는 비행하는 동안 현기증이나 도취가 아닌, 살아 있는 육체의 신비로운 활동을 체험했다.

자신의 세계를 재구성한 그는 그 안에 편안하게 자리 잡기 위해 팔꿈치를 움직여 보았다. 그는 배전판을 두드려 보고, 스위치를 하나하나 만져 보았다. 그리고 몸을 조금 움직여 등을 편안히 기대어 움직이는 밤이 엄호해 주고 있는 이 5톤짜리 금속 물체의 흔들림을 가장 잘 느낄 수 있는 자세를 찾았다. 그러고 나서 비상 램프를 손으로 더듬어 제자리에 밀어 놓고, 그것을 손에서 놓았다가 다시 찾아보면서 램프가 미끄러지지 않는다는 것

20

을 확인하고 손에서 놓았다. 레버들을 하나씩 건드려 보고, 어둠 속에서도 확실하게 잡을 수 있도록 손가락을 훈련했다. 손가락이 충분히 그것을 숙지했을 때 램프를 하나 켜서 정확한 계기들로 조종석을 정비했다. 그리고 잠수하듯 밤으로 진입하는 것을 오로지 계기판으로만 살펴보았다. 마침내 자이로스코프와 고도계, 엔진 회전 속도가 일정하게 유지되자 그는 기지개를 켜고 가죽 의자에 목을 기댄 후 형언할 수 없는 희망을 맛보게 되는 비행이라는 것에 대해 깊은 명상을 시작했다.

이제 그는 한밤중의 야경꾼처럼 밤이 보여 주는 인간의 모습들, 그 부름들, 그 불빛들, 그 초조함 같은 것들을 발견한다. 어둠 속에서 반짝이는 저 소박한 별 하나는 외딴집 한 채다. 불빛이 꺼지면 집은 자신의 사랑 속에 갇힌다. 또는 근심 속에 갇힌다. 그 집은 이제 세상과의 교신을 그치게 된다. 식탁의 등불 앞에 앉은 저 농부들은 자신이 무엇을 바라는지 알지 못한다. 그들은 그들의 욕망이 이 거대한 밤 속에 이렇게 멀리까지 와 닿는 줄 모른다. 하지만 파비앵은 1,000킬로미터나 떨어진 곳에서 날아오는 동안 극심한 격랑 속에서 비행기가 살아 숨 쉬듯 요동칠 때, 전쟁터 같은 열 번의 뇌우를 건너고, 그 뇌우 틈새에서 비치는 달빛을 지나올 때, 그리하여 승리감에 젖어 그 불빛들 하나하나에 다가섰을 때 그들의 욕망을 발견한다. 저 농부들은 자신들의 등불이 초라한 식탁을 비출 뿐이라고 생각하지만, 80 킬로미터 거리에 떨어져 있는 곳에서는 그것이 마치 누군가가 무인도에서 바다를 향해 절망적으로 흔들어 대는 등불처럼 보여 그 불빛의 부름에 이미 감동하고 있다.

2

파타고니아, 칠레, 파라과이 우편기는 각각 남쪽, 서쪽 그리고 북쪽에서 부에노스아이레스를 향해 돌아오고 있었다. 이곳에서는 자정 무렵에 출발하는 유럽행 비행기가 우편기들이 싣고 오는 우편물을 기다렸다.

세 명의 조종사들은 거룻배처럼 무거운 엔진 커버 뒤 어둠 속에서 골똘하니 자신들의 비행에 대한 생각에 잠겨 있었다. 이제 그들은 산악 지방에서 내려오는 농부들처럼, 폭우가 몰아치기도 하고 평화롭기도 한 하늘로부터 거대한 도시를 향해 천천히 내려올 것이다.

항로의 전체 책임자인 리비에르는 부에노스아이레스의 착륙장 이곳저곳을 서성거렸다. 그는 말이 없었다. 세 대의 비행기가 도착할 때까지는, 그날 하루가 그에게 여전히 불안한 날이었기 때문이다. 시시각각 전보가 도착할 때마다 그는 운명으로부터 무언가를 떼어 내어 미지의 몫을 줄이고, 승무원들을 어둠으로부터 해변까지 무사히 이끌고 있다고 느꼈다.

인부 한 사람이 무선국의 메시지를 전하러 다가왔다.

"칠레 우편기가 부에노스아이레스의 불빛을 알아보았답니다."

"알았네."

리비에르는 이제 곧 그 비행기 소리를 들을 것이다. 밀물과 썰물 그리고 신비로 가득한 바다가 그토록 오랫동안 흔들어 대던 보물을 해변에 내어놓듯이, 밤은 벌써 비행기 한 대를 내어 주고 있었다. 그리고 조금 있으면 다른 두 비행기도 밤으로부터 건네받을 것이다.

그러면 오늘 하루는 해결될 것이다. 지친 승무원들은 자러 갈 것이고, 그들이 있었던 자리는 활기찬 승무원들로 대체될 것이다. 하지만 리비에르에게는 잠시의 휴식도 없다. 이번에는 유럽 우편기가 그에게 걱정을 가득 실어 줄 것이기 때문이다. 언제나 이런 식이리라, 언제나. 생전 처음 이 노익장의 투사는 자신이 지쳐 있다는 사실에 놀랐다. 비행기의 도착은 전쟁을 종식하고 행복한 평화의 시대를 여는 그런 승리가 결코 아니다. 그는 단지 이제부터 걸어야 할 천 걸음에 앞선 한 걸음을 떼어 놓았을 뿐이다. 리비에르는 자신이 오래전부터 긴장된 두 팔로 굉장히 무거운 짐을 들어 올리고 있는 것처럼 느껴졌다. 그것은 휴식도 희망도 없는 노력이었다. '나는 늙어 가고 있다······.' 자신의 유일한 행동에서 더 이상 자신의 양식을 찾아내지 못한다면 그것은

23

늙어 가고 있다는 뜻이다. 그는 한 번도 제기해 보지 않았던 문제들을 깊이 생각하고 있는 스스로가 놀라웠다. 그리고 자신이 늘 피해 왔던 그 부드러운 덩어리가 우수에 젖은 속삭임과 함께 그에게 되돌아왔다. 잃어버린 대양처럼. '그러니까 그 모든 것이 이토록 가까이 있었던가?' 그는 인간의 삶을 행복하게 해 주는 것들을 늙어서 '시간이 날 때'로 조금씩 밀쳐 내고 있었다는 사실을 깨달았다. 언젠가는 정말로 시간이 날 것처럼, 삶의 끝에 이르면 상상해 오던 그 다행스러운 평화를 얻어 낼 것처럼. 하지만 평화란 없다. 아마 승리도 없을 것이다. 모든 우편기의 최종적인 도착이란 없다.

리비에르는 작업 중이던 늙은 정비 감독 르루 앞에 멈춰 섰다. 르루 역시 40년째 일해 오고 있다. 그는 자신의 일에 모든 것을 바쳐 왔다. 밤 열 시가 넘어, 또는 자정에 그가 집으로 돌아간다 하더라도 그에게 새로운 세계나 도피처가 펼쳐지는 것은 아니었다. 리비에르는 그에게 미소를 지었다. 르루는 무거운 얼굴을 들어 올리며 파란색 회전축 하나를 가리켰다.

"너무 꽉 끼어 있어서 좀 풀어 놓았어요."

리비에르는 회전축 쪽으로 고개를 숙였다. 직업의식이 다시 그를 사로잡았다.

"이 부품들을 좀 헐겁게 맞춰 놓으라고 작업반에게 말해야겠네."

리비에르는 윤활유 자국을 손으로 더듬은 다음 다시 르루를 바라보았다. 깊게 팬 주름을 보자 야릇한 질문이 입가에 떠올랐다. 그는 미소를 지으며 물었다.

"르루, 자네는 살아오면서 사랑에 빠진 일이 많은가?"

"아! 사랑이라······ 소장님도 아시다시피······."

"자네도 나와 같군, 시간이 없었지."

"그리 많지는 않았죠."

리비에르는 그의 목소리에 귀를 기울였다. 대답에 씁쓸함이 실려 있는지 알아보려고. 그러나 목소리에 슬픈 빛은 없었다. 이 남자는 자신의 과거 앞에서, 이제 막 아름다운 판자 하나를 말끔하게 다듬어 낸 뒤 "자, 다됐습니다."라고 말하는 목수처럼 평온한 만족을 누리고 있었다.

'그래, 내 삶도 다되었다.'라고 리비에르는 생각했다.

그는 피곤함이 가져다준 침울한 생각들을 모두 밀쳐 내고 격납고 쪽으로 발걸음을 옮겼다. 칠레에서 오는 비행기가 요란한 소리를 내고 있었기 때문이다.

3

멀리서 들리던 엔진 소리는 점점 더 묵직해지면서 무르익어 갔다. 조명등이 여기저기 켜졌다. 붉은 항공 표지등이 격납고와 무전탑과 네모난 착륙장의 모습을 드러냈다. 축제가 준비되고 있었다.

"도착!"

비행기는 벌써 탐조등의 빛살 속으로 굴러 들어오고 있었다. 무척이나 번쩍거려서 마치 새 비행기 같았다. 비행기가 격납고 앞에 멈추고 기계공들과 정비사들이 서둘러 우편물을 내려놓고 있는 동안에도 조종사 펠르랭은 꼼짝하지 않았다.

"아니, 내리지 않고 뭐 하세요?"

알 수 없는 일에 몰두해 있던 조종사는 선뜻 대답하지 않았다. 어쩌면 아직도 그의 귀 안에는 온갖 소음들이 가득할지도 모른다. 그는 천천히 고개를 끄덕이더니 몸을 앞으로 숙여 무언가를 만지작거렸다. 그는 마침내 상사들과 동료들 쪽으로 몸을 돌리더니 마치 자신의 소유물을 보듯 그들을 엄숙히 바라보았다. 그는 사람들의 수를 세고 평가하고 가늠하는 듯했다. 그는 자신이 이 사람들과 축제의 장소 같은 이 격납고와 이 단단한 시멘트를, 저 멀리 분주하게 움직이는 도시와 그곳의 여인들과 열기를 되찾았다고 생각했다. 그들을 만질 수도 있고, 그들의 소리를 들을 수도 있고, 그들에게 욕설을 퍼부어 댈 수도 있었기에. 그는 우람한 두 손으로 사람들을 마치 신하라도 되는 듯 움켜쥐었다. 처음에 그는 그들에게 달구경이나 하며 평온하게 살고 있다고 욕을 해 줄 생각이었다. 하지만 그는 유순한 사람이었다.

26

"술이나 한잔 사세요!"

그리고 그는 비행기에서 내렸다.

그는 자신의 비행에 대해 이야기하고 싶었다.

"어땠는지 말도 마십쇼!"

하지만 그만해도 충분하다는 생각이 들었던지 그는 비행복을 벗으러 자리를 떠났다.

펠르랭은 침울한 감독관과 말이 없는 리비에르와 함께 자동차를 타고 부에노스아이레스로 가는 길에 돌연 서글퍼졌다. 위험한 일을 잘 처리하고 단단한 땅 위에 다시 두 발로 서서 악의 없는 욕설을 건강하게 내뱉을 수 있다는 것은 멋진 일이었다. 얼마나 강렬한 기쁨인가! 하지만 곧이어 기억을 더듬어 보자 알 수 없는 의혹이 일었다.

태풍 속의 사투, 그것은 명백한 사실이었다. 하지만 사물들의 모습, 그 사물들이 홀로 있다고 생각될 때의 모습은 그렇지 않았다.

'정말이지 반란과 같았어. 희끄무레하기만 하던 모습들이 그렇게 바뀌다니!'

펠르랭은 당시 상황을 떠올리려고 안간힘을 썼다.

그는 평온하게 안데스산맥을 넘어오고 있었다. 겨울 눈은 폐허가 된 성에 머물고 있는 오랜 세월처럼 산맥 위를 평화롭게 지배하고 있었다. 눈은 거대한 산들을 평화롭게 만들었다. 눈으로 뒤덮인 200킬로미터의 산길에는 사람 하나, 생명의 숨결 하나, 어떤 흔적조차 없었다. 다만 고도 6,000미터의 그곳에는 깎아지른 산봉우리, 병풍처럼 둘러싸인 가파른 암석, 숨 막힐 듯한 정적만이 있었다.

그곳은 투풍가토(아르헨티나와 칠레의 국경 지대에 있는 산) 봉우리 근처였다…….

그는 생각을 곱씹어 보았다. 그렇다, 그가 기적을 목도한 곳은 바로 그곳이었다. 처음에 그는 아무것도 보지 못했다. 그저 원인 모를 불안한 느낌만 들었을 뿐이다. 그것은 마치 혼자 있다고 생각했으나 누군가 바라보고 있는 그런 느낌이었다. 그는 뒤늦게, 그리고 영문도 모른 채 자신이 분노에 휩싸여 있다는 것을 깨달았다. 도대체 그 분노는 어디에서 비롯한 것일까?

그것이 자신을 둘러싼 바위들에서, 흰 눈에서 비롯한 것이라는 것을 그는 무슨 수로 짐작이나 할 수 있었을까? 아무것도 그를 위협하지 않았다. 불길한 돌풍의 기미도 느껴지지 않았다. 그때, 별다를 바 없는 부동의 세계 하나가 솟아나고 있었다. 펠르랭은 설명할 수 없는 비통한 심정으로, 때 묻지 않은 산봉우리를, 그 능선들을, 잿빛이 도는 산마루들을 바라보았다. 그것들은 군중처럼 살아 움직이기 시작했다.

싸워야 할 일도 없는데, 그는 조종석 제어 장치를 두 손으로 꽉 쥐었다. 그가 알지 못하는 무언가가 일어나려고 하고 있었다. 그는 곧 뛰어오를 짐승처럼 근육을 팽팽하게 긴장시켰다. 하지만 눈에 보이는 것은 모두 고요하기만 했다. 그렇다, 고요했다. 그것은 이상한 힘이 실린 고요함이었다.

순간, 모든 것이 날카로워졌다. 그를 둘러싼 능선들과 산봉우리들이 날카로워졌다. 그것들은 마치 뱃머리처럼 거친 바람을 뚫고 나아가는 듯했다. 그리고 그 뱃머리들은 거대한 함선이 전투를 위해 진열을 짜듯이 회오리를 일으키며 그의 주변을 표류하는 듯했다. 곧이어 먼지가 휘날렸다. 먼지들은 훨훨 날아올라 베일처럼 눈송이들을 감싸고 부유했다. 그제야 퇴각할 출구를 찾기 위해 뒤를 돌아본 그는 극심하게 몸을 떨었다. 뒤에는 안데스산맥 전체가 요동치고 있었다.

'이제 죽었구나.'

전방의 산봉우리 하나에서 눈이 솟구쳤다. 그것은 눈을 뿜는 화산 같았다. 오른쪽의 다른 산봉우리에서도 눈이 솟구쳤다. 모든 산봉우리가 보이지 않는 어떤 주자가 연달아 불을 붙인 듯 하나씩 차례로 불길에 휩싸였다. 그때, 주변의 산봉우리들이 소용돌이치며 휘청거렸다.

격렬한 행동은 거의 흔적을 남기지 않았다. 그는 자신을 휘감았던 거대한 돌풍에 대한 기억을 더 이상 찾아낼 수 없었다. 단지 그 잿빛의 불길 속에서 맹렬히 사투를 벌였던 것만 기억날 뿐이었다.

 그는 생각에 잠겼다.

 '태풍, 그건 아무것도 아니다. 목숨은 건질 수 있다. 하지만 바로 그 직전! 태풍과 맞닥뜨리는 그 순간만은!'

 그는 수많은 모습 중에서 어떤 한 모습을 알아보았다고 생각했지만, 그것마저 이미 잊어버렸다.

4

 리비에르는 펠르랭을 바라보았다. 이십 분 후면 펠르랭은 차에서 내려 피로감과 갑갑한 심정으로 사람들 속으로 섞여 들 것이다. '정말 피곤하군⋯⋯. 지독한 직업이야!' 그리고 그는 자기 아내에게 '안데스산맥보다는 여기가 훨씬 좋아.'라는 식의 이야기를 털어놓을지도 모른다. 하지만 펠르랭은 사람들이 그토록 매달리는 그 모든 것에 거의 초연해졌다. 그것의 하찮음을 이제 막 느끼고 왔기 때문이다. 그는 불빛 찬란한 이 도시를 다시 볼 수 있을지 모른 채 다른 세상에서 몇 시간을 보내다 온 것이다. 귀찮지만 소중한 어린 시절의 여자 친구들, 자신의 사소한 인간적 결점을 되찾을 수 있을지도 알 수 없었다. 리비에르는 생각했다. '군중 속에는 분간할 수는 없으나 특별한 사명을 띤 비범한 사람들이 있다. 그들 자신은 그 사실을 모른다. 어떤 일이 벌어지지 않는 한…….' 리비에르는 몇몇 숭배자들을 두려워했다. 그들은 모험의 신성한 성격을 이해하지 못하며, 그들의 감탄사는 모험의 의미를 왜곡하고 인간을 보잘것없게 만들어버린다. 그러나 펠르랭은 어느 날 언뜻 엿보게 된 그 세상의 가치에 대해 누구보다 잘 깨닫고 있으며, 저속한 찬사들을 묵직한 경멸로 물리칠 수 있는 겸손한 태도를 지님으로써 자신의 위대함을 지켜내고 있었다. 그래서 리비에르는 펠르랭을 칭찬했다.

"어떻게 해냈나?"

그는 대장장이가 모루에 대해 말하듯 펠르랭이 직업과 자신의 비행에 대해 단순하게 이야기하는 모습을 좋아했다.

펠르랭은 우선 끊어진 퇴로를 설명했다. 그는 용서라도 구하듯 말했다.

"선택의 여지가 없었어요."

눈 때문에 더 이상 앞을 볼 수 없는 상황에서 마침 거센 기류가 일어나 비행기가 7,000미터 상공으로 떠올랐고, 그는 살아났다.

"횡단하는 내내 능선에 바짝 붙어 비행해야 했어요."

그는 눈 때문에 입구가 막혀 자이로스코프의 통풍구 위치를 바꿔야 했던 이야기도 했다.

"얼어붙어서 빙판이 되었거든요."

31

나중에는 다른 기류가 불어와 펠르랭을 아래로 곤두박질치게 했고, 고도 3,000미터쯤 내려갔을 때 자신이 어떻게 그때까지 아무것에도 부딪히지 않았는지 이해할 수 없었다고 했다. 그는 이미 들판 위를 날아가고 있었다.

"청명한 하늘에 들어서고 나서야 그 사실을 갑자기 깨달았어요."

그리고 바로 그 순간 비로소 동굴에서 빠져나온 느낌이 들었다고 했다.

"멘도사에서도 폭풍이 있었나?"

"아니요, 맑은 하늘에 바람 한 점 없을 때 착륙했어요. 하지만 폭풍은 아주 가까이 뒤쫓아오고 있었어요."

그는 '이상한' 그 폭풍에 대해 설명했다. 폭풍의 정점은 아주 높이 눈구름 속에 있었는데, 그 기저는 검은 용암처럼 들판 위를 휘돌고 있었다. 폭풍은 도시들을 하나씩 삼켰다.

"그런 건 생전 처음 봤어요……."

그리고 그는 어떤 기억에 사로잡힌 듯 입을 다물었다.

리비에르는 감독관을 돌아보았다.

"태평양에서 온 태풍인데, 나중에야 통보받았네. 그런 태풍들은 결코 안데스산맥을 넘어오지 않거든."

태풍이 동쪽을 향해 계속해서 뒤쫓아올 줄은 아무도 예상할 수 없었다. 거기에 대해 아무것도 모르는 감독관은 그저 고개만 끄덕였다.

 감독관은 머뭇머뭇하며 펠르랭을 돌아보았다. 목울대가 움직였지만 입은 다물고 있었다. 그는 생각에 잠겨 있다가 자기 앞을 똑바로 응시하며 우울한 위엄을 되찾았다.
 그는 짐 가방처럼 우울을 지고 다녔다. 전날 밤, 분명치 않은 용무로 리비에르의 호출을 받고 아르헨티나에 도착한 그는 자신의 커다란 두 손과 감독관으로서의 위엄이 곤혹스러웠다. 그에게는 환상이나 능변을 칭찬할 권리가 없었다. 그는 오직 임무에 따른 정확성만 칭찬해야 했다. 그는 술 한잔 마실 수도 없고, 동료들과 편하게 말을 놓을 수도 없었다. 어쩌다 우연히 같은 기항지에서 다른 감독관을 만나지 않는 이상 험담을 늘어놓을 권리도 없었다.
 '감독관이 된다는 건 어려운 일이야.'
 사실, 그는 감독하는 것이 아니라 그저 고개만 끄덕였다. 아무것도 모르기 때문이다. 그는 자신이 맞닥뜨린 모든 일에 천천히 고개를 끄덕였다. 그의 그런 태도는 양심 없는 사람들을 불안하게 하여 그들이 장비를 잘 다루도록 하는 데 기여했다. 그는 그다지 사랑받지 못했다. 감독관이란, 달콤한 사랑을 위해서가 아니라 보고서를 작성하기 위해 창안된 직책이기 때문이다. 그는 리비에르로부터 다음과 같은 글을 받은 후로 새로운 방법과 기술적 해결책을 제시하는 일을 포기했다. '부탁하건대, 로비노 감독관은 시가 아니라 보고서를 제출해 주시기 바랍니다. 로비노 감독관은 직원의 열의를 자극함으로써 본인의 능력을 만족스럽게 사용하도록 하십시오.' 그때부터 그는 자신의 일용할 양식인 양 직원들의 과실을 파고들었다. 술을 마시는 기계공에게, 밤을 꼬박 새우는 비행장 주임에게, 매끄럽게 착륙하지 못하는 조종사에게 말이다.

리비에르는 그에 대해 이렇게 말했다.

"그는 아주 똑똑하지는 않지만, 그래서 큰 도움이 되지."

리비에르가 세워 놓은 규칙은, 리비에르에게는 인간에 대한 인식이었지만, 로비노에게는 규칙에 대한 인식에 불과했다. 언젠가 리비에르는 그에게 말한 적이 있다.

"로비노, 이륙 시간을 지체한 모든 사람에게는 정근 수당을 취소해야 하네."

"불가항력인 경우에도요? 안개 때문이라든가……."

"안개가 끼었을 때도 마찬가지야."

로비노는 부당한 처사를 걱정하지 않아도 될 만큼 강경한 상사를 둔 것에 대해 자부심 같은 것을 느꼈다. 게다가 그 자신도 그토록 공격적인 권력에서 약간의 위엄을 이끌어 냈다. 나중에 그는 비행장 주임들에게 이런 말을 되풀이했다.

"여섯 시 십오 분에 출발 신호를 내렸으니 수당은 지불할 수 없어요."

"하지만 로비노 씨, 다섯 시 삼십 분에는 10미터 앞도 보이지 않았어요."

"규칙이 그렇습니다."

"하지만 로비노 씨, 우리가 안개를 걷어 낼 수는 없잖습니까!"

로비노는 모호한 태도로 상황을 회피해 버렸다. 그는 집행부의 일원이었다. 팽이처럼 돌아가는 사람들 중에서 오직 그만이 비행시간을 향상시키는 방법을 알고 있었다.

"그는 아무 생각이 없어. 그러니 잘못된 생각조차 할 수 없지."

리비에르가 그에 대해 말하곤 했다.

기체를 파손한 조종사는 무사고 수당을 받지 못한다.

"기체 고장이 숲속에서 일어나면요?"

로비노가 물었다.

"숲에서도 마찬가지야."

그리고 로비노는 리비에르의 말을 따랐다.

나중에 그는 활기찬 열정으로 조종사들에게 이렇게 말했다.

"유감입니다. 정말로 미안한 일이지만 다른 곳에서 고장이 났어야 합니다."

"그렇지만 로비노 씨, 그건 우리가 선택하는 게 아니잖아요!"

"규칙이 그렇습니다."

'규칙이란 종교의 의례와 유사해서, 부조리해 보이지만 그것이 인간을 만들어 가지.' 리비에르는 자신이 정당해 보이는가 부당해 보이는가 하는 것은 고민하지 않았다. 그런 말들은 그에게 아무 의미도 없었다. 작은 도시의 소시민들은 저녁이면 야외 음악당 주위를 서성였고, 리비에르는 그들을 보며 생각했다. '저들에 대해 정당하다거나 혹은 부당하다고 하는 말은 아무 의미가 없다. 저들은 실존하지 않으니까.' 그에게 인간이란 반죽해야 할 천연 밀랍이었다. 그 질료에 영혼을 불어넣고 의지를 만들어 주어야 했다. 그 같은 엄격함으로 그들을 구속하려는 것이 아니라, 그들을 그들 자신에게서 벗어나게 해야 한다고 생각했다. 사정을 감안하지 않고 모든 착륙 지연을 단죄하는 일은 부당한 처사일 것이다. 하지만 그렇게 함으로써 착륙 시간을 지키려는 의지를 정시 이륙에 이어지도록 할 수 있다. 그는 바로 그런 의지를 만들어 냈다. 흐린 날씨를 휴식의 권유처럼 즐기려는 것을 허용하지 않음으로써 숨 돌릴 틈을 주지 않았고, 이륙 지연은 가장 말단의 잡역부까지도 은밀한 모욕으로 느끼게 했다. 그리하여 꽉 막힌 하늘에 조금이라도 틈이 보이면 당장 지시를 내렸다.

"북쪽 길 뚫림. 출발!"

리비에르 덕분에 그들은 15,000킬로미터에 이르는 전체 항로에서 우편기를 아끼는 마음이 으뜸이었다.

리비에르는 이따금 말했다

"저 사람들은 행복해. 자기들이 하는 일을 좋아하기 때문이야.

그리고 그들은 내가 엄격하기 때문에 그 일을 좋아하는 거야."

 그는 그들을 괴롭히기도 했지만, 그들에게 강렬한 기쁨 또한 선사했다.

 '그들을 강렬한 삶으로 밀어붙여야 해. 그것은 고통과 기쁨을 불러오지만 그런 삶만이 중요하지.'

 자동차가 시내로 들어서자 리비에르는 회사 사무실로 향했다. 펠르랭과 단둘이 남은 로비노는 펠르랭을 향해 말을 걸기 위해 입을 열었다.

5

 그날 저녁 로비노는 지쳐 있었다. 그는 승리자 펠르랭 앞에서 자신의 삶이 우중충하다는 것을 깨달았다. 감독관이라는 지위와 권위에도 불구하고, 피곤으로 기진맥진하여 자동차 한구석에 무너지듯 앉아 있는, 감은 두 눈과 시커먼 기름투성이 손을 가진 이 남자에 비해 자신이 별로 가치가 없다는 것을 깨달았다. 처음으로 로비노는 감탄하는 마음이 우러났다. 그는 그것을 말로 표현하고 싶었다. 무엇보다 우정을 얻어 내고 싶었다. 그는 그날의 여정과 실패로 지쳐 있었다. 자신이 조금 어리석다는 느낌마저 들었다. 그는 그날 저녁 유류 저장량을 확인하는 과정에서 계산을 틀렸다. 그래서 그가 적발하려던 중개상이 오히려 그를 측은히 여기며 계산을 마무리해 주었다. 무엇보다도 그는 B6형의 휘발유 펌프를 B4형으로 혼동하여 야단쳤었다. 의뭉스러운 기계공들은 이십 분 동안이나 로비노가 자신의 무지를, '변명할 여지없는 무지'를 드러내며 그들을 야단치도록 내버려 두었다. 그는 자신의 호텔 방도 두려웠다. 툴루즈에서 부에노스아이레스에 이르는 동안 일이 끝나면 그는 어김없이 호텔 방으로 돌아갔다.

무거운 마음의 비밀과 함께 그곳에 틀어박혔고, 가방에서 한 묶음의 종이를 꺼내 천천히 '보고서'를 적어 나갔으며, 대담하게 몇 줄을 써 내려가다가 죄다 찢어 버리곤 했다. 그는 회사를 중대한 위기에서 구해 내고 싶었을 것이다. 하지만 회사는 어떤 위기도 겪고 있지 않았다. 이제까지 그는 프로펠러 중앙 부분에 발생한 녹 외에는 거의 아무것도 구해 내지 못했다. 그는 비행장 주임이 보는 앞에서 참담한 표정으로 그 녹을 손가락으로 문질러 댔다. 그러자 비행장 주임은 다음과 같이 답했다.

"이전 착륙지에 보고하십시오. 이 비행기는 방금 거기서 도착했거든요."

로비노는 자신의 역할에 회의가 들었다.

그는 용기를 내어 펠르랭에게 가까이 다가갔다.

"나랑 같이 저녁 식사를 하겠소? 이야기를 나누고 싶거든요……. 내 직업이 때로는 너무 고되어서……."

그러더니 너무 급히 추락하지 않으려고 말을 고쳤다.

"내가 책임져야 할 일이 너무 많아요!"

부하 직원들은 좀처럼 로비노의 사생활에 끼어들고 싶어 하지 않았다. 모두 이렇게 생각했다.

'보고서를 작성할 거리를 아직 찾지 못했다면 허기진 상태로 날 잡아먹으려 들겠지?'

하지만 그날 저녁의 로비노는 오직 자신의 비참함만을 생각하고 있었다. 자신의 유일한 진짜 비밀인, 성가신 습진에 시달리는 몸에 대해 이야기하고 동정받고 싶었다. 그리고 자존심으로는 찾아내지 못한 위로를 겸손함으로 구하고 싶었다. 그는 프랑스에 애인이 있었다. 출장에서 돌아가는 밤마다 그녀에게 자신의 감독관 업무에 관해 들려주었다. 그녀의 감탄을 불러일으켜 자기를 사랑하게 만들고 싶어서 그랬던 것인데, 오히려 그녀의 반감을 샀다. 그래서 그 애인에 관한 이야기도 하고 싶었다.

"어때요, 나랑 저녁 드시겠소?"

펠르랭은 선선히 수락했다.

6

리비에르가 부에노스아이레스의 사무실로 들어섰을 때 직원들은 졸고 있었다. 항상 외투와 모자를 착용하고 있는 그의 모습은 영원한 여행자 같았다. 작은 체구라 거들먹거리지도 않았고, 희끗희끗한 머리칼과 평범한 복장은 어떤 배경에도 잘 어울렸기에 어디를 가도 거의 눈에 띄지 않았다. 그렇지만 어떤 열의 같은 것이 사람들을 자극했다. 직원들은 동요했고, 실장은 다급하게 방금 도착한 서류들을 열람했다. 여기저기 타자기 두드리는 소리가 들려왔다.

전화 교환원은 교환기에 접속선을 꽂고 두툼한 장부에 전보문을 받아 적었다.

리비에르는 자리에 앉아 전보를 읽었다.

칠레 우편기의 시련도 마무리된 터라, 그는 다행스러운 마음으로 하루의 일지를 다시 읽어 보았다. 사태는 잘 정리되었고, 차례차례 각 기항지에서 보내온 메시지들은 간결한 승전보였다. 파타고니아 우편기 역시 빠르게 전진하고 있었다. 예정 시간보다 조금 앞서 있었는데, 바람이 남쪽에서 북쪽으로 바뀌면서 비행에 유리한 기류를 만들어 주었기 때문이다.

"기상정보를 가져다주게."

공항마다 맑은 날씨와 청명한 하늘, 순풍을 자랑하고 있었다. 황금빛 저녁이 아메리카 대륙을 물들였다. 리비에르는 순조로운 진행 상황이 만족스러웠다. 지금 파타고니아 우편기는 어딘가에서 밤의 모험을 겪으며 싸우고 있겠지만 조건은 최상이었다.

리비에르는 장부를 밀어 놓았다.

"됐어요."

그리고 세계의 절반을 감시하는 밤의 파수꾼으로서 업무를 살펴보기 위해 밖으로 나왔다.

그는 열린 창문 앞에서 멈춰 서 밤을 이해하고 있었다. 부에노스아이레스를 감싸고 있던 밤은 교회당의 거대한 홀처럼 아메리카 대륙을 감싸고 있었다. 그는 그 웅장함에 놀라지 않았다. 칠레의 산티아고 하늘은 낯선 하늘이지만, 일단 우편기가 산티아고를 향해 움직이면 항로의 한끝에서 다른 끝까지 동일한 깊이의 궁륭 아래를 날아가게 된다. 지금 무선국의 수신자들은 또 다른 우편기의 소리에 귀를 기울이고 있다. 그리고 파타고니아의 어부들은 그 우편기의 측면 불빛이 반짝이는 것을 보고 있다. 비행 중인 우편기에 대한 불안감이 리비에르의 마음을 졸이게 할 때, 여러 도시와 지방 역시 비행기 엔진 소리와 함께 같은 불안감으로 마음을 졸일 것이다.

구름이 걷혀 다행스러운 이 밤에 리비에르는 혼란스러웠던 밤들을 떠올렸다. 비행기가 위험에 처해 있었지만 구조가 어려웠던 밤들을. 부에노스아이레스의 무선국에서는 뇌우 소리에 섞여 버린 비행기의 앓는 소리를 추적하고 있었다. 그 귀중한 음파는 둔탁한 잡음 아래로 사라져 버렸다. 밤의 장막을 향해 눈먼 화살처럼 내던져진 우편기의 음울한 노랫소리는 얼마나 괴롭던지!

리비에르는 철야 근무 시 감독관이 있어야 할 자리는 사무실이라고 생각했다.

"로비노를 찾아오게."

로비노는 조종사 하나를 자기 친구로 만들려던 참이었다. 그는 호텔에서 조종사가 보고 있는 가운데 자기 가방을 풀어 헤쳤다. 그는 가방에서 감독관도 다른 사람과 별다를 게 없다는 것을 보여 주는 자잘한 물건들을 꺼냈다. 형편없는 안목의 와이셔츠 몇 벌과 세면도구 그리고 야윈 여자의 사진. 감독관은 그 사진을 벽에 붙였다. 그런 식으로 그는 펠르랭에게 자신의 욕구와 애정과 후회에 대해 소박한 고백을 한 셈이었다. 자신의 보물들을 하찮은 순서로 정렬해 놓던 그는 조종사에게 자신의 참담한 상태를 펼쳐 보였다. 정신적인 습진. 그는 자신의 감옥을 드러내 보였다.

 하지만 다른 모든 사람처럼 로비노에게도 작은 빛 하나는 존재했다. 그는 가방 밑바닥에서 포장된 조그만 주머니를 조심스럽게 꺼내면서 마음이 굉장히 온유해지는 것을 느꼈다. 그는 아무 말없이 한동안 그것을 만지작거렸다. 그러더니 마침내 두 손을 풀며 말했다.

"이건 사하라에서 가져온 겁니다……."

 감독관은 용기를 내어 속내를 선뜻 털어놓았다는 사실에 얼굴을 붉혔다. 그는 신비를 향해 문을 열어 주던 이 작고 거무스름한 돌멩이들에게서 자신의 실패와 불운한 결혼 생활과 그 모든 무미건조한 진실을 위로받았다.

그는 얼굴을 좀 더 붉히며 말했다.

"똑같은 게 브라질에도 있죠……."

펠르랭은 전설 속의 아틀란티스를 향해 고개를 숙이고 있는 감독관의 어깨를 톡톡 두드렸다. 그리고 조심스럽게 물었다.

"지질학을 좋아하세요?"

"내 열정의 대상이죠."

인생에서 돌들만이 그에게 온순했다.

로비노는 자신을 호출하는 전화가 왔을 때 서운했지만 곧 의연해졌다.

"가 봐야겠네요. 리비에르 씨가 뭔가 중대한 결정 때문에 저를 찾는군요."

로비노가 사무실에 들어섰을 때 리비에르는 그를 까맣게 잊고 있었다. 그는 회사의 항로가 붉은색으로 그려진 벽면의 지도를 보며 생각에 잠겨 있었다. 감독관은 그의 명령을 기다렸다. 한참 후 리비에르는 고개를 돌리지 않은 채 그에게 물었다.

"로비노, 이 지도에 대해 어떻게 생각하나?"

이따금 그는 몽상에서 벗어나 수수께끼 같은 질문을 던졌다.

"소장님, 이 지도는⋯⋯."

 사실 감독관은 그것에 대해 아무 생각이 없었다. 하지만 진지한 태도로 지도를 뚫어져라 바라보며 유럽과 아메리카를 대강 살펴보았다. 리비에르는 로비노에게 아무 대꾸도 하지 않은 채 자신의 상념을 이어 갔다. '이 항로는 아름답지만 가혹해. 우리에게서 많은 사람, 수많은 젊은이를 앗아갔으니. 확립된 권위로 인정받고는 있지만, 얼마나 많은 문제를 일으키는가!' 그렇지만 리비에르에게는 무엇보다 목표가 최우선이었다.

 그 옆에서 여전히 자기 앞의 지도에 시선을 박고 있던 로비노는 조금씩 기운을 회복했다. 그는 리비에르에게서 어떤 동정심도 기대하지 않았다. 한번은 자신의 인생을 망친 우스꽝스러운 신체적 결함을 고백하며 그런 기회를 얻어 보려고 한 적이 있다. 리비에르는 그에게 농담으로 대꾸했다.

 "그것 때문에 잠을 못 잔다면, 그 덕분에 일은 더 많이 할 수 있을 걸세."

 그것은 뼈 있는 농담이었다. 리비에르는 언제나 곧잘 이렇게 말했다.

 "음악가의 불면증이 아름다운 작품을 만들어 낸다면, 그건 훌륭한 불면증일 테지."

 언젠가 그는 르루를 가리키며 로비노에게 말했다.

 "저것 좀 보게, 얼마나 멋진가, 사랑을 물리쳐 버리는 저 추한 모습 말일세⋯⋯."

르루의 모든 위대함은 자신의 삶을 오로지 일에만 몰두하게 만든 그의 볼품없는 외모에 있는지도 모른다.

"펠르랭과는 많이 친해졌소?"

"그게⋯⋯."

"비난하려는 게 아닐세."

리비에르는 몸을 반쯤 돌리더니 고개를 숙이고 천천히 걸으면서 로비노를 이끌었다. 그의 입에 서글픈 미소가 걸렸다. 로비노는 이해할 수 없었다.

"단지⋯⋯ 자네는 상관이라는 말이네."

"그렇죠."

로비노가 대답했다.

그러니까 리비에르는 매일 밤, 하늘에서 하나의 행동이 드라마처럼 서로 얽혀 벌어진다고 생각했다. 의지의 굴절은 실패로 이어질 수 있고, 그러면 그날 하루 지상에서는 한참을 고생해야 할 것이다.

"자네는 자네 역할에 충실해야 하네."

리비에르는 자신의 말에 힘을 실었다.

"어쩌면 내일 밤에라도 자네는 그 조종사에게 위험한 출발 명령을 내려야 할지도 모르네. 그리고 그는 복종해야지."

"네⋯⋯."

"자네는 사람들의 목숨, 자네보다 더 가치 있는 사람들의 목숨을 좌지우지하고 있어……."

그는 주저하는 듯 보였다.

"그건 아주 중대한 일이지."

리비에르는 여전히 좁은 보폭으로 걸으면서 잠시 입을 다물었다.

"조종사들이 친분 때문에 자네에게 복종한다면, 자네는 그들을 속이는 것이 돼. 자네는 어떠한 희생도 요구할 권리가 없단 말이지."

"그렇죠, 물론이죠."

"그리고 그들이 자네의 우정을 빌미로 하기 싫은 어떤 고역을 면제받을 거라고 생각한다면 자네는 또 그들을 속이는 걸세. 그들은 복종해야 할 테니까. 자, 거기 앉게."

리비에르는 부드러운 손길로 로비노를 자기 책상 쪽으로 밀었다.

"로비노, 자네를 제 위치로 돌려놓겠네. 자네가 지칠 때 자네를 붙들어 줄 사람은 그들이 아니야. 자네는 상관일세. 자네의 나약함은 어리석어. 자, 받아 적게."

"저는……."

"받아 적으라고. '감독관 로비노는 이러저러한 이유로 조종사 펠르랭에게 이러저러한 처벌을 내림…….' 이유는 아무거나 찾아보게."

"하지만 소장님!"

"로비노, 내 말을 이해했다면 그렇게 하게. 자네가 명령을 내리는 사람들을 사랑하게. 하지만 그걸 말로 하지는 말아야 해."

로비노는 다시금 열정적으로 프로펠러 회전축 청소를 명령하게 될 것이다.

무선국에서 비상 착륙 소식이 전해졌다.

'비행기 보임. 감속하고 착륙 예정이라는 신호 옴.'

적어도 삼십 분은 허비하게 될 것이다. 리비에르는 고속 열차가 선로 위에 정지하고 있을 때, 시간이 지나도 들판을 벗어나지 못할 때의 그 답답한 느낌을 알고 있다. 시계의 큰 바늘은 이제 죽은 공간을 그려 내고 있었다. 벌어진 그 시곗바늘 안에 수많은 사건이 자리할 것이다. 리비에르는 기다림을 줄여 보려고 밖으로 나갔다. 밤은 배우 없는 극장처럼 텅 빈 듯했다. '이런 밤을 놓쳐 버리는구나!' 그는 창문을 통해 별들이 가득한 구름 걷힌 하늘, 신성한 항공 표지, 그렇게 탕진해 버린 밤에 떠 있는 노란 달을 분한 마음으로 바라보았다.

하지만 비행기가 이륙하는 순간, 그 밤은 리비에르에게 더더욱 감동적이고 아름다웠다. 밤은 제 허리에 생명을 지고 있었다. 리비에르는 그 생명을 보살폈다.

"날씨는 어떤가?"

그는 무전으로 승무원에게 물었다.

십 초 뒤에 답신이 왔다.

'쾌청.'

그런 다음 조종사가 통과한 몇 개의 도시 이름이 전해졌다. 리비에르에게 그것은 그날 밤의 전투에서 함락된 도시들의 이름이었다.

7

한 시간 후, 파타고니아 우편기의 무선기사는 자기 어깨가 부드럽게 위로 쳐들리는 것을 느꼈다. 그는 주위를 둘러보았다. 짙은 구름에 별들의 반짝임이 다 꺼졌다. 그는 땅 쪽으로 몸을 숙여 보았다. 풀밭에 숨어 빛을 발하는 벌레들 같은 마을의 불빛들을 찾아보았다. 하지만 그 어두운 풀밭에서는 아무것도 반짝이지 않았다.

그는 그날 밤의 고난을 예상하고 기분이 침울해졌다. 전진과 후퇴를 거듭하며 이미 확보한 영토를 되돌려주어야 했다. 그는 조종사의 전술을 이해하지 못했다. 더 멀리 가다가는 짙은 밤의 장벽에 부딪힐 것만 같았다.

지금 그는 전방의 지평선 가까이에서 제철소 화덕의 불빛처럼 반짝거리는 무언가를 발견했다. 무선기사가 파비앵의 어깨를 툭

쳤다. 하지만 그는 꼼짝도 하지 않았다.

뇌우의 첫 번째 돌풍이 비행기를 공격했다. 부드럽게 쳐들린 금속 덩어리가 무선기사의 몸을 짓누르는 듯하다가 이내 잠잠해졌다. 어둠 속에서 그는 몇 초 동안 홀로 부유했다. 그제야 그는 강철 버팀대를 두 손으로 움켜쥐었다.

조종석의 붉은 전구 외에는 아무것도 알아볼 수 없었다. 그는 오직 그 작은 불빛에 기대어 아무런 도움 없이 밤의 한복판으로 하강하는 느낌에 몸을 부르르 떨었다. 방해될까 두려워 조종사가 무슨 결정을 내릴 것인지 물어볼 수도 없었다. 강철 버팀대를 두 손으로 꽉 붙잡고 조종사 쪽으로 몸을 기울이고는 그의 어두운 목덜미만 바라보았다.

움직이지 않는 머리와 두 어깨만이 희미한 빛에 그 모습을 드러냈다. 그의 몸은 왼쪽으로 약간 기울어진 어두운 덩어리에 불과했다. 뇌우를 마주하고 있는 얼굴은 번개가 칠 때마다 그 빛에 씻길 것이다. 하지만 무선기사는 아무것도 볼 수 없었다. 폭풍에 맞서기 위해 그 얼굴에 나타나는 모든 감정, 불만스러운 표정이나 의지, 분노 같은 것들, 창백한 얼굴과 짧은 섬광 사이에서 오가는 것들이 보이지 않았다.

그렇지만 무선기사는 움직이지 않는 그림자 안에 집적된 힘을 짐작했고, 그것을 사랑했다. 아마도 그 힘이 그를 뇌우로 몰아가

49

겠지만 동시에 그를 보호해 줄 것이다. 조종간을 꽉 잡고 있는 두 손은 짐승의 목덜미를 누르듯 벌써 폭풍을 짓누르고 있었다. 힘이 잔뜩 들어간 두 어깨는 꼼짝도 하지 않았지만, 그 안에 깊숙이 내장된 힘을 느낄 수 있었다.

무선기사는 어쨌거나 책임은 조종사에게 있다고 생각했다. 그래서 이제 화염 속으로 뛰어드는 말의 안장에 앉아서, 자신의 앞에 앉은 그 어두운 형체가 보이는 물질적이고 묵직한 모습을, 변치 않는 모습의 표현을 음미했다.

좌측으로 마치 점멸 등대처럼 희미한 새로운 불빛이 번쩍했다. 무선기사는 파비앵의 어깨를 건드려 그 사실을 알려 주려고 몸을 움직였다. 파비앵은 천천히 고개를 돌려 몇 초 동안 새로운 적을 마주 보는 자세를 취하더니 천천히 원래의 위치로 되돌아갔다. 가죽 의자에 목덜미를 기대고 있는 그의 어깨는 여전히 꼼짝하지 않았다.

8

리비에르는 잠시 걸으면서 다시금 찾아온 불안을 달래 보려고 밖으로 나왔다. 오로지 행동, 그것도 연극 같은 행동만을 위해 살아왔던 그는 묘하게도 그 극이 장소를 바꾸어 개인적인 일처럼 느껴졌다. 그는 작은 도시의 소시민들이 음악당 주변에 있을 때 겉보기에 평온한 삶을 사는 듯하지만, 때로는 그들도 무거운 극을 겪어 낸다고 생각했다. 질병이나 사랑, 죽음 그리고 어쩌면 ······ 자신이 겪은 고통이 많은 것을 가르쳐 주었다. '그렇게 해서 세상을 보는 눈이 트이는 것'이라는 생각이 들었다.

밤 열한 시가 되어 그는 한결 편해진 마음으로 사무실 쪽으로 발길을 돌렸다. 그는 극장 입구에 줄지어 서 있는 사람들 사이를 지나오며 문득 하늘에 떠 있는 별들을 바라보았다. 좁은 도로를 비추고 있을 별빛은 번쩍이는 광고판 불빛 때문에 거의 보이지 않았다. '나는 오늘 밤 우편기 두 대가 날고 있는 저 하늘 전체에 책임이 있다. 저 별은 군중 속에서 나를 찾고 또 찾아내는 신호다. 그래서 나는 조금은 고독하고 외롭게 느껴지는 것이다.' 그의 머릿속에 음악 한 소절이 떠올랐다. 그것은 어제 그의 친구들과 함께 들은 소나타였다. 친구들은 음악을 이해하지 못했다.

"이런 음악은 지루해. 자네도 지루하지만, 그 사실을 숨기고 있을 뿐이야."

"그럴지도 모르지······."

그는 오늘 밤처럼 그때에도 외롭다고 느꼈다. 하지만 그는 금세 그러한 고독의 풍요로움을 발견했다. 그 음악의 메시지는 평범한 사람 중에서 오직 그에게만 은밀한 부드러움으로 다가왔다. 별의 신호도 그러했다. 수많은 사람 너머로 오직 그만이 알아들을 수 있는 소리로 그에게 말하고 있었다.

그는 보도에서 누군가에게 떠밀렸다. 그는 생각했다. '나는 화내지 않을 것이다. 나는 군중 사이에서 종종걸음치는, 아픈 아이의 아버지와 같다. 그 아버지의 마음속에는 집안의 큰 침묵이 감돌고 있다.'

그는 사람들을 향해 시선을 돌렸다. 그들 중에서 창의력이나 사랑 때문에 종종걸음을 치는 이들을 알아보려고 했던 것이다. 그리고 그는 등대지기의 고독을 떠올렸다.

그는 사무실의 정적이 좋았다. 사무실들을 하나하나 가로지를 때마다 그의 발소리만이 정적을 깨뜨렸다. 타자기들은 덮개를 쓴 채 잠들어 있었다. 서류들이 정렬된 커다란 수납장은 잠겨 있었다. 십 년 동안의 경험과 작업의 기록들. 그는 풍부한 자산을 보유한 은행의 지하 금고를 방문한 느낌이 들었다. 그 기록 하나하나가 황금보다 더 귀한 것이었다. 그것은 살아 있는 힘이었다. 살아 있지만 은행 금고 안의 황금처럼 잠들어 있는 힘.

어디선가 당직 직원과 만나게 될 것이다. 어느 곳에서든 삶이 계속되도록, 의지가 지속되도록, 그리하여 툴루즈에서 부에노스아이레스에 이르는 기항지마다 연계가 끊어지지 않도록 누군가 한 사람은 일을 하고 있는 것이다.

'그 직원은 자신의 위대함을 알지 못한다.'

우편기들은 어디에선가 사투를 벌이고 있다. 야간 비행은 밤새 돌봐야 하는 병처럼 지속된다. 손과 무릎, 가슴과 가슴을 맞대고 어둠에 맞서고 있는 그 사람들, 이제 눈에 보이지 않지만 무언가 움직이고 있다는 것 외에는 아무것도 모르는 그 사람들, 마치 바다에서 기어 나오듯 팔 힘만으로 거기서 빠져나와야 하는 그들을 지켜 주어야 했다. 그러다 보면 이따금 끔찍한 고백을 듣기도 한다.

"나는 내 손이라도 보기 위해 불빛에 비춰 보았어요…….."

사진사의 붉은 현상액 속에서 유일하게 드러난 부드러운 두 손……. 세상에 아직 남아 있는 그것, 구해 내야 하는 것은 바로 그것이었다.

리비에르는 사업부 사무실 문을 열었다. 램프 하나만이 사무실 한구석을 밝히고 있었다. 타자기 한 대가 만들어 내는 소리가 그곳의 정적에 의미를 부여하고 있었다. 이따금 전화벨이 울렸다. 그러면 당직 직원은 자리에서 일어나 집요하고 슬프게 울려 대는 전화기 쪽으로 걸어갔다. 당직 직원이 수화기를 들자 보이지 않는 불안이 진정되었다. 어둠의 한구석에서 아주 온화한 대화가 이어졌다. 직원은 무표정하게 자기 책상으로 돌아갔고, 그의 얼굴은 고독과 졸음과 불가해한 비밀 속에 파묻혔다. 한밤중에 우편기 두 대가 비행 중일 때, 외부에서 걸려 오는 전화는 얼마나 위협적인가! 리비에르는 저녁 불빛 아래 모인 가족들을 놀라게 하는 전보를, 그리고 거의 영원과도 같은 그 몇 초 동안 아버지의 얼굴에는 비밀로 남게 될 그 불행에 대해 생각했다. 처음에 그것은 비명과는 거리가 먼, 아주 고요하고 힘없는 전파였다. 그리고 그는 매번 그 조심스러운 벨 소리에서 불행의 희미한 메아리를 들었다. 전화벨이 울릴 때마다 직원은 고독하게 두 개의 바다 사이를 헤엄치듯 천천히 움직였고, 잠수부가 물속에서 솟아오르듯 어둠으로부터 불빛을 향해 되돌아왔다. 리비에르에게는 그런 그의 움직임에 묵직한 비밀이 실려 있는 것처럼 보였다.

"그냥 있게. 내가 받지."

리비에르는 수화기를 들고 저쪽 세상의 잡음을 들었다.

"리비에르입니다."

희미한 소음 뒤에 목소리가 들려왔다.

"무선국을 바꿔 드리죠."

다시 소음. 전화 교환기의 핀이 내는 소음이 들린 후 또 다른 목소리.

"무선국입니다. 도착한 전보 내용을 전달하겠습니다."

리비에르는 그것을 받아 적으며 고개를 끄덕였다.

"좋아요……. 알았소……."

특별한 소식은 없었다. 일반적인 근무 내용에 관한 전갈이었다. 리우데자네이루에서는 몇 가지 정보를 요구했고, 몬테비데

오에서는 기상에 대해, 멘도사에서는 물자에 대해 이야기했다. 일상적인 보고 내용들이었다.

"우편기들은 어떤가?"

"뇌우가 치고 있어서 저희도 비행기의 통신은 못 들었습니다."

"알겠네."

여기는 맑게 갠 밤하늘에 별이 빛나고 있지만, 무선기사들은 그 밤 속에서 먼 곳의 뇌우가 내는 앓는 소리를 간파해 내고 있다고 그는 생각했다.

"그럼, 또 연락합시다."

리비에르가 자리에서 일어나자 직원이 다가왔다.

"소장님, 결재하실 업무 일지입니다."

"알겠네."

리비에르는 밤의 무게를 책임지고 있는 또 한 사람의 동료에게 깊은 우정을 느꼈다. '전우인 셈이지. 이렇게 함께 밤을 새우는 일이 우리를 얼마나 끈끈하게 연결해 주는지 아마 모를 것이다.'

9

한 묶음의 서류를 들고 자신의 사무실로 돌아온 리비에르는 오른쪽 옆구리에 격심한 통증을 느꼈다. 몇 주 전부터 그를 괴롭혀 온 것이었다.

'뭔가 좋지 않아…….'

그는 잠시 벽에 몸을 기댔다.

'한심한 일이야.'

그러고 나서 의자에 앉았다.

그는 자신이 결박당한 늙은 사자 같다고 느껴져 커다란 슬픔에 휩싸였다.

'겨우 이렇게 되려고 그토록 일을 했나! 내 나이 오십. 오십 년 동안 내 삶을 채우고, 나를 단련하고, 투쟁하고, 사태의 흐름을 바꿔 왔는데, 이제 이까짓 통증이 내 몸을 사로잡고 마음을 쓰게 하여 세상에서 가장 중요한 일인 양 몰아가다니……. 한심한 일이야.'

그는 잠시 그대로 있다가 통증이 진정된 후 땀을 닦고 일을 시작했다.

업무 일지를 천천히 읽어 보았다.

'부에노스아이레스에서 301호 엔진 해체 과정에서 확인되어……. 책임자에게 중징계를 내릴 것입니다.'

그는 서명을 했다.

'플로리아노폴리스 비행장은 지침을 준수하지 않았기에……'

또 서명을 했다.

'규율에 따라 비행장 주임 리샤르를 전근시키기로…….'

그는 서명했다.

옆구리의 통증이 조금 가라앉았지만, 그것은 여전히 그의 몸 안에 자리 잡고 있었다. 통증은 삶의 또 다른 의미처럼 그에게 다가와 새삼스레 자신의 존재를 확인시켰다. 그는 적잖이 씁쓸해졌다.

'나는 정당한가 아니면 부당한가? 그건 알 수 없다. 내가 까다롭게 굴면 사고가 줄어든다. 책임은 사람에게 있지 않다. 그것은 모두를 건드리지 못하면 결코 누구에게도 미치지 못할 모호한 힘 같은 것이다. 만일 내가 아주 정당하다면 야간 비행은 매번 죽음의 기회가 될 것이다.'

그는 너무나 엄격하게 이 길을 걸어왔다는 사실에 피곤을 느꼈다. 연민은 좋은 감정이라는 생각이 들었다. 그는 생각에 빠진 채 계속해서 일지를 들춰 보았다.

'······로블레는 오늘부터 우리 회사 직원이 아님.'

그는 그 선량한 노인을 떠올렸고, 그날 저녁에 나누었던 이야기를 기억해 냈다.

"하나의 사례일세, 본보기라고."

"하지만 소장님······ 한 번만 봐주세요. 평생을 일했습니다."

"본보기가 필요하네."

"하지만 소장님! 이걸 보세요, 소장님!"

로블레는 허름한 지갑을 꺼내 젊은 시절의 그가 비행기 옆에 서서 포즈를 취하고 있는 낡은 신문 조각을 보여 주었다.

리비에르는 로블레의 늙은 두 손이 그 순박한 영광 위에서 부들부들 떨고 있는 것을 보았다.

"1910년 사진입니다, 소장님…… 제가 바로 이곳에서 최초의 아르헨티나 비행기를 조립했어요! 1910년 이래 줄곧 비행기 조립을 해 온 겁니다……. 소장님, 이십 년이나 됐습니다! 그런데 어찌 그런 말씀을 하실 수 있어요……. 그리고 젊은이들이 작업장에서 얼마나 웃어 대겠어요. 아마도 몹시 비웃을 겁니다!"

"그거야 상관없네,"

"그리고 제 자식들은요? 제게는 아이들이 있어요!"

"잡역부 일을 제공하겠다고 하지 않았나."

"제 체면은요, 소장님, 체면 말입니다! 이보세요, 이십 년간 비행기를 조립해 온 저 같은 늙은 직공을……."

"잡역부 일을 하게."

"사양합니다. 하지 않겠어요."

그의 늙은 두 손이 떨렸다. 리비에르는 쭈글쭈글하고 두텁지만 아름다운 그 살갗을 외면했다.

"잡역부 일을 해."

"아니, 소장님. 안 합니다……. 제 말을 더 들어주세요."

"이제 그만 가 보게."

리비에르는 생각했다. '내가 이렇게 거칠게 내쫓는 것은 그가 아니다. 그에게는 책임이 없을지도 모르지만, 어쨌든 그 일은 그를 통해 일어났다. 사람들이 사건을 명령하고, 사건은 그 명령에 복종한다. 그러므로 사건을 만드는 것은 사람이다. 인간은 가련한 사태에 처해 있지만, 그것 역시 인간이 만들어 내는 것이다. 때문에 어떤 잘못이 사람을 통해 나타나면 그 사람을 피하게 된다.'

"아직 드릴 말씀이 있어요……."

그 가엾은 노인은 무슨 말을 하고 싶었을까? 자신의 오랜 기쁨을 빼앗겼다고? 비행기의 강철 위에서 들리는 자신의 연장 소리를 좋아한다고? 자신의 삶에서 위대한 시를 앗아갔다고…… 이제 무얼 하며 살아야 하느냐고?

'너무 지쳤어.' 리비에르는 온몸에 열이 오르는 것을 느꼈다. 그는 손가락으로 서류를 뒤적거리며 생각했다. '나는 이 늙은 동료의 얼굴을 아주 좋아했는데…….' 그리고 그는 다시 노인의 손을 떠올렸다. 두 손을 맞잡으려던 그 희미한 움직임이 생각났다. '알았네, 좋아, 그냥 남아 있게.'라는 한마디면 충분했을 것이다. 리비에르는 노인의 늙은 두 손에 흘러내렸을 기쁨의 물결을 그려 보았다. 얼굴이 아니라 일꾼의 늙은 두 손이 표현하게 될 그 기쁨은 세상에서 가장 아름다운 것처럼 보였다. '이 서류를 찢어 버릴까?' 그리고 노인의 가족과 그날 저녁의 귀가와 그의 소박한 자부심을 그려 보았다.

"계속해서 일할 수 있는 거예요?"

"그럼, 당연하지! 아르헨티나 비행기를 최초로 조립한 사람이 바로 나라고!"

그리고 다시는 비웃지 않을 작업장의 젊은이들과 그가 다시 쟁취한 위엄에 대해서도······.

'찢어 버릴까?'

전화벨이 울리자 리비에르는 수화기를 들었다.

한동안 바람과 공간이 인간의 목소리에 실어 온 그 깊은 울림이 들려왔다. 마침내 상대방이 말했다.

"여기는 비행장입니다. 누구십니까?"

"리비에르요."

"소장님, 650기가 활주로에 있습니다."

"알았네."

"모든 준비가 완료되었습니다. 마지막 순간에 전기회로를 재정비해야 했습니다. 접속에 결함이 있었거든요."

"그랬군, 누가 회로를 조립했나?"

"확인해 보겠습니다. 허락하신다면, 징계를 내리겠습니다. 기내 전등 고장은 중대한 문제를 일으킬 수도 있으니까요."

"물론이지."

리비에르는 생각했다. '어디서든 잘못을 마주쳤을 때 뿌리 뽑지 않으면 이런 문제들이 생기는 법이다. 우연히 발견된 잘못의 매개자를 못 본 체하고 넘어가는 것은 또 하나의 범죄다. 로블레

60

는 직책을 그만둬야 한다.'

 아무것도 모르는 직원은 여전히 타자기를 두드리고 있었다.

 "그게 뭔가?"

 "보름치 회계입니다."

 "왜 아직 준비가 안 됐지?"

 "그게……."

 "나중에 보세."

 '기세등등하게 벌어지는 사건들이 놀랍기만 하다……. 어둡고 거대한 힘이 모습을 드러내는 것 같다. 원시림을 뒤흔들어 놓는 힘과 똑같다. 위대한 작품들 주변 어디서나 자라나 저항하며 불쑥 솟아나는 그런 힘.'

 리비에르는 작은 담쟁이들이 붕괴시킨 사원들을 생각했다.

 '위대한 과업…….'

 그는 마음을 다잡기 위해 다시 생각을 모았다. '나는 그들을 사랑한다. 내가 싸우고 있는 것은 그들이 아니다. 그들을 통해 일어나는 일들과 싸우고 있다…….'

 그의 심장이 빠르게 뛰며 그를 고통스럽게 했다.

 '내가 한 일이 잘한 일인지 모르겠다. 나는 삶의 정확한 가치를 모르며, 정의나 슬픔도 모른다. 나는 인간의 기쁨이 어떤 가치를 가졌는지 모른다. 떨고 있는 손도 모르고, 연민도 모르고, 온화함도 모른다…….'

그는 생각에 잠겼다.

'삶은 모순덩어리다. 사람들은 가능한 한 삶과 타협하려 한다. 하지만 영원히 지속되는 것, 창조하는 것, 썩어 없어질 육체를 무언가 바꾼다는 것은…….'

리비에르는 잠시 생각에 잠겼다. 그리고 벨을 눌렀다.

"유럽행 우편기 조종사에게 전화하게. 출발 전에 나를 보고 가라고 하게."

그는 생각했다.

'비행기가 쓸데없이 되돌아오지 않도록 해야 한다. 내가 부하 직원들을 흔들어 대지 않으면 그들은 영원히 밤을 두려워할 것이다.'

10

전화 소리에 잠이 깬 조종사의 아내는 남편을 바라보며 생각했다.

'좀 더 자게 해야지.'

아내는 남편의 유선형 모양 가슴을 바라보며 멋진 배 한 척을 떠올렸다.

그는 마치 항구에서처럼 이 평온한 침대에 누워 있었다. 아무것도 그의 잠을 방해하지 않도록 그녀는 신의 손길이 바다를 잠재우듯이, 손가락으로 침대의 주름과 그림자와 물결을 지워 판판하게 했다.

 그녀는 자리에서 일어나 창문을 열고 얼굴에 바람을 맞아들였다. 방은 부에노스아이레스를 굽어보고 있었다. 사람들이 춤을 추고 있는 옆집에서 음악이 바람에 실려 왔다. 즐거운 휴식 시간이었다. 이 도시는 10만 개나 되는 요새 안에 사람들을 채우고 있었다. 모든 것이 고요하고 안전했다. 하지만 곧 누군가 그녀에게 '전투 개시'를 외치면 오직 한 사람, 그녀의 남편만이 벌떡 일어날 것 같았다. 그는 여전히 자고 있었지만, 그의 휴식은 곧 공격에 나설 군인의 두려운 휴식이었다. 잠들어 있는 이 도시는 그를 보호해 주지 않았다. 그가 젊은 신처럼 먼지를 일으키며 하늘로 솟아오를 때, 도시의 불빛은 허망해 보일 것이다. 그녀는 그의 단단한 팔을 바라보았다. 한 시간 후면 한 도시의 운명과도 같은 중요한 무엇인가를 책임진 그 팔이 유럽행 우편기의 운명을 걸머질 것이다. 그녀는 혼란스러웠다. 수많은 사람 가운데서 이 남자만이 그 기이한 희생을 위해 준비되어 있다. 그런 생각에 그녀는 우울해졌다. 그는 그녀의 온화한 품에서 빠져나갈 것이다. 그녀가 그를 먹이고 보살피고 보듬어 준 것은 그녀 자신을 위해서가 아니라 이제 곧 그를 앗아갈 이 밤을 위해서였다. 아무것도 알 수 없는 이 전투와 불안과 승리를 위해서 말이다.

그의 다정한 손은 길이 들었을 뿐, 그 손이 하는 진정한 일을 그녀로서는 알 길이 없었다. 그녀는 이 남자의 미소와 연인으로서의 조심성은 알고 있지만, 뇌우 속에서의 그의 신성한 분노는 알지 못한다. 그녀는 음악이나 사랑이나 꽃과 같은 부드러운 끈들로 그를 묶어 놓았지만, 출발 시간이 되면 그런 끈들은 떨어져 나갔고, 그는 그것을 괴로워하지도 않는 듯했다.

그가 눈을 떴다.

"몇 시야?"

"자정이야."

"날씨는 어때?"

"모르겠어……."

그는 자리에서 일어나 기지개를 켜면서 천천히 창문 쪽으로 걸어갔다.

"그리 춥지는 않겠군. 바람의 방향은 어때?"

"그걸 내가 어떻게 알겠어……."

그는 몸을 숙였다.

"남쪽이네, 아주 좋아. 적어도 브라질까지 이어지겠어."

그는 달을 바라보며 자신이 풍요로워지는 느낌이 들었다. 도시를 내려다보았다.

그는 도시가 부드럽다거나 찬란하다거나 덥다거나 하는 생각은 들지 않았다. 그에게는 이미 도시의 불빛이 허망한 모래처럼 휩쓸려 가는 것이 보였다.

"무슨 생각을 해?"

그는 포르투알레그레 근처에 피어오를 수도 있는 안개를 생각하고 있었다.

'나만의 전략이 있어. 어디로 돌아가야 할지 알겠어.'

그는 여전히 창밖으로 몸을 숙이고 있었다. 그는 맨몸으로 바다에 뛰어들기 직전의 사람처럼 숨을 깊이 들이쉬었다.

"슬퍼하지도 않네……. 며칠이나 걸려?"

일주일이나 열흘. 그는 알 수 없었다. 슬퍼하다니, 왜 슬퍼하나? 그 벌판들, 그 도시들, 그 산들…… 그는 그것들을 정복하러 자유롭게 떠나는 듯했다. 그리고 한 시간도 안 되어 부에노스아이레스를 정복하고 다시 내버리게 되리라는 생각도 했다.

그는 미소를 지었다.

'이 도시에서…… 곧 아주 멀어질 것이다. 밤에 떠나는 일은 아름답다. 남쪽을 향해 엔진 레버를 잡아당기면 십 초도 안 되어 풍경은 뒤바뀌고, 북쪽을 향해 날게 되지. 그러면 도시는 깊은 바다일 뿐이다.'

그녀는 정복을 위해 그가 내던져 버려야 하는 모든 것을 생각했다.

"당신은 집을 좋아하지 않아?"

"집이 좋지……."

하지만 그녀는 그가 벌써 길을 떠나고 있는 것을 느꼈다. 그의 넓은 어깨는 이미 하늘을 등지고 있었다.

그녀는 그에게 하늘을 가리키며 말했다.

"날씨가 좋아. 항로에는 별들이 총총하고."

그가 웃었다.

"그래."

그녀는 그의 어깨에 손을 얹고는 따스한 느낌에 가슴이 뭉클했다. 그러나 이 육체가 위협을 당한다면?

"당신은 아주 강인해. 하지만 조심해!"

"물론 조심해야지."

그는 또 웃었다.

그는 옷을 입었다. 또 한 번의 축제를 위해 그는 가장 거친 천으로 된 옷과 가장 무거운 가죽옷을 골라 농부처럼 차려입었다. 점점 더 묵직해지는 그의 모습을 그녀는 감탄하듯 바라보았다. 그녀는 손수 벨트를 매어 주고, 부츠를 신겨 주었다.

"이 부츠는 불편하군."

"여기 다른 거 있어."

"비상등에 달 끈 좀 찾아 줘."

그녀는 그의 모습을 바라보았다. 그리고 완전히 무장한 그의 옷매무새를 만져 주었다. 모든 것이 잘 갖춰졌다.

"멋져."

그녀는 정성스럽게 머리를 빗는 그의 모습을 감탄하듯 바라보았다.

"별들을 위한 치장이야?"

"늙어 보이지 않으려고."

"질투가 나네……."

그는 또다시 웃고는 그녀에게 키스를 하며 두꺼운 옷을 입은 채 꼭 껴안았다. 그런 다음 여전히 미소를 지으며 팽팽한 두 팔로 어린아이를 안듯 그녀를 번쩍 들어 올려 침대에 눕혔다.

"한숨 더 자!"

그는 문을 닫고 거리로 나섰다. 한밤의 낯선 인파 속에서 정복을 위한 첫발을 내디뎠다.

그녀는 침대에 누운 채 이제 남편에게는 깊은 바다에 불과한 꽃들과 책들과 온기를 서글프게 둘러보았다.

11

리비에르가 그를 맞이했다.

"자네 지난번 비행에서 실수를 했더군. 기상 상태가 좋았는데도 가던 길을 되돌아왔어. 그냥 통과해도 되었는데 겁이 났나?"

갑작스러운 질문에 조종사는 입을 다물었다. 그는 두 손을 천천히 마주 비볐다. 그런 다음 고개를 들고 리비에르를 똑바로 쳐다보았다.

"네."

리비에르는 그렇게 용감한 남자가 겁을 먹었다는 사실에 마음속 깊이 연민을 느꼈다. 조종사는 자신을 변명하려고 했다.

"아무것도 보이지 않았어요. 물론 더 멀리 갔다면…… 어쩌면 무선국의 말대로…… 하지만 조종석 램프가 희미해서 제 손조차 보이지 않았어요. 최소한 날개라도 보려고 표지등을 켜고 싶었지만, 아무것도 볼 수 없었죠. 탈출하기 힘든 큰 구멍에 빠진 느낌이었어요. 그때 엔진이 진동하기 시작했어요."

"아닐세."

"아니라고요?"

"아니야, 그 후에 우리가 엔진을 점검해 보았네. 엔진은 문제없었어. 하지만 겁을 먹으면 언제나 엔진이 진동한다고 믿어 버리지."

"누구라도 겁이 났을 겁니다! 산들에 둘러싸여 있었으니까요. 고도를 잡으려고 했을 때 거센 회오리바람을 만났어요. 아무것도 보이지 않는데 회오리바람이 불면 어떤지 아시잖아요……. 올라가기는커녕 100미터나 곤두박질쳤어요. 자이로스코프도, 기압계도 보이지 않았어요. 엔진 회전수가 떨어지고, 엔진이 과열되면서 오일 압력도 떨어지는 것 같았어요. 그 모든 게 어둠 속에서 마치 질병의 발작처럼 일어났어요. 불 밝힌 도시를 다시 보니 너무나 기쁘더군요."

"자네 상상력이 지나치군. 나가 보게."

조종사는 밖으로 나갔다.

리비에르는 안락의자에 몸을 파묻고 잿빛 머리칼을 손으로 쓸어내렸다.

'그는 내 부하 중에서 가장 용감하다. 그날 밤 그의 성공은 아주 훌륭했다. 하지만 나는 그의 두려움을 없애 줘야 한다.'

그는 마음이 약해지려고 하자 다시 생각했다.

'사랑받으려면 동정심만 가져도 된다. 하지만 나는 동정심이 거의 없거나 그런 마음을 숨긴다. 그러면서도 우정과 인간적 온화함이 나를 에워싸기를 몹시 바라고 있다. 의사는 자신의 직업에서 그런 우정과 온화함을 얻어 내기도 한다. 하지만 내가 돌봐야 하는 것은 사건들이다. 사건들에 대처할 수 있도록 사람들을 단련시켜야 한다. 저녁마다 사무실에 앉아서 항로에 관한 서류를 마주하고 있으면 그 막연한 법칙이 잘 느껴진다. 될 대로 되라는 심정으로 내버려 두면, 잘 조정된 일이라고 그대로 진행되도록 방치해 버리면, 희한하게도 바로 그 순간 사고가 터진다. 마치 오로지 나의 의지만이 비행기의 운행 중단이나 태풍으로 인한 우편기의 지체를 막을 수 있다는 듯이 말이다. 이따금 그런 나의 힘에 놀라곤 한다.'

그는 또 생각에 잠겼다.

'어쩌면 그것은 당연한 일이다. 잔디를 다듬는 정원사의 끊임 없는 노력이 그러하다. 그의 단순한 손놀림이 끊임없이 원시림을 준비하는 땅에서 잡초를 밀어내는 것이다.'

그는 조종사를 생각했다.

'나는 그를 두려움에서 구해 주고 있다. 내가 공격한 것은 그가 아니다. 미지의 사태에 맞닥뜨렸을 때 사람을 마비시키는 압력을 그를 통해 공격한 것이다. 그의 이야기를 귀담아들어 주고 그를 동정하고 그의 모험담을 진지하게 받아들이면, 그는 자신이 신비의 세계에서 귀환했다고 믿어 버릴 텐데, 두려움의 근원은 바로 그 신비에 있다. 그는 그 어두운 우물 속으로 내려가야 하고 거기에서 다시 기어 올라와 그 안에 아무것도 없다는 말을 할 수 있어야 한다. 그리고 밤의 가장 깊숙한 한복판으로, 손이나 비행기 날개만을 비춰 줄 뿐인 광부의 조그만 램프 따위도 없이, 그 짙은 어둠 속으로 내려가야 한다. 미지의 세계로부터 어깨너비만큼 거리를 두어야 한다.'

그렇지만 리비에르와 조종사들은 그 투쟁 속에서 말이 필요 없는 우애로 마음 깊숙이 서로 결속되어 있었다. 그들은 같은 배를 탄 사람들이었고, 정복에 대한 똑같은 욕망을 체험했었다. 리비에르는 밤을 정복하기 위해 치러 낸 다른 전투를 기억해 냈다.

정부 관료들은 그 어두운 영토를 탐사되지 않은 오지처럼 두려워했다. 밤이 품고 있는 뇌우와 안개를 향해 시속 200킬로미터로 승무원을 내달리게 하는 일은 전투기에나 용인될 수 있는 모험으로 여겼다. 전투기는 맑은 날 밤에 폭격을 마치고 다시 같은 곳으로 돌아온다. 하지만 정기적인 우편 비행은 밤에 실패할 수도 있다. 리비에르는 반박했다.

"그것은 우리에게 사활이 걸린 문제입니다. 우리는 낮 동안에 철도나 선박에 비해 앞섰던 것을 매일 밤 까먹기 때문이죠."

리비에르는 예산이나 보험 그리고 무엇보다 여론에 대한 이야기들을 근심스럽게 들어왔다.

그는 이렇게 응수했다.

"여론은…… 주도하면 됩니다!"

그리고 생각했다. '얼마나 많은 시간을 까먹었던가! 이 모든 것에 앞서는 뭔가가…… 무엇인가가 있다. 살아 있는 모든 것은 살아가기 위해 움직이며, 살아가기 위해 자기 고유의 법칙을 만들어 낸다. 그것은 어쩔 수 없는 일이다.' 리비에르는 언제 어떻게 상업 항공이 야간 비행에 착수할지는 모르지만, 그에 대한 해결책을 준비해야 한다고 생각했다.

그는 회의가 이루어지던 책상들을 떠올렸다. 그 앞에서 그는 주먹으로 턱을 괸 채 수많은 반박을 들어야 했다. 그 반박들은 미리부터 받아들인 사망 선고처럼 허망하게 들렸다. 그리고 그

71

는 자기 내부의 힘이 한 가지로 무겁게 응집되는 것을 느꼈다. '나의 논리는 굳건해. 나는 이길 것이다. 그것은 사태의 자연스러운 추세다.' 모든 위험을 피할 수 있는 완벽한 해결책을 요구받았을 때 그는 대답했다.

"경험이 법칙을 만들어 줄 겁니다. 법칙은 결코 경험을 앞서지 못합니다."

오랜 논쟁 끝에 마침내 리비에르는 승리했다. 어떤 사람들은 '그의 신념 때문'이라고 했고, 다른 이들은 '그의 집요함, 곰 같은 추진력 때문'이라고 했다. 그러나 그의 말에 따르면, 그것은 그가 제대로 된 방향으로 숙고했기 때문이다.

하지만 초반에는 얼마나 신중했던가! 비행기는 해가 뜨기 한 시간 전에야 출발해야 했고, 해가 지고 난 한 시간 안에 착륙해야 했다. 리비에르가 자신의 경험에 좀 더 확신이 생겼다고 판단했을 때에서야 비로소 깊은 밤 속으로 우편기들을 날아가게 할 수 있었다. 추종자도 없이 반박만 받으면서도 그는 지금까지 고독한 싸움을 이어 나가고 있었다.

리비에르는 비행 중인 우편기들이 보내온 최근 메시지들을 확인하려고 벨을 눌렀다.

12

그동안 파타고니아행 우편기는 폭풍에 가까워졌다. 파비앵은 폭풍을 피해 우회하는 일을 포기했다. 폭풍이 너무 넓게 퍼져 있다고 판단했다. 번개 줄기가 내륙으로 파고들며 구름의 아성을 드러내고 있었다. 그는 폭풍 아래로 지나가려고 시도해 본 다음 만일 상황이 좋지 않으면 되돌아갈 작정이었다.

그는 고도를 살펴보았다. 1,700미터였다. 고도를 낮추기 위해 조종간을 잡은 손바닥에 힘을 주었다. 엔진이 격렬하게 진동하며 기체도 흔들렸다. 파비앵은 어림잡아 하강 각도를 수정하고 지도를 보며 구릉들의 높이가 500미터임을 확인했다. 여유를 두기 위해서 700미터 고도로 비행해야 했다.

그는 거금을 걸고 도박하듯이 비행기의 고도를 낮췄다. 비행기는 회오리바람에 휘감기더니 아주 심하게 흔들렸다. 파비앵은 눈에 보이지 않는 붕괴 사고의 위협을 느꼈다. 그는 비행기를 돌려 수많은 별을 다시 보고 싶었지만, 각도를 조금도 수정하지 못했다.

파비앵은 가능성을 계산해 보았다. 이것은 국지적인 폭풍일 것이다. 다음번 기항지인 트렐레우에서 하늘의 4분의 3이 구름에 덮여 있다는 신호가 왔기 때문이다. 콘크리트처럼 단단한 어둠 속에서 이십 분 정도만 살아 버티면 된다. 그러면서도 그는 초조했다. 바람이 휘몰아치는 왼쪽으로 몸을 기울이고 있던 그는 칠

흑같이 캄캄한 밤에 떠돌아다니는 어렴풋한 섬광이 무엇인지 알아보려고 애를 썼다. 그러나 그것은 빛이라고 할 수도 없었다. 단지 짙은 어둠 속에서만 겨우 감지되는 농도의 변화이거나 피곤한 눈이 일으킨 착시 현상이었다.

 그는 무선기사가 건넨 쪽지를 펼쳤다.

 '우리가 지금 어디에 있죠?'

 그걸 알아내기만 한다면야 파비앵은 어떤 대가라도 치를 것이다.

 "나도 몰라요. 나침반에 의존해 폭풍을 지나고 있어요."

 그는 다시 몸을 숙였다. 불꽃 다발처럼 엔진에 매달려 있는 배기관 불빛이 거슬렸다. 하도 희미한 빛이라 달빛만 비쳐도 죽어버리는데, 이 암흑 속에서는 눈에 보이는 세상을 온통 빨아들이고 있었다. 그는 그 불빛을 바라보았다. 그것은 횃불처럼 바람에 의해 거센 불꽃을 내뿜었다.

 파비앵은 삼십 초마다 자이로스코프와 나침반을 확인하기 위해 계기판 속으로 고개를 들이밀었다. 조종석의 희미한 붉은 램프는 켤 엄두가 나지 않았다. 그것을 켜면 한참 동안 눈이 부셨기 때문이다. 다행히 라듐으로 된 모든 숫자판 기기들은 희미한 별처럼 빛을 쏟아내고 있었다. 바늘과 숫자들로 이루어진 그곳에서 조종사는 헛된 안정을 느꼈다. 그것은 물결이 들이치는 배의 선실에서 느끼는 안정감 같은 것이었다. 밤, 그리고 밤이 지닌 모든 것들, 바위와 표류물과 구릉 같은 것들이 모두 하나같이 놀라운 운명으로 비행기를 향해 몰아치고 있었다.

"지금 어디죠?"

무선기사가 같은 물음을 되풀이했다.

생각에 잠겼던 파비앵은 다시 고개를 들고 왼쪽으로 몸을 기울여 곤혹스러운 감시를 시작했다. 얼마나 많은 시간과 노력을 들여야 이 어두운 속박에서 벗어날 수 있을지 그는 알 수 없었다. 결코 벗어날 수 없을지도 모른다는 의심마저 들었다. 왜냐하면 그는 자신의 인생을 이 작고 더럽고 구겨진 종이에 걸고 있었고, 그는 희망을 불어넣으려고 그것을 수없이 펼쳐 읽었다.

'트렐레우. 하늘의 4분의 3이 구름 낌. 약한 서풍.'

트렐레우 하늘의 4분의 3 정도가 구름에 덮였다면, 구름의 틈새로 빛이 보일 것이다.

저 멀리 약속된 희미한 빛이 그를 계속 비행하게 했다. 하지만 의심이 가시지 않은 탓에 휘갈겨 쓴 종이를 무선기사에게 건넸다.

'통과할 수 있을지 모르겠음. 후방의 날씨는 어떤지 알려 주기 바람.'

돌아온 답변은 당혹스러웠다.

'코모도로 귀환이 불가능하다는 기별. 폭풍 때문임.'

그는 안데스 산맥에서 바다를 향해 휘몰아치는 예사롭지 않은 폭풍의 공세를 짐작했다. 그가 도시에 닿기도 전에 태풍이 먼저 도시를 덮칠 것이다.

"산 안토니오의 날씨를 물어봐 줘요."

"산 안토니오에서 답이 왔습니다. '서풍이 일고 태풍은 서쪽에 있음. 하늘은 완전히 구름에 덮임.' 산 안토니오에서는 잡음 때문에 아주 안 들린답니다. 저 역시 잘 안 들리고요. 방전 때문에 곧 안테나를 감아 들여야 할 것 같습니다. 되돌아갈 건가요? 어떤 계획인지요?"

"가만히 좀 있어요. 바이아블랑카의 날씨나 물어봐 줘요."

'바이아블랑카의 회답. 이십 분 안에 바이아블랑카 서쪽으로 격심한 폭풍 예상.'

"트렐레우의 날씨를 알아봐 줘요."

'트렐레우의 회답. 서쪽에 초속 30미터의 폭풍과 폭우.'

"부에노스아이레스에 전달하시오. '사방이 막혀 있음, 폭풍이 1,000킬로미터로 펼쳐져 있음. 아무것도 보이지 않음. 어떻게 해야 합니까?'라고."

조종사에게는 항구(모든 항구는 접근 불가능으로 보였다.)로도 새벽으로도 데려가 주지 않는 이 밤이 피안이 없는 바다 같았다. 한 시간 사십 분 후면 기름도 떨어질 것이다. 조만간 이 짙은 어둠 속을 눈먼 채로 흘러 다녀야 할 것이다.

'날이 샐 때까지만 견딜 수 있다면⋯⋯.'

파비앵은 새벽이, 이 고된 밤을 보낸 후에 좌초하여 흘러들 황금빛 모래사장 같았다. 새벽이 오면, 위협을 받던 비행기 아래로 평야의 해변이 나타날 것이고, 고요한 대지는 잠들어 있는 농가와 가축들과 언덕들을 간직하고 있을 것이다. 어둠 속에 밀려온 온갖 표류물들은 무해한 것이 될 것이다. 할 수만 있다면 그 새벽을 향해 헤엄쳐 나갈 것이다.

그는 포위되었다는 생각이 들었다. 어쨌든 모든 것이 이 짙은 어둠 속에서 해결될 것이다. 그것은 사실이다. 해가 떠오를 때면 회복기에 들어서는 느낌이 들곤 했다. 하지만 해가 떠오를 동쪽을 뚫어지게 바라본들 무슨 소용인가. 그와 해 사이에는 헤어날 수 없을 정도의 깊은 밤이 놓여 있었다.

13

"아순시온 우편기는 순항 중이야. 두 시쯤에는 도착할 예정이지. 그런데 지금 난항 중인 듯한 파타고니아행 우편기는 상당한 지체가 예상되네."

77

"알겠습니다, 리비에르 씨."

"유럽행 비행기를 이륙시키려면 파타고니아행 우편기는 기다리지 못할 거야. 아순시온 우편기가 도착하는 대로 우리의 지침을 따르도록 하게. 준비하고 기다리게."

리비에르는 북쪽의 기항지들이 보내온 재난 조치에 관한 전보를 다시 읽어 보았다. 전보들은 유럽선 우편기에 달빛의 항로를 열어 주었다. '청명한 하늘, 보름달, 바람 없음.' 브라질의 산들은 바다의 은빛 물결 속에 그 검은 숲의 촘촘한 가지들을 직선으로 담그고 있었다. 그 숲 위로 달빛이 줄기차게 쏟아져 내렸지만, 숲을 물들일 정도는 아니었다. 표류물처럼 바다에 떠 있는 섬들 역시 검은 빛이었다. 전 항로를 끝없이 비추고 있는 달은 마르지 않는 빛의 샘물 같았다.

리비에르가 출발 명령을 내리면 유럽행 우편기의 승무원은 밤새 부드럽게 반짝이는 안정적인 세계로 들어설 것이다. 밀려드는 빛과 어둠 사이의 균형을 위협할 것이라고는 어디에도 없는 세계, 맑은 바람의 어루만짐조차 스며들지 않는 세계로 말이다.

그러나 리비에르는 그 달빛 앞에서 금지된 금광을 마주한 광산 채굴자처럼 머뭇거렸다. 남쪽에서 일어나는 사건들은 야간 비행의 유일한 옹호자인 리비에르를 불리하게 했다. 그의 적대자들은 파타고니아에서 발생한 참사로 매우 유리한 도덕적 주장을 내세울 것이고, 리비에르의 신념은 무력해질 수도 있다. 그러나 리비에르는 흔들리지 않았다. 사업의 빈틈 하나가 비극을 일어나게 했지만, 그 비극도 빈틈이 존재한다는 것을 보여 주었을 뿐 다른 어떤 것도 입증하지는 못했기 때문이다. '어쩌면 서쪽 지역에 관측 기지를 세워야 할지도 모르겠군……. 한번 생각해 봐야겠어.' 그는 또 이런 생각도 했다. '야간 비행에 관한 나의 신념에는 변함이 없어. 오히려 사고를 일으킬 수 있는 하나의 원인이 줄어든 것일 뿐이다. 이번 사고로 드러난 원인.' 실패는 강한 자들을 더욱 강하게 만든다. 그러나 불행하게도 우리는 사태의 진정한 의미는 거의 고려되지 않는 그런 도박을 인간들에 대해 벌이고 있다. 우리는 표면상으로 이기거나 지게 되고, 보잘것없는 점수를 얻는다. 그리고 그 피상적인 패배에 결박되어 버리는 것이다.

리비에르는 벨을 눌렀다.

"바이아블랑카에서 보내온 소식은 없나?"

"없습니다."

"비행장에 전화를 연결해 주게."

오 분 후 그는 상황을 물었다.

"어째서 아무 소식도 전해주지 않나?"

"우편기로부터 아무 소식도 듣지 못했습니다."

"침묵하고 있는 건가?"

"모르겠습니다. 뇌우가 너무 심합니다. 우편기에서 교신해도 우리가 들을 수 없을 겁니다."

"트렐레우에서는 들린다던가?"

"트렐레우 소식은 듣지 못했습니다."

"전화해 보게."

"해 봤는데 통화가 끊어졌습니다."

"거기 날씨는 어떤가?"

"몹시 나쁩니다. 서쪽과 남쪽에 번개가 칩니다. 공기가 매우 무겁습니다."

"바람은?"

"아직은 약하긴 하지만 겨우 십 분 정도나 그럴 겁니다. 번개가 무척 빠르게 접근해 오고 있습니다."

침묵이 흘렀다.

"바이아블랑카? 들리나? 좋아. 십 분 후에 이곳으로 다시 전화해 주게."

그리고 리비에르는 남쪽 비행장에서 보내온 전보들을 뒤적거렸다. 모두 하나같이 우편기의 침묵을 알리고 있었다. 몇몇 비행장들은 더 이상 부에노스아이레스로 답신을 보내오지 않았다. 지도 위에는 연락이 끊긴 지역을 나타내는 얼룩이 점차 늘어났다. 그곳의 작은 도시들은 벌써 태풍의 영향을 받아 모든 문을 닫았을 것이다. 불빛 하나 없는 거리 탓에 비행기는 망망대해의 배처럼 세상으로부터 단절되어 밤의 한가운데를 방황하고 있을 것이다. 오직 새벽만이 그들을 구해 낼 수 있을 것이다.

 리비에르는 지도에 몸을 숙인 채 맑은 하늘의 피난처를 찾아낼 희망을 놓지 않았다. 서른 곳이 넘는 지방 도시의 경찰에 기상을 묻는 무선전보를 보냈는데, 이제 그 답신들이 도착하기 시작했다. 2,000킬로미터에 이르는 무선국 중에서 한 곳이라도 비행기의 호출을 받으면 삼십 초 내 부에노스아이레스에 통고하라는 명령을 내렸다. 부에노스아이레스에서 대피 장소의 위치를 곧장 파비앵에게 전할 수 있도록 말이다.

 새벽 한 시에 소집된 직원들은 각자의 사무실로 돌아갔다. 그곳에서 그들은 야간 비행이 중단될 것이라거나, 유럽행 우편기는 해가 뜬 후에나 이륙하게 될 것이라는 이야기들을 비밀스레 나누었다. 그들은 파비앵에 대해, 폭풍우에 대해, 그리고 무엇보다 리비에르에 대해 소리 죽여 이야기했다. 그들은 저기, 바로 옆 사무실에 있는 리비에르가 자연을 거스른 탓에 차츰 무너져 내릴 것이라고 짐작했다.

 그러다 모든 말소리가 뚝 끊겼다. 리비에르가 문 앞에 서 있었다. 외투를 꼭 껴입고 언제나처럼 눈 바로 위까지 모자를 눌러 쓴 영원한 여행자의 모습으로, 그는 사무실 주임을 향해 천천히 걸어왔다.

 "한 시 십 분이네. 유럽선 우편기의 서류는 규정에 맞춰 준비했나?"

"제 생각엔……."

"자네는 생각하지 않아도 돼, 실행만 하면 되는 것이지."

그는 몸을 돌려 뒷짐을 지고 창문이 열린 쪽으로 걸어갔다. 직원 하나가 그에게 다가왔다.

"소장님, 저희는 거의 회신을 받지 못했습니다. 내륙에서는 수많은 전화선이 이미 끊겼다는 기별이 왔고……."

"알았네."

리비에르는 꼼짝도 하지 않고 어둠을 응시했다.

도착하는 메시지마다 모두 파비앵이 탄 우편기의 위험을 타전했다. 전화선이 끊기기 전에 회신할 수 있었던 도시들에서는 전진해 오는 적군의 침략처럼 태풍의 진전을 전해왔다.

'태풍이 내륙 지방, 안데스산맥으로부터 오고 있음. 모든 항로를 휩쓸며 바다로 이동 중…….'

리비에르는 별빛이 너무 밝고, 공기는 너무 습하다고 생각했다. 정말 이상한 밤이다! 그 밤은 반짝거리는 과일의 살처럼 갑자기 군데군데 썩어 들어가고 있었다. 부에노스아이레스의 하늘은 여전히 빛나는 별들로 가득했지만, 그것은 하나의 오아시스, 하나의 순간에 불과했다. 게다가 그것은 승무원의 비행 영역을 벗어난, 다른 곳에 있는 항구일 뿐이었다. 나쁜 바람이 건드리고 부패시킨 위협적인 밤. 물리쳐 이겨내기 어려운 밤.

비행기 한 대가 그 깊은 심연 속 어딘가에서 위험에 처해 있었고, 해안에서는 그저 무력하게 동요하고 있었다.

14

파비앵의 아내가 전화를 걸었다.

남편이 귀환하는 날 밤마다 그녀는 파타고니아 우편기의 진행 상황을 헤아려 보곤 했다. '지금쯤 트렐레우에서 이륙했겠다.' 그런 다음 다시 잠이 들었다. 조금 후 다시 그녀는 잠에서 깼다. '이제 산안토니오로 다가설 것이고, 그곳의 불빛이 보이겠지.' 그러면서 그녀는 자리에서 일어나 커튼을 젖히고 하늘을 판별해 보았다. '구름 때문에 힘들겠네……' 이따금 달은 양치기처럼 어슬렁거렸다. 그러면 젊은 아내는 이 별과 달이 남편을 둘러싸고 있는 수많은 것들로 안심이 되어 다시 자리에 누웠다. 새벽 한 시가 되면 그녀는 남편이 가까이 왔음을 느꼈다. '그이는 멀지 않은 곳에 있어. 부에노스아이레스가 보일 거야……' 그렇게 생각하며 그녀는 다시 일어나 남편의 식사와 따뜻한 커피를 준비했다. '저 높은 곳은 너무 추워……' 그녀는 언제나 남편을 눈 덮인 정상에서 내려온 듯이 맞이했다.

"춥지 않아?"

"전혀!"

"그래도 몸을 좀 덥혀⋯⋯."

1시 15분이면 만반의 준비가 끝났다. 그러면 그녀는 전화를 걸었다.

그날 밤, 다른 사람들처럼 그녀도 물었다.

"파비앵은 착륙했나요?"

그녀의 전화를 받은 직원은 조금 당황했다.

"누구시죠?"

"시몬 파비앵입니다."

"아! 잠깐만요⋯⋯."

아무 말도 할 수 없었던 직원은 수화기를 사무실 주임에게 건네주었다.

"누구십니까?"

"시몬 파비앵인데요."

"아, 예⋯⋯. 무슨 일로 그러시죠?"

"저희 남편이 착륙했나요?"

설명할 수 없을 것 같은 침묵이 이어지더니 그저 이런 답변만이 들려왔다.

"아니요."

"연착인가요?"

"네⋯⋯."

다시 침묵이 흘렀다.

"네⋯⋯. 연착입니다."

"아⋯⋯."

그것은 상처받은 육체에서 나오는 탄식이었다. 연착은 아무 일도 아니다⋯⋯. 그거야 대수롭지 않지만 그게 길어지면⋯⋯.

"아⋯⋯ 그러면 그이가 몇 시에 도착할까요?"

"몇 시에 도착하냐고요? 저희는⋯⋯ 저희도 모릅니다."

그녀는 지금 벽에 부딪히고 있었다. 그녀는 자기가 한 질문의 메아리만 듣고 있었다.

"제발 대답 좀 해 주세요! 지금 그이는 어디에 있죠?"

"지금 어디에 있냐고요? 잠깐 기다리세요⋯⋯."

그런 무기력한 태도가 그녀를 아프게 했다. 벽 뒤에서는 무슨 일인가 일어나고 있었다.

이윽고 대답이 돌아왔다.

"19시 30분에 그는 코모도로에서 이륙했습니다."

"그리고 그 후에는요?"

"그 후에요? 상당히 늦어져서⋯⋯ 기상 악화로 많이 늦어져서⋯⋯."

"아! 기상 악화요⋯⋯."

부에노스아이레스의 하늘에 한가롭게 걸쳐 있는 저 달은 얼마나 부당하고 기만적인가! 젊은 여인은 코모도로에서 트렐레우까지 두 시간도 안 걸린다는 사실을 불현듯 기억해 냈다.

"그럼, 그이는 여섯 시간 동안이나 트렐레우를 향해 비행하는 중이네요! 하지만 그이가 당신들에게 통신을 보냈을 거 아니에요! 뭐라고 하던가요?"

"그가 뭐라고 했냐고요? 당연히 이런 날씨에는······ 부인도 아시겠지만 그의 통신이 들리지 않습니다."

"이런 날씨라!"

"저······ 부인, 뭔가 소식이 오면 곧 연락드리겠습니다."

"아! 당신들도 아무것도 모르는군요······."

"그럼, 안녕히 계십시오. 부인······."

"아니, 안 돼요! 소장님과 통화하고 싶어요."

"소장님은 매우 바쁘십니다, 지금 회의 중이라······."

"아! 상관없어요! 상관없다고요! 소장님과 통화하고 싶어요."

사무실 주임은 땀을 닦았다.

"잠깐 기다리세요······."

그는 리비에르의 사무실 문을 열었다.

"파비앵 부인이 소장님과 통화하고 싶답니다."

'그럼 그렇지! 걱정하던 일이 드디어 터졌군!' 리비에르는 생각했다. 극적인 사건의 감정적 요소들이 모습을 드러내기 시작한 것이었다. 처음에 그는 그런 요소들을 인정하지 않으려 했다. 어머니와 아내 들은 수술실에 들어가지 않는 법이다. 위험에 처한

배 안에서는 감정을 드러내지 않도록 해야 한다. 감정은 사람을 구하는 일에 도움이 되지 않기 때문이다. 그는 전화를 받기로 했다.

"내 사무실로 연결하게."

그는 멀리서 들려오는 떨리는 작은 목소리를 들었다. 하지만 그녀에게 대답해 줄 말이 없다는 것을 이내 깨달았다. 이렇게 대립하는 일은 두 사람 모두에게 한없이 헛된 일일 것이다.

"부인, 제발 진정하십시오! 우리 같은 직업은 한참 동안 소식을 기다리는 일이 아주 흔합니다."

그는 이제 개인적인 비탄의 문제가 아니라, 자기 일 자체의 문제가 놓여 있는 경계에 이르렀다. 리비에르 앞에는 파비앵의 아내가 아니라 삶의 또 다른 의미가 우뚝 서 있었다. 리비에르는 그 작은 목소리, 너무나 서글프지만 적의에 찬 그 목소리를 듣고 동정할 수밖에 없었다. 그의 일이나 개인의 행복은 결코 둘로 나눌 수 없는 것이기 때문이다. 그 두 가지는 서로 대립할 뿐이다. 이 여자 역시 자신의 의무와 권리를 절대적인 세상의 이름으로 이야기하고 있었다. 저녁 식탁을 밝히는 램프의 이름으로, 그의 육체를 기다리는 육체의 이름으로, 희망과 애정과 추억의 이름으로 말이다. 그녀는 자신의 행복을 요구하고 있었고, 그녀는 옳았다. 그리고 리비에르 또한 옳았다. 하지만 그는 이 여인의 진실에 대항할 것이 아무것도 없었다. 그는 집 안을 비추는 소박한 램프 불빛 아래에서, 형용할 수 없이 비인간적인 자신의 진실을 발견했다.

"부인⋯⋯."

그녀는 더 이상 그의 말을 듣고 있지 않았다. 자신의 연약한 주먹으로 벽을 치다가 지쳐서는 자기 발밑으로 쓰러져 버린 듯했다.

언젠가 다리를 건설 중인 공사장에서 부상자 한 명을 들여다보고 있을 때였다. 그 자리에 함께 있던 기술자가 리비에르에게 이렇게 말했다

"이 다리가 처참하게 뭉개진 부상자의 얼굴만큼의 가치가 있을까요?"

그 다리를 이용하게 될 농부 중 누구라도 다른 다리로 돌아가는 수고를 덜기 위해 끔찍하게 얼굴을 훼손하는 일 따위를 용인하는 농부는 한 명도 없었을 것이다. 그런데도 사람들은 다리를 건설한다. 기술자는 덧붙여 말했다.

"전체의 이익은 개개인의 이익이 모여 이루어지죠. 하지만 그것 외에는 아무것도 정당화하지 않아요."

한참 후에 리비에르가 그에게 대답했다.

"그러나 인간의 생명을 값으로 따질 수 없다고 해도 우리는 언제나 인간의 생명을 넘어서는 가치 있는 뭔가가 있는 것처럼

행동하지요……. 그런데 그게 무엇일까요?"

리비에르는 우편기의 승무원들을 생각하며 가슴을 졸였다. 사업은, 다리 하나를 건설하는 일에서도 개인의 행복을 부숴 버린다. 이제 리비에르는 '대체 무슨 명목으로'라는 자문을 하지 않을 수 없었다. '어쩌면 이제 사라져 버릴지도 모를 그 승무원들은 행복하게 살 수 있었을 텐데…….' 그는 저녁의 불빛이 비치는 황금빛 성역에서 고개를 숙이고 있는 그들의 얼굴이 보이는 듯했다. 무슨 명목으로 나는 그들을 성소에서 끌어낸 것일까? 대체 무슨 명목으로 그들을 개인적인 행복으로부터 빼내 왔을까? 그런 행복을 보호하자는 게 제일의 법칙 아니었나? 그런데 자기 자신도 그 행복을 부숴 버리고 있었다. 황금빛 성소들은 운명적으로 언젠가는 신기루처럼 사라진다. 노화와 죽음이 리비에르 자신보다 가혹하게 그 행복을 파괴해 버리기 때문이다. 어쩌면 구해 내야 할 어떤 것, 좀 더 지속적인 다른 것이 존재할 것이다. 리비에르가 이렇게 일하는 것은 다름이 아니라 인간의 바로 그런 부분을 구해 내기 위해서일까? 그렇지 않다면 행동은 정당화되지 않는다.

'사랑한다는 것, 오직 사랑만 한다는 것은 정말이지 막다른 길과 같다!' 리비에르는 사랑하는 일보다 더 중대한 의무가 있을 것이라고 어렴풋이 느꼈다. 그것 또한 애정일 테지만 다른 애정과는 사뭇 다른 것. 어떤 문구가 그의 머릿속에 떠올랐다. '문제는 그 애정을 영원하게 만드는 것이다……….' 이 구절을 어디서 읽었던가? '당신이 당신의 내면에서 추구하는 것은 죽어 없어진다.' 그는 페루의 잉카에 있는 오래된 태양신의 사원을 떠올렸다. 산 위에 곧게 세워진 그 돌기둥들. 그 돌기둥들이 없었다면 오늘날의 인간을 그토록 무겁게 압도하는, 회한처럼 내리누르는 그 강력한 문명에서 무엇이 남았겠는가? '고대의 지도자는 무슨 냉혹한 명목과 무슨 기이한 사랑을 내세워 산 위에 신전을 세우라고 강요하고, 그렇게 그들의 영원성을 세울 것을 명령했을까?' 리비에르는 또한 저녁마다 음악당 주위를 돌아다니는 작은 도시의 소시민들을 떠올렸다. '저런 종류의 행복, 저런 굴레와 안장을……….' 고대의 지도자는 인간의 고통에 대해서 연민을 갖지 않았을지 모르지만, 인간의 죽음에 대해서는 엄청난 연민을 가졌을 것이다. 인간 개개인의 죽음에 대한 연민이 아니라, 바다가 쓸어버리는 모래와도 같은 인간 종족에 대한 연민 말이다. 그리하여 그는 사막이 파묻어 버리지 못할 돌기둥이라도 세워 놓으려고 백성을 산으로 이끌었던 것이리라.

15

네 번 접은 이 종이가 어쩌면 그를 구해 줄 것이다. 파비앵은 이를 악물고 종이를 펼쳤다.

'부에노스아이레스와 교신 불가능. 손가락에 스파크가 일어서 더 이상 무선기도 조작할 수 없음.'

화가 난 파비앵은 답변하고 싶었지만, 글씨를 쓰려고 조종간을 놓자 강력한 파고 같은 것이 그의 몸속으로 침투하는 것을 느꼈다. 돌풍이 5톤짜리 강철 속에 들어 있는 그를 들어 올려서 흔들었다. 그는 회답하기를 포기했다.

그의 손이 다시금 파고를 봉쇄하고 누그러뜨렸다.

파비앵은 크게 심호흡을 했다. 만일 무선기사가 폭풍이 두려워서 안테나를 다시 감아 버리면 착륙한 후에 그의 얼굴을 짓이겨 놓을 생각이었다. 무슨 수를 써서라도 부에노스아이레스와 교신해야 했다. 15,000킬로미터도 더 떨어진 그곳에서 이 심연 같은 곳에 있는 그들에게 밧줄이라도 던져 줄 것만 같았다. 흔들리는 불빛, 시골 여인숙의 불빛은 거의 쓸모없기는 해도 바다의 등대처럼 육지가 가까이 있음을 입증해 줄 것이다. 하지만 그조차도 보이지 않으니 적어도 어떤 목소리, 이미 그들에게는 존재하지 않는 세상에서 온 유일한 목소리가 필요했다. 조종사는 주먹을 들어 붉은 불빛 아래 흔들어 보이며 뒷자리의 무선기사에게 이 비극적인 진실을 이해시키고자 했다. 하지만 상대방은 매몰된 도시와 꺼져버린 불빛으로 황폐해진 공간을 내려다보느라 그 진실을 알 수 없었다.

파비앵은 들리기만 한다면 모든 충고를 따를 것이었다. '빙빙 돌라고 한다면 빙빙 돌 것이고, 완전히 남쪽으로 전진하라고 한다면⋯⋯.' 그 평화로운 대지, 커다란 달빛 아래 펼쳐진 부드러운 대지가 어디엔가 존재하고 있다. 저 아래 있는 동료들, 꽃처럼 아름다운 램프 불빛을 받으며 지도에 몸을 숙이고 있는 전능한 저들, 학자처럼 박식한 저들은 그곳이 어딘지 알고 있을 것이다. 하지만 그는 무얼 아는가? 산사태처럼 빠르게 검은 진창으로 몰아붙이는 돌풍과 어둠밖에는⋯⋯ 구름 속에서 돌풍과 화염 가운데 빠져 있는 두 사람을 포기할 수 없을 것이다. 그럴 수는 없을 것이다. 파비앵에게 "기수를 240도로⋯⋯."라고 명령을 내리면 그는 기수를 240도로 맞출 것이다. 하지만 그는 혼자였다.

그는 기계마저 반항하고 있다는 느낌이 들었다. 아래로 가라앉을 때마다 엔진이 어찌나 요동을 치던지 비행기 전체가 분노에 사로잡힌 듯 흔들렸다. 파비앵은 머리를 조종석에 파묻고 자이로스코프 수평기를 들여다보며 비행기를 제어하는 데 전력을 쏟았다. 바깥은 더 이상 하늘과 땅을 구별할 수 없었다. 그는 모든 것이 뒤섞인 어둠, 세상이 시작되는 어둠 속에서 길을 잃었다. 위치를 가리키는 바늘들은 점점 더 빠르게 흔들려서 읽어 내기가 어려웠다. 이미 그 숫자들에 속은 조종사는 헛되이 분투하며 고도를 잃어버렸다. 그는 차츰 어둠 속으로 빨려 들고 있었다. 고도계를 보니 '500미터'였다. 그것은 구릉의 높이였다. 그는 구릉들이 자신을 향해 현기증 나는 파도처럼 밀려오고 있다고 생각했다. 또한 손바닥만 한 양으로도 그를 압살시킬 수 있는 땅덩어리가 뿌리 뽑힌 것처럼 그의 주변을 빙빙 돌고 있다고 느꼈다. 그것은 오묘한 춤을 추며 그를 점점 더 옥죄어 왔다.

그는 결심했다. 충돌의 위험을 무릅쓰고 어디든 착륙하기로 한 것이다. 최소한 언덕은 피하려고 그는 단 하나뿐인 조명탄을 터트렸다. 조명탄은 불꽃을 일으키며 빙빙 돌더니 평평한 곳을 비추고는 꺼졌다. 그곳은 바다였다.

'틀렸어! 교정 각도를 40도로 했는데도 이탈했어. 태풍이다. 육지는 어디일까?' 그는 완전히 서쪽으로 방향을 바꾸었다. '조명탄도 없으니 이젠 죽겠군. 무선기사는 분명 안테나를 다시 감았을 거야.' 언젠가는 벌어질 일이었다. 하지만 조종사는 더 이상 그를 원망하지 않았다. 만약 그가 두 손을 놓아 버리면 그들의 생명은 즉시 덧없는 먼지처럼 사라져 버릴 것이다. 그는 자신의 두 손에 동료와 그의 고동치는 심장을 쥐고 있었다. 그러자 갑자기 그 손이 두려워졌다.

그는 거세게 몰아치는 돌풍 속에서 요동치는 조종간을 가라앉히려고 있는 힘을 다해 움켜잡았다. 그렇게 하지 않으면 조종석이 부서져 버릴 것 같았다. 그는 계속해서 조종간을 꽉 움켜잡았다. 그러자 곧 손의 감각이 사라졌다. 그는 손가락을 움직이려고 했지만, 말을 듣지 않았다. 그저 무언가 이상한 것이 그의 팔에 매달려 있는 듯했다. 무감각하고 물렁물렁한 가죽 같은 것이……
…. '뭔가를 움켜쥐고 있다는 사실을 열심히 상상해야 한다.' 하
지만 그런 상상이 자기 손에 전해질지는 알 수 없었다. 이제는
어깨의 통증으로만 조종간의 진동을 감지할 수 있었다. 그는 두
려웠다. '조종간이 내 손에서 빠져나갈 거야. 내 손에 힘이 빠질
거야…….' 그는 그런 생각을 했다는 사실에 소스라치게 놀랐
다. 왜냐하면 이번에는 자신의 손이 그 막연한 상상의 힘에 복
종하여 어둠 속에서 슬그머니 자신을 놓아 버리려는 느낌이 들
었기 때문이다.

 그는 아직 싸울 수 있고 자신의 운을 시험해 볼 수 있을 것 같
았다. 외적인 숙명이란 없으니까. 하지만 내적인 숙명은 있다.
인간이 스스로 나약함을 깨닫는 순간 그것은 찾아온다. 그러면
온갖 실수가 현기증처럼 우리를 엄습하는 것이다.

 바로 그 순간, 그의 머리 위에 폭풍우가 갈라진 틈새로 죽음을
부르는 덫 속의 미끼처럼 몇 개의 별들이 반짝였다.

 그는 그것이 분명 덫이라고 생각했다. 구멍 속에서 세 개의 별
이 보여, 별을 향해 올라가지만 더 이상 내려올 수 없고, 거기에
서 별을 깨물고 머물러야 하는 덫.

 그러나 빛에 대한 갈망이 너무 컸던 나머지 그는 올라가고 말
았다.

16

 그는 별들이 보여 주는 지표 덕분에 돌풍을 잘 피하면서 위로 올라갔다. 희미한 별빛이 그를 잡아끌었다. 빛을 찾아 너무 오래 고생했기에 아주 희미한 빛일지언정 다시는 놓치고 싶지 않았다. 여인숙의 불빛만으로도 풍족해진 그는 그토록 갈망하던 그 신호 주변을 죽을 때까지라도 빙빙 돌 수 있을 것 같았다. 이제 그는 빛의 벌판을 향해 올라가고 있었다.

 그는 조금씩 조금씩 나선형을 그리며 자신의 바로 위에서 열렸다가 다시 닫히는 우물 속으로 올라갔다. 그가 위로 올라갈수록 구름은 어둠의 진창을 털어 내고 점점 더 맑고 하얀 파도가 되어 그의 주위를 스쳐 갔다. 파비앵은 솟아올랐다.

 그는 극도로 놀랐다. 너무나 밝아서 눈이 부실 정도라 잠시 눈을 감아야 했다. 구름이 한밤중에 그렇게 눈부시게 빛날 수 있으리라고는 한 번도 생각해 보지 못했다. 하지만 보름달과 온갖 성좌들이 구름을 빛나는 파도로 바꾸어 놓았다.

 비행기는 그가 몸을 일으키는 바로 그 순간, 놀라울 정도의 평온을 단번에 되찾았다. 비행기를 기울어지게 하는 파도 하나 없었다. 방파제 안으로 들어가듯 그는 평온한 물결로 들어섰다. 그는 축복받은 섬들의 만과도 같은, 숨겨진 미지의 하늘 한 부분으로 들어간 것이다. 바로 밑에서는 폭풍이 돌풍과 폭풍우와 번개로 무장한 3,000미터 두께의 또 다른 세상을 만들어 내고 있었지만, 여기서는 눈처럼 희고 수정같이 맑은 얼굴을 하고 별들 주위를 맴돌고 있었다.

파비앵은 천국과 지옥 사이에 있을 법한 낯선 지대로 들어섰다고 생각했다. 왜냐하면 그의 손과 옷 그리고 비행기 날개 등 모든 것이 빛을 발했기 때문이다. 그 빛은 별들로부터 내려온 것이 아니라, 그의 바로 아래 그리고 그의 주변에 쌓여 있는 그 백색의 구름으로부터 퍼져 나왔다.

그의 아래 펼쳐진 구름은 달에서 받은 눈같이 흰빛을 되쏘고 있었다. 탑처럼 높이 솟은 양옆의 구름 또한 마찬가지였다. 비행기는 우윳빛이 감도는 그 속을 유영했다. 파비앵이 뒷자리를 돌아보니 무선기사가 미소를 짓고 있었다.

"한결 낫네요!"

하지만 무선기사의 목소리는 비행기의 소음 때문에 들리지 않았다. 그들은 단지 서로 미소만 주고받았다. 파비앵은 생각했다. '미소를 짓다니 내가 완전히 미쳐 버렸군, 우리는 길을 잃었는데.'

그렇지만 그는 헤아릴 수 없는 모호한 위력에서 풀려났다. 잠시 꽃들 사이를 혼자 거닐어 보라고 풀어주는 죄수의 수갑처럼, 그를 묶었던 속박이 풀어진 것이었다.

'정말 아름답구나.' 파비앵은 보석처럼 빼곡하게 들어찬 별들 사이를 헤맸다. 그 안에는 파비앵과 그의 동료 이외에 살아 있는 것이라고는 아무것도, 정말이지 아무것도 없었다. 가공의 도시 속에 들어선 도둑들처럼 더 이상 빠져나갈 수 없는 보석 방 안에 갇힌 느낌이었다. 그들은 엄청난 부자가 되었지만, 사형 선고를 받은 채 그 차가운 보석들 사이를 떠돌고 있었다.

17

파타고니아 비행장에서, 코모도로 리바다비아의 무선기사가 갑자기 움직이자 무기력하게 철야를 하고 있던 사무실의 모든 사람이 그의 주변으로 몰려들어 몸을 숙였다.

그들은 강렬한 불빛을 받고 있는 흰 종이를 들여다보았다. 무선기사의 손은 여전히 머뭇거렸지만, 연필은 움직이고 있었다. 아직도 밤 속에 갇혀 있는 사람들의 글자를 받아 적고 있는 그의 손가락은 벌써 떨고 있었다.

"폭풍우인가요?"

무선기사가 그렇다고 고개를 끄덕였다. 폭풍우로 인한 잡음 때문에 소리를 알아들을 수 없었다.

그는 파악하기 힘든 몇몇 기호들을 적었다. 그다음에는 단어들을 적었고, 그런 후에야 다음과 같은 전문을 복원할 수 있었다.

'폭풍 바로 위 3,000미터 상공에 묶여 있음. 바다에서 표류했기 때문에 내륙을 향해 완전히 서쪽으로 운항할 것임. 바로 밑으로는 모든 길이 막혀 있음. 계속해서 바다 위로 비행할 것인지는 모르겠음. 폭풍이 내륙에 퍼져 있는지 알려 주기 바람.'

뇌우 때문에 이 전보를 부에노스아이레스로 전송하려면 여러 기지를 거쳐야 했다. 메시지는 횃불을 전송하듯 밤새도록 이어질 것이다.

부에노스아이레스에서 회신이 왔다.

'내륙 전역에 폭풍. 연료가 얼마나 남아 있나?'

'삼십 분.'

그리고 이 짧은 문장은 철야 근무 중인 각 기지의 무선기사들을 차례로 거쳐 부에노스아이레스에 다시 전달되었다.

그 비행기 승무원들은 삼십 분 내로 태풍의 소용돌이에 휘말려 땅으로 내동댕이쳐질 운명이었다.

18

리비에르는 깊은 생각에 잠겼다. 이제는 더 이상 희망이 없다. 그 비행기의 승무원들은 한밤중에 어디에선가 침몰해 버릴 것이다.

리비에르는 어린 시절에 충격을 받은 어떤 장면을 기억해 냈다. 시체를 찾기 위해 연못의 물을 비워 내고 있었다. 이번에도 역시 이 어둠 덩어리가 대지에서 물러나기 전에는, 그 모래사장과 벌판과 평원과 밀밭에 햇빛이 다시 드리우기 전에는 아무것도 찾아내지 못할 것이다. 어쩌면 순박한 농부들이, 평화로운 황금 들판과 풀밭 위로 좌초하여 두 팔로 얼굴을 감싸고 잠든 것처럼 보이는 두 젊은이를 발견할지도 모른다. 밤은 그들을 삼켜 버릴 것이다.

 리비에르는 전설의 바다처럼 밤의 심연 속에 묻혀 있는 보석들을 생각했다……. 아직은 보이지 않지만, 곧 피어날 온갖 꽃들과 함께 아침을 기다리고 있는 그 밤의 사과나무들을. 온갖 향기와 잠든 어린 양들과 아직 색깔을 드러내지 않은 꽃들로 가득한 밤은 풍요롭다.

 비옥한 밭고랑들과 물에 젖은 숲과 싱싱한 풀들이 아침을 향해 조금씩 고개를 들어 올릴 것이다. 이제는 위험하지 않은 구릉들 사이에서, 초원들과 어린 양들 사이에서, 그 온순한 세상에서 두 젊은이는 잠들어 있는 것처럼 보일 것이다. 그리고 눈에 보이는 이 세상에서 다른 세상으로 무언가가 흘러갈 것이다.

 리비에르는 파비앵의 아내가 근심이 많고 다정다감한 여자라는 것을 알고 있다. 그녀가 누렸던 사랑은 가난한 아이에게 주어진 장난감처럼 그녀에게 잠시 빌려준 것일 뿐이다.

리비에르는 파비앵의 손을 생각했다. 아직도 몇 분 동안 자신의 운명을 조종간에 맡기고 있을 그의 손을. 어루만지던 그 손. 어느 가슴 위에 놓인 신의 손처럼 그 가슴에 동요를 일으키던 손. 어느 얼굴 위에 놓여 그 표정을 달라지게 하던 손. 기적을 일으키던 그 손을.

파비앵은 밤의 장엄한 구름바다를 떠돌고 있지만, 그 아래에는 영원의 세계가 가로놓여 있다. 그는 별자리 사이에서 길을 잃었고, 그곳에서 홀로 살고 있다. 그는 여전히 자신의 손안에 세상을 쥐고 가슴에 대고 균형을 잡고 있다. 그는 인간의 풍요가 만들어 낸 그 무거운 비행기를 자신의 조종간으로 움켜쥐고, 절망적으로 이 별에서 저 별로 곧 돌려줘야 할 쓸모없는 보물을 싣고 다니고 있다…….

리비에르는 무선국 하나가 아직도 파비앵의 소리를 듣고 있다는 것을 생각해 본다. 하나의 음파, 가녀린 주파수 하나만이 파비앵을 이 세계에 연결하고 있다. 앓는 소리도, 비명도 들리지 않는다. 하지만 그것은 절망이 만들어 낼 수 있는 가장 순수한 소리다.

19

로비노가 그를 고독에서 끌어냈다.

"소장님, 생각 해 봤는데…… 이렇게 해 보면 어떨까요?"

그는 아무것도 제안할 것이 없었지만 그런 식으로 성의를 내보였다. 그는 해결책을 찾고 싶었을 것이고, 수수께끼를 풀듯 어떤 답을 조금 찾아보았다. 그리고 항상, 리비에르가 절대 귀담아듣지 않았던 답들을 찾아냈다.

"이보게, 로비노. 인생에는 해결책이 없어. 다만 추진력이 있는 거야. 그런 힘을 창출해야 하고. 그러면 해결책은 뒤따라오는 법이네."

그리하여 로비노는 정비사들의 협동 속에서 추진력을 창출하는 일로 자신의 역할을 한정했다. 프로펠러 바퀴를 녹슬지 않게 유지하는 소박한 추진력을.

그날 밤의 사건들은 로비노를 무력하게 했다. 감독이라는 그의 직책은 뇌우에 대해서도, 유령처럼 되어 버린 승무원에 대해서도 아무 힘을 미칠 수 없었다. 승무원들은 이제 정근 수당을 위해서가 아니라, 로비노의 처벌을 무효화시키는 유일한 처벌인 죽음을 모면하기 위해 싸우고 있었다.

지금으로서는 아무 쓸모가 없는 로비노는 하릴없이 사무실 안을 돌아다녔다.

파비앵의 아내가 면담을 요청했다. 견디다 못해 찾아온 그녀는 직원들의 방에서 리비에르를 기다렸다. 직원들은 몰래 흘깃거리며 그녀의 얼굴을 살폈다. 그녀는 그들의 시선에 수치심 같은 것을 느끼면서 조심스럽게 주위를 둘러보았다. 그곳의 모든 것이 그녀를 거부하는 듯했다. 상대를 무시하듯 자기 일을 계속하고 있는 사람들, 인간의 생명과 고통이 엄격한 숫자의 부산물로만 남게 될 이 서류들. 그녀는 파비앵에 대해 말해 줄 수 있는 표시를 찾아 헤맸다. 그녀의 집에서는 모든 것이 그의 부재를 보여 주었다. 반쯤 걷힌 침대, 준비된 커피, 꽃다발…‥. 하지만 여기에서는 그 어떤 표시도 찾아낼 수 없었다. 모든 것이 연민이나 우정, 추억 같은 것에 대립하고 있었다. 누구도 그녀 앞에서 목소리를 높이지 않았다. 때문에 그녀의 귀에 들려온 유일한 문장은 명세서를 요구하는 어느 직원의 욕설이었다.

"빌어먹을! 우리가 산투스에 보낸 발전기 명세서 말이야."

그녀는 몹시 놀란 표정으로 그 남자 쪽으로 눈길을 돌렸다. 그러고 나서 지도가 걸려 있는 벽을 바라보았다. 그녀의 입술은 보일 듯 말듯 조금 떨리고 있었다.

그녀는 자신의 존재가 이곳에서 적대적인 진실을 드러내고 있다는 점을 불편한 마음으로 짐작했다. 그녀는 여기까지 찾아온 일이 후회되었고, 어디론가 숨어 버리고 싶은 마음마저 들었다. 자신의 모습이 눈에 띌까 두려워서 기침하거나 우는 일을 자제했다. 그녀는 마치 벌거벗고 있는 듯한 자신의 모습이 불손하고 부적절하게 느껴졌다. 하지만 그녀의 진실은 너무도 강력해서 흘끔거리며 달아나는 듯한 시선들은 그녀의 얼굴에서 그 진실을 읽어 내려고 꾸준하게 다시 들러붙었다. 이 여인은 아주 아름다웠다. 그녀는 그들에게 행복이라는 신성한 세계를 드러내고 있었다. 그녀는 사람들이 부지불식간의 행동으로 얼마나 존엄한 것을 훼손하고 있는지를 보여 주었다. 그토록 수많은 시선을 받으며 그녀는 두 눈을 감았다. 그녀는 사람들이 자기도 모르는 사이에 어떤 평화를 파괴할 수 있는지를 보여 주고 있었다.

리비에르가 그녀를 맞이했다.

그녀는 자신의 꽃과 준비된 커피와 젊은 육체를 가엾이 여겨 달라고 하소연하러 찾아온 것이었다. 한층 더 냉랭한 이 사무실에서 그녀의 입술이 새삼스레 가냘프게 떨렸다. 이렇게 다른 세계에서는 자신의 진실이 표현될 수 없다는 것을 그녀는 깨달았다. 야성적이라고 할 만한 열렬한 사랑과 헌신이 이곳에서는 뜬금없고 이기적인 모습을 띨 것만 같았다. 그녀는 달아나고 싶었다.

"제가 방해되지요……."

"아닙니다. 부인, 방해되지 않습니다."

리비에르가 말했다.

"불행하게도 부인과 저는 기다리는 일 외에는 다른 도리가 없습니다."

그녀는 어깨를 살짝 들썩였고, 리비에르는 그 몸짓의 의미를 이해했다. '집에 가면 다시 보게 될 그 램프와 준비된 저녁 식사와 꽃들…… 그런 게 다 무슨 소용이겠어요.' 언젠가 한 젊은 어머니가 리비에르에게 고백한 적이 있다.

"저는 아직도 제 아이의 죽음을 이해할 수 없어요. 질기게 남아 있는 건 우연히 다시 찾아낸 아이의 옷 같은 하찮은 것들이에요. 그리고 한밤중에 깼을때 가슴에 치미는 그 사랑…… 이제는 내 젖만큼이나 쓸모없는 것인데도 불구하고 말이에요……."

이 여인에게도 역시 파비앵의 죽음은 내일이 되어서야 겨우 시작될 것이다. 이제는 헛된 일이 되어 버린 그 모든 행위와 물건들 속에서 파비앵은 천천히 그녀의 집을 떠나갈 것이다. 리비에르는 그녀에 대한 연민을 내색하지 않았다.

"부인……."

젊은 여인은 자신의 힘이 얼마나 큰지 모르는 듯 거의 겸손하다고 할 만한 미소를 지으며 물러났다.

리비에르는 다소 갑갑한 마음으로 자리에 앉았다. '하지만 저 여자는 내가 찾던 것을 발견하도록 도와주었어.'

그는 무심히 북쪽 비행장들에서 보내온 안전 대책에 관한 전보들을 뒤적거렸다. 그는 생각했다. '우리는 영원한 것을 요구하는 게 아니라 어떤 행위나 사물이 갑자기 의미를 상실하는 것을 보지 않기를 바라는 것이다. 그 순간 우리를 둘러싸고 있는 공허함이 드러나게 되고…….'

그의 시선이 전보를 향했다.

104

'그리고 바로 그런 것들을 통해서 우리에게 죽음이 찾아드는 것이다. 더 이상 아무 의미 없는 이런 전보들을 통해서…….'

그는 로비노를 바라보았다. 이제 아무 쓸모 없어진 이 하찮은 남자는 아무런 의미도 없었다. 리비에르는 그에게 매정하게 말했다.

"내가 자네에게 직접 일을 지시해야 하나?"

그러고 나서 리비에르는 직원들 방으로 향하는 문을 열고 나갔다. 파비앵의 부인은 알아볼 수 없는 분명한 표시들이 파비앵의 실종을 말해 주고 있었다. 리비에르는 그것에 강한 충격을 받았다. 파비앵의 비행기를 표시하는 R. B. 903의 카드가 벽면 게시판에 사용 불가능한 기자재로 분류되어 있었다.

유럽행 우편기의 서류를 준비하던 직원들은 출발이 지연될 것을 알고 일을 대충 하고 있었다. 지상에서는 승무원을 위해 어떤 지시를 내려야 하는지 전화로 요구해 왔다. 그들은 지금 목표도 없이 철야 근무를 하는 셈이었다. 살아 있는 사람들의 직무가 느슨해지고 있었다. 리비에르는 생각했다. '죽음이란 바로 이런 것이다.' 그의 과업은 바람도 없는 바다 위에서 고장이 난 채 정지해 버린 범선 같았다.

로비노의 목소리가 들려왔다.

"소장님, 그 부부는 결혼한 지 6주밖에 안 됐어요……."

"가서 일하게."

105

리비에르는 여전히 직원들을 바라보고 있었다. 사무원들 외에도 인부들, 정비공들, 조종사들, 그 모든 사람이 건설자라는 신념을 가지고 그의 과업을 보조했다. 그는 '섬들'에 대한 이야기를 듣고 배를 만들던 옛날의 소도시들을 생각했다. 그 배에 그들의 희망을 싣기 위해서, 그들의 희망이 바다를 향해 돛을 올리는 것을 보기 위해서 말이다. 배 덕분에 모두 위대해졌고, 모두 자기 자신에게서 벗어났으며, 모두 구원되었다. '목표는 어쩌면 아무것도 정당화하지 못한다. 하지만 행동은 우리를 죽음에서 구원해 준다. 그들은 그들이 만든 배 한 척으로 오래 살아 버틸 수 있었다.'

전보들에는 그 온전한 의미를, 밤샘하는 승무원들에게는 그들의 불안을, 조종사들에게는 그들의 극적인 목적을 되찾게 해 줄 때 리비에르 또한 죽음에 대항하여 싸우게 될 것이다. 그때 생명은 이 과업에 다시 생기를 불어넣어 줄 것이다. 바람이 바다에서 범선에 활기를 불어넣듯이.

20

코모도로 리바다비아에서는 더 이상 아무 소리도 들려오지 않았다.

하지만 여기서 1,000킬로미터 떨어진 바이아블랑카에서는 이십 분 후에 두 번째 메시지를 포착했다.

'하강하고 있음. 구름 속으로 들어감…….'

그 후 분명치 않은 전문에서 두 개의 단어만이 트렐레우의 기지에 나타났다.

'…… 아무것도 보이지…….'

단파는 이런 식이었다. 저쪽에서는 소리가 잡히는데, 여기서는 들리지 않는다. 그러다가 아무 이유 없이 모든 것이 변한다. 위치를 알 수 없는 그 승무원들은 시공간을 초월한 곳에서, 살아 있는 사람들에게 자기들의 존재를 알리고 있었다. 그리고 무선국의 흰 종이 위에는 이미 유령이 되어 버린 글자들이 적히는 것이다.

연료가 다 떨어진 것일까? 아니면 비행기가 정지하기 전에 충돌 없이 착륙하려고 조종사가 마지막 카드를 쓰는 것일까?

부에노스아이레스의 목소리가 트렐레우에 명령을 내렸다.

"무슨 일인지 물어보시오."

무선국의 수신소는 실험실과 흡사하다. 니켈과 구리, 전압계 그리고 전선 다발이 널려 있다. 흰 작업복을 입고 말없이 일하는 철야 작업자들은 간단한 실험을 하느라 몸을 숙이고 있는 것처럼 보였다.

그들은 섬세한 손가락으로 기구들을 만지며, 금맥을 찾는 채굴자처럼 전자 하늘을 탐색한다.

"대답이 없나?"

"없습니다."

살아 있다는 표시가 될 음들이 들려올지도 모른다. 만일 비행기와 그 전면의 등이 별들 사이로 다시 올라오면 그 별이 부르는 노래가 들려올지도 모른다.

몇 초가 흘렀다. 정말이지 시간이 피처럼 흐르고 있었다. 비행은 아직도 계속되고 있을까? 매초가 기회를 앗아가고 있었다. 그리고 그렇게 흐르는 시간이 무언가를 파괴하는 듯했다. 20세기에 걸쳐 시간이 사원을 건드리고, 화강암 속에 길을 내고, 사원을 먼지로 만들어 흩어 버리는 것처럼, 일 초 일 초의 시간 속에 마모의 세월이 응축되어 승무원들을 위협하고 있었다.

1초 1초가 무언가를 앗아가고 있었다.

파비앵의 목소리, 웃음, 그 미소를. 침묵은 점점 더 무거워지더니 마침내 육중한 바다처럼 승무원들을 짓눌렀다.

그때 누군가가 말했다.

"1시 40분입니다. 연료의 최종 한계 시간이에요. 그들이 아직도 비행한다는 건 불가능합니다."

그리고 정적이 흘렀다.

긴 여행의 끝에 이르렀을 때처럼 씁쓸하고 역겨운 무언가가 입가로 치올라 왔다. 아무것도 알 수 없는 무슨 일인가가 끝장이

났다. 조금은 불쾌한 어떤 일이. 널브러진 니켈과 구리 선들 사이로 폐허가 된 공장에 감도는 우울함이 느껴졌다. 이 모든 장비가 무겁고 쓸모없고 폐기된 것처럼 느껴졌다. 죽은 나뭇가지의 무게처럼.

날이 밝기를 기다리는 수밖에 없었다.

몇 시간 후면 아르헨티나 전역에 해가 떠오를 것이다. 그리고 사람들은 여기 그대로 머물러 있을 것이다. 모래사장에서 그물 안에 뭐가 들어 있는지 모르는 채로 그물을 천천히 끌어당기는 사람들처럼.

자기 사무실로 돌아온 리비에르는 인간이 운명으로부터 해방될 느끼는, 커다란 재난 앞에서만 가능한 그런 긴장의 이완을 느꼈다. 그는 지방 경찰에 연락해 지원을 요청했다. 더는 아무것도 할 수 없었다. 기다려야만 했다.

하지만 초상집에도 질서는 유지되어야 한다. 리비에르는 로비노에게 신호를 보냈다.

"북쪽 비행장들에 이렇게 전보를 보내게. '파타고니아 우편기의 상당한 연착이 예상됨. 유럽행 우편기가 너무 지체되지 않도록 파타고니아 우편기를 다음 유럽행 우편기와 한데 묶을 것임.'"

그는 몸을 앞으로 조금 구부렸다. 애써 무언가를 기억해 냈다. 중요한 것이었는데. 아, 그렇지! 그리고 그것을 잊지 않기 위해 말했다.

"로비노."

"예, 소장님."

"문서 하나 작성하게. 조종사들에게 1,900회 이상의 엔진 회전을 금지하는 문건 말일세, 그렇게 하지 않으면 엔진이 망가지네."

"잘 알겠습니다, 소장님."

리비에르는 좀 더 몸을 숙였다. 무엇보다도 그는 혼자 있고 싶었다.

"가 보게 로비노, 어서 나가 봐."

로비노는 불행의 그림자 앞에서도 한결같은 그의 모습에 두려운 마음이 들었다.

21

로비노는 침울한 기분으로 사무실을 어슬렁거렸다. 두 시로 예정되었던 유럽행 우편기가 취소되고 날이 밝도록 못 떠날 테니 회사의 생명은 정지된 셈이다. 굳은 표정의 직원들이 여전히 밤을 새우고 있었지만, 그런 야근은 쓸데없는 일이었다. 북쪽 비행장들에서는 계속해서 재난 방지를 위한 메시지를 규칙적으로 보내왔다. 하지만 그들이 보내는 '하늘 맑음', '보름달', '바람 없음' 따위의 전언들은 불모지가 되어 버린 왕국을 떠올리게 했다. 달과 돌멩이만 있는 사막. 로비노는 사무실 주임이 작업하고 있던 서류 하나를 딱히 이유도 없이 뒤적거렸다. 그러다 그는 맞은편에 서 있던 주임이 무례할 정도로 예의를 지켜 가며 그것을 돌려주기를 기다리고 있다는 것을 깨달았다. 그의 태도는 '뭘 원하세요, 그건 제 것 아닌가요?'라고 말하고 있었다. 부하 직원의 그런 태도에 감독관은 못마땅했지만 어떤 반박도 할 수 없었다. 그는 심기가 불편한 상태로 서류를 돌려주었다. 사무실 주임은 대단히 기품 있는 모습으로 제자리로 돌아가 앉았다. '저자를 쫓아냈어야 했는데.'라고 로비노는 생각했다. 그리고 침착하게 잠시 걸으며 오늘 밤의 참극에 대해 생각했다. 이 참극으로 인해 야간비행 정책이 힘을 잃지 싶어 로비노는 두 배로 애석했다.

그러다가 그는 사무실에 틀어박혀 있는 리비에르의 모습이 떠올랐다. 그는 자신을 '여보게……'라고 불러 주던 사람이었다. 리비에르가 이 정도로 지지를 잃은 적은 없었다. 로비노는 그에 대한 깊은 연민을 느꼈다. 그는 머릿속을 뒤져 막연하게나마 그를 위로해 줄 문장들을 찾아보았다. 아주 아름답게 느껴지는 감정이 그를 부추겼다. 그리고 그는 부드럽게 문을 두드렸다. 대답이 없었다. 그런 침묵 앞에서 문을 더 세게 두드릴 엄두가 나지 않자 그는 그냥 문을 밀었다. 리비에르는 거기 있었다. 로비노는 약간은 친구처럼, 혹은 총탄 아래서 상처를 입은 장군과 합류하여 그를 퇴로로 이끌어 유형지에서 그의 형제가 된 중사 같은 기분으로, 생전 처음 단도직입적으로 리비에르의 사무실로 들어섰다. 로비노의 태도는 '무슨 일이 벌어지든 당신과 함께 있겠습니다.'라고 말하는 듯했다.

리비에르는 입을 다문 채 고개를 숙이고 자기 손을 들여다보고 있었다. 그 앞에 선 로비노는 감히 입을 열 수 없었다. 사자는 비록 쓰러졌을지언정 위협적이었다. 로비노는 더욱더 헌신적인 말들을 준비했지만, 눈을 들 때마다 4분의 3쯤 기울어진 리비에르의 얼굴과 잿빛 머리칼과 엄청난 고통으로 꽉 다물어진 입술과 마주쳤다. 마침내 그는 결심했다.

"소장님⋯⋯."

리비에르는 고개를 들고 로비노를 바라보았다. 그는 너무나 깊고 먼 생각에서 빠져나온 탓에 로비노가 거기 있다는 사실조차 아직 알아채지 못한 것 같았다. 그가 어떤 생각을 했는지, 무엇을 느꼈는지, 어떤 큰 슬픔이 그의 마음에 깃들었는지는 아무도 알 수 없었다. 리비에르는 마치 무언가 살아 있는 증거인 양 로비노를 한참 동안 바라보았다. 로비노는 거북해졌다. 리비에르가 로비노를 바라볼수록 리비에르의 입술 위에는 알 수 없는 조롱이 그려졌다. 리비에르가 로비노를 바라볼수록 로비노의 얼굴이 점점 더 붉어졌다. 그리고 로비노는 감동적이지만 불행하게

112

도 직설적인 선의를 가지고 리비에르에게 인간의 어리석음을 증명하기 위해 이곳에 나타난 것처럼 보였다.

로비노는 당혹스러웠다. 중사도 장군도 총알도 더 이상 통하지 않았다. 설명할 수 없는 무슨 일인가가 일어나고 있었다. 리비에르는 여전히 그를 바라보고 있었다. 어쩔 수 없이 로비노는 자세를 바로잡고 왼쪽 주머니에서 손을 꺼냈다. 리비에르는 여전히 그를 쳐다보고 있었다. 그러자 마침내 몹시 거북해진 로비노는 이유도 모른 채 말을 내뱉었다.

"지시를 받으러 왔습니다."

리비에르는 손목시계를 당겨 보더니 간단하게 말했다.

"2시로군. 아순시온 우편기가 2시 10분에 착륙할 걸세. 유럽행 우편기를 2시 15분에 이륙시키게."

로비노는 그 놀라운 소식을 퍼뜨렸다. 야간 비행이 중단되지 않을 것이라는 소식을. 그리고 로비노는 사무실 주임에게 말했다.

"그 서류를 검토해야 하니까 나에게 가져오게."

그리고 사무실 주임이 서류를 들고 그의 앞에 나타나자 로비노는 말했다.

"기다리게."

사무실 주임은 기다렸다.

113

22

아순시온 우편기가 곧 착륙한다는 기별을 보내왔다.

리비에르는 최악의 시간 속에서도 전보들을 일일이 검토해 가며 우편기의 순조로운 진행을 지켜보았다. 이런 당혹감 속에서도 그렇게 하는 것이 그로서는 자기 신념에 대한 설욕이자 증명이었다. 이 순조로운 비행은 전보를 통해 다른 수많은 비행 역시 순조롭게 이루어질 것임을 예고했다. '매일 밤 태풍이 오는 건 아니지.' 리비에르는 또 생각했다. '일단 길이 한번 뚫리고 나면 그 길을 가지 않을 수 없어.'

꽃이 활짝 피어 있고 낮은 집들과 천천히 흐르는 시냇물이 풍요롭게 펼쳐진 근사한 정원에서 내려오듯, 파라과이로부터 여러 비행장을 차례로 거쳐 온 비행기는 별 하나 흐리게 하지 않는 태풍을 벗어나 미끄러지듯 내려왔다. 여행용 담요에 몸을 둘둘 감싼 아홉 명의 승객은 보석이 가득한 진열창을 바라보듯 비행기 창에 이마를 기대고 있었다. 아르헨티나의 작은 도시들이 별빛보다 창백한 달빛 아래에서 벌써 한밤중의 노란 불빛들을 점점이 드러내고 있었기 때문이다. 선두의 조종사는 양치기처럼 달빛을 가득 담은 두 눈을 크게 뜨고 인간의 생명이라는 귀중한 짐을 자신의 두 손으로 떠받치고 있었다. 부에노스아이레스의 지평선은 이미 장밋빛 등불로 가득 찼고, 이제 곧 신비한 보물 같은 온갖 보석으로 반짝일 것이다. 무선기사는 마지막 전보를 타전했다. 그것은 그가 하늘에서 손가락으로 즐겁게 두드려대던 소나타의 마지막 음표들 같았다. 리비에르는 그 노래를 알고 있었다. 그런 다음 그는 안테나를 되감고, 기지개를 켠 다음 하품을 하며 미소를 지었다. 이제 도착한 것이다.

착륙한 조종사는 주머니에 두 손을 찌른 채 비행기에 기대서 있던 유럽행 우편기의 조종사를 쳐다보았다.

"이제 자네 차례인가?"

"그래."

"파타고니아 비행기는 왔어?"

"기다리지 않기로 했어. 실종이야. 날씨는 좋은가?"

"아주 좋아. 파비앵이 실종된 거야?"

그러나 그 이야기는 길게 하지 않았다. 깊은 동지애는 긴말이 필요 없었다.

아순시온 비행기에서 전달받은 행낭들은 유럽행 비행기로 옮겨 실렸다. 여전히 꼼짝도 하지 않고 있던 조종사는 머리를 뒤로 젖히고 목덜미를 조종석에 기댄 채 별들을 바라보았다. 그는 자기 내부에 엄청난 힘이 솟아나는 것을 느꼈다.

"실었나?"

누군가 물었다.

"그럼, 스위치 올려."

조종사는 움직이지 않았다. 누군가 엔진을 작동시켰다. 조종사는 이제 곧 비행기에 기대고 있는 자신의 두 어깨에서 그 비행기가 살아 움직이는 것을 느끼게 될 것이다. 떠날 것이다……. 못 떠날 것이다……. 떠난다! 그토록 수많은 헛소문이 돈 후에 마침내 조종사는 안심하고 떠날 것이다. 그의 입이 살짝 열리며 달빛 아래 그의 치아가 어린 맹수의 이빨처럼 빛났다.

"조심해, 밤이니까. 알았지!"

그는 동료의 충고를 듣지 못했다. 주머니에 손을 찌르고 머리를 뒤로 젖혀 구름과 산들과 강과 바다를 마주하고 이제 그는 조용히 웃기 시작했다. 희미한 웃음이었지만 그것은 나무에 이는 미풍처럼 그의 온몸을 떨리게 했다. 희미한 그것은 이 구름과 산과 강, 그리고 바다보다 훨씬 더 강력한 웃음이었다.

"무슨 일이야?"

"그 어리석은 리비에르 말야……. 내가 겁먹고 있다고 생각하잖아!"

23

조금 있으면 비행기는 부에노스아이레스의 상공을 지날 것이다. 자신의 싸움을 재개한 리비에르는 비행기 소리를 듣고 싶었다. 별들 속으로 전진하는 군대의 힘찬 발걸음처럼 굉음을 내기 시작하며 요란하게 울리다가 희미하게 사라지는 비행기 소리를 듣고 싶었다.

리비에르는 팔짱을 끼고 직원들 사이를 지나다녔다. 그는 창문 앞에 멈춰 귀를 기울이더니 생각에 잠겼다.

단 한 차례의 출발이라도 중단시켰다면 야간 비행의 명분을 잃어버렸을 것이다. 하지만 내일 당장 리비에르의 생각을 반박해 올 마음 약한 자들을 앞질러 그는 또 다른 승무원들을 밤 속으로 떠나보냈다.

승리…… 패배…… 이런 말들은 아무 의미가 없다. 생명이란 이런 말들의 이미지보다 더 깊은 곳에 있으며, 이미 새로운 이미지들을 준비하고 있다. 승리로 인해 어떤 민족은 약해지고, 패배로 인해 어떤 민족은 각성한다. 리비에르가 감내한 패배는 어쩌면 진정한 승리에 가까이 다가서는 하나의 약속일 것이다. 오직 전진하는 사건만이 중요하다.

5분 후에 무선국들은 모든 비행장에 경보를 보낼 것이다. 15,000킬로미터에 걸쳐 퍼지는 생명의 전율이 모든 문제를 해결해 줄 것이다.

벌써 비행기라는 오르간의 노랫소리가 고조되고 있다.

그리고 리비에르는 느릿한 걸음으로 자신의 일터로, 그의 엄격한 시선에 복종하는 직원들 사이로 돌아간다. 무거운 승리를 짊어지고 있는 위대한 리비에르, 승리자 리비에르.

어린 왕자

Le Petit Prince

레옹 베르트에게

 나는 이 책을 어른에게 바친 데 대해 어린이들에게 용서를 빈다. 나에게는 그럴 만한 사정이 하나 있다. 내가 이 세상에서 사귄 가장 훌륭한 친구가 바로 이 어른이라는 점이다. 또 다른 사정이 있다. 이 어른은 모든 것을, 어린이들을 위해 쓴 책까지도 이해할 줄 안다는 것이다. 세 번째 사정이 있다. 이 어른은 지금 프랑스에서 살고 있는데, 거기서 굶주리며 추위에 떨고 있다. 그를 위로해 주어야 한다. 이 모든 사정으로도 부족하다면, 지금은 이 어른이 되어 있는 예전의 어린아이에게 이 책을 바치고 싶다. 어른들도 처음엔 다 어린이였다. (그러나 그걸 기억하는 어른들은 별로 없다.) 그래서 나는 이 바치는 글을 고쳐 쓴다.

어린 시절의 레옹 베르트에게

1

내가 여섯 살 때, <체험담>이라고 부르는 원시림에 관한 책에서 멋진 그림을 하나 보았다. 보아뱀 한 마리가 맹수를 삼키고 있는 그림이었다. 그걸 옮겨 그리면 이렇다.

그 책에는 이런 말이 있었다.

'보아뱀은 먹이를 씹지 않고 통째로 삼킨다. 그러고 나면 몸을 움직일 수가 없어 먹이가 소화될 때까지 여섯 달 동안 잠을 잔다.'

그래서 나는 밀림에서 일어나는 일을 여러 가지로 곰곰이 생각해 보고, 나도 색연필을 들고 그림을 그려보았다. 내 첫 그림, 그것은 이랬다.

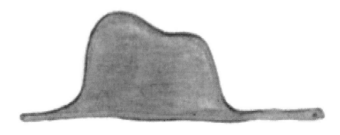

나는 내 걸작을 어른들에게 보여 주며 내 그림이 무섭지 않느냐고 물어보았다.

어른들은 대답했다.

"모자가 왜 무섭니?"

내 그림은 모자를 그린 게 아니라 코끼리를 소화시키고 있는 보아뱀을 그린 것이었다. 그래서 나는 어른들이 알아볼 수 있도록 보아뱀의 속을 그렸다. 어른들에겐 항상 설명을 해줘야만 한다. 내 두 번째 그림은 이랬다.

어른들은 나에게 속이 보이는 보아뱀이나 안 보이는 보아뱀의 그림 따위는 집어치우고, 차라리 지리나 역사, 산수, 문법에 재미를 붙여 보라고 충고했다. 나는 이렇게 해서 내 나이 여섯 살 때 화가라는 멋있는 직업을 포기했다. 나는 첫 번째 그림과 두 번째 그림이 성공을 거두지 못했기에 기가 죽었다. 어른들은 자기들 혼자서는 아무것도 이해하지 못하고, 그렇다고 그때마다 자꾸자꾸 설명해 주자니 어린애에겐 힘겨운 일이다.

그래서 나는 다른 직업을 골라야 했고, 비행기 조종을 배웠다. 나는 세계의 여기저기 제법 많은 곳을 날아다녔다. 지리가 내게 많은 도움이 된 것은 사실이다. 그 덕분에 나는 눈길 한 번에 중국과 애리조나를 구별할 수 있었다. 밤의 어둠 속에서 길을 잃었다면, 그게 아주 유익하다.

나는 이렇게 살아오는 동안 수많은 진지한 사람들과 수많은 접촉을 했다. 오랫동안 어른들과 함께 살며 그들을 아주 가까이서 보아 왔다. 그렇다고 해서 어른들에 대한 내 생각은 크게 달라지지는 않았다.

나는 좀 지혜로워 보이는 사람을 만날 때마다, 항상 품고 다니던 내 첫 번째 그림을 꺼내 그를 시험해 보곤 했다. 그가 정말 이해력이 있는 사람인가 알고 싶었다. 그러나 대답은 늘 '모자'였다. 그러면 나는 보아뱀 이야기도 원시림 이야기도 별 이야기도 꺼내지 않았다. 나는 그가 알아들을 수 있도록, 트럼프 이야기, 골프 이야기, 정치 이야기, 넥타이 이야기를 했다. 그러면 그 어른은 이렇게도 똑똑한 사람을 하나 알게 되었다며 무척 좋아했다.

2

나는 이렇게 진심을 털어놓고 이야기할 사람도 없이 혼자 살아

오던 끝에, 여섯 해 전, 사하라 사막에서 비행기 사고를 만났다. 모터에서 무언가가 부서진 것이다. 기관사도 승객도 없었던 터라 나는 그 어려운 수리를 혼자서 감당해 볼 작정이었다. 나로서는 죽느냐 사느냐 하는 문제였다. 겨우 일주일 동안 마실 물밖에 남아 있지 않았으니까.

첫날 저녁, 나는 사람이 사는 곳에서 사방으로 수만 리나 떨어진 사막 위에 누워 잠이 들었다. 넓은 바다 한가운데서 뗏목을 타고 흘러가는 난파선의 뱃사람보다도 훨씬 더 외로운 처지였다. 그러니 해 뜰 무렵 조그맣고 이상한 목소리를 듣고 잠이 깨었을 때 얼마나 놀랐는지 모른다.

"저······ 양 한 마리만 그려 줘!"

"응?"

"양 한 마리만 그려 줘······."

나는 벼락이라도 맞은 듯 벌떡 일어나 눈을 비비고 주위를 잘 살펴보았다. 그랬더니 정말로 이상하게 생긴 조그만 사내아이가 나를 심각한 얼굴로 바라보고 있었다. 여기 그의 초상화가 있다. 이 그림은 내가 훗날 그를 모델로 그려 낸 그림 중에서 가장 훌륭한 것이다. 그러나 내 그림이 그 모델만큼 멋이 있으려면 아직 멀었다. 그러나 그건 내 잘못이 아니다. 나는 여섯 살 때 어른들 때문에 화가로서의 길을 포기하고, 그림이라고는 속이 보이거나 안 보이거나 하는 보아뱀밖에 그려본 적이 없으니까.

이 그림은 내가 나중에 그를 그린 그림 중에서 가장 잘된 것이다

아무튼 나는 놀란 눈을 휘둥그레 뜨고 홀연히 나타난 그 아이를 쳐다보고 있었다. 여기는 사람이 사는 곳에서 사방으로 수만 리나 떨어진 곳이 아닌가. 그런데 내가 본 이 아이는 길을 잃은 것 같지도 않았다. 사람이 사는 곳에서 사방으로 수만 리나 떨어진 사막 한가운데서 길을 잃은 어린아이의 모습이 전혀 아니었다. 나는 마침내 입을 열 수 있게 되자, 겨우 이렇게 말했다.

 "그런데…… 넌 거기서 뭘 하고 있니?"

 그러나 그 아이는 무슨 중대한 일이나 되는 것처럼 아주 나직하게 같은 말을 되풀이했다.

 "저기…… 양 한 마리만 그려 줘……."

 너무도 이상한 일을 당했을 때는 그것을 감히 거역하지 못하는 법이다. 그래서 사람들이 사는 곳에서 사방으로 수만 리나 떨어진 데서 죽음이 눈앞에 어른거리는 판에 정말 멍청한 짓을 한다고 생각하면서도, 나는 주머니에서 종이와 만년필을 꺼냈다. 그러나 나는 문득 지리와 역사와 산수와 문법 같은 것만 배웠다는 사실이 생각나서 그림을 그릴 줄 모른다고 퉁명스럽게 말했다. 그러나 그 아이는 대답했다.

 "괜찮아. 양 한 마리만 그려 줘."

 나는 한 번도 양을 그려 본 적이 없기 때문에, 내가 오직 그릴 수 있는 두 가지 그림 중에서 하나를 그에게 다시 그려 주었다. 속이 보이지 않는 보아뱀의 그림을. 그런데 놀랍게도 그 꼬마

아이는 이렇게 대답했다.

"아냐, 아니야! 난 보아뱀의 배 속에 있는 코끼리는 싫어. 보아뱀은 아주 위험하고, 코끼리는 아주 거추장스러워. 내가 사는 데는 아주 작아. 난 양을 갖고 싶어. 양 한 마리만 그려 줘."

그래서 나는 이 양을 그렸다.

그는 조심스럽게 살펴보더니 말했다.

"안 돼! 이건 벌써 몹시 병들었는걸. 다른 걸로 하나 그려 줘."

나는 이 그림을 그렸다.

내 친구는 얌전하게 미소 짓더니, 너그럽게 말했다.

"아이참······ 이게 아니야. 이건 숫양이야. 뿔이 돋고······."

그래서 나는 이 그림을 그렸다.

그러나 이것 역시 앞의 그림들처럼 거절당했다.

"이건 너무 늙었어. 나는 오래 살 수 있는 양이 필요해."

나는 모터를 수리하는 일이 더 급하기에 참지 못하고 아무렇게 쓱 그어 댔는데, 그게 이 그림이었다.

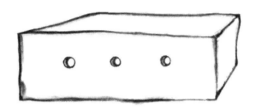

그러고는 던져 주며 말했다.

"이건 상자야. 네가 갖고 싶어 하는 양은 이 속에 있어."

그런데 놀랍게도 이 어린 심사관의 얼굴이 환하게 밝아졌다.

"내가 원한 건 바로 이거야! 이 양을 먹이려면 풀이 많이 있어야 할까?"

"왜?"

"내가 사는 데는 아주 작아서……."

"아마도 충분할 거야. 내가 그려 준 건 아주 조그만 양이거든."

그는 고개를 숙이고 그림을 들여다보았다.

"그렇게 작지도 않은데 뭐, 아! 양이 잠들었다."

나는 이렇게 해서 어린 왕자를 알게 되었다.

3

그가 어디서 왔는지를 아는 데는 오랜 시간이 걸렸다. 어린 왕자는 내게 여러 가지 질문을 하면서도 내 질문은 전혀 귀담아듣는 것 같지 않았다. 어쩌다 우연히 흘러나온 말들을 듣고 나는 차츰차츰 모든 것을 알게 되었다. 가령, 그가 내 비행기를 처음 보았을 때 (내 비행기는 그리지 않겠다. 그건 내가 그리기에는 너무나 복잡한 그림이니까) 나에게 이렇게 물었다.

"이 물건은 뭐야?"

"이건 물건이 아니야. 이건 날아다니는 거야. 비행기야. 내 비행기."

나는 내가 날아다닌다는 걸 그에게 알려 주는 것이 자랑스러웠다. 그러자 그는 큰 소리로 외쳤다.

"뭐! 아저씨는 하늘에서 떨어졌어?"

"그래."

나는 겸손하게 대답했다.

"아! 정말 신기하다……."

그러곤 어린 왕자가 아주 귀엽게 웃음을 터뜨렸는데, 그 때문에 나는 몹시 화났다. 그가 내 불행을 비웃는 것 같았기 때문이다. 어린 왕자는 말을 이었다.

"그럼 아저씨도 하늘에서 왔구나! 어느 별에서 왔어?"

나는 그 말을 듣자마자, 그가 어디서 나타났는지 그 수수께끼를 푸는 데에 한 줄기 가느다란 빛이 비치는 것 같아서 불쑥 이렇게 물어보았다.

"그럼 넌 다른 별에서 왔구나?"

그러나 그는 대답하지 않았다. 내 비행기를 바라보며 그는 가만히 고개를 끄덕였다.

"하긴 이런 걸 타고 그리 멀리서 오진 못하겠지……."

그리고 그는 오랫동안 생각에 잠겨 들었다. 이윽고 그는 호주머니에서 양을 꺼내 들고 그 보물을 골똘히 들여다보았다.

슬쩍 내비치다 그만둔 '다른 별들' 이야기에 내가 얼마나 안달이 났을지 여러분들도 짐작 갈 것이다. 그래서 나는 좀 더 깊이 알아보려고 애를 썼다.

"얘야, 넌 어디서 왔니? 네 집은 어디니? 내 양을 어디로 데려가려는 거니?"

그는 생각에 잠겨 한동안 말이 없더니 이렇게 대답했다.

"아저씨가 준 상자 말이야. 그게 밤에는 양의 집이 될 테니까 다행이야."

"물론이지. 그리고 네가 얌전히 굴면, 낮에 양을 매어 둘 수 있도록 고삐도 하나 줄게. 말뚝도 주고."

내 제안에 어린 왕자는 충격을 받은 것 같았다.

"양을 매어 둬? 참 이상한 생각인데!"

"하지만 매어두지 않으면 아무 데나 가 버려서 길을 잃고 헤

맬 거야."

 그 말에 내 친구는 다시 한번 웃음을 터뜨렸다.

 "아니, 가긴 어디로 간다는 거야?"

 "어디든지, 앞으로 곧장……."

그러자 어린 왕자는 웃음을 거두고 말했다.

 "괜찮아. 내가 사는 데는 아주 작은데, 뭐!"

그러고는 어딘지 좀 우울한 목소리로 덧붙였다.

 "앞으로 곧장 가봐야 별로 멀리 갈 수도 없어……."

소행성 B612에 서 있는 어린 왕자

130

4

나는 이렇게 해서 아주 중요한 두 번째 사실을 알게 되었다. 어린 왕자가 태어난 별이 겨우 집 한 채보다 클까 말까 하다는 것이다!

그게 나한테는 별로 놀라운 일이 아니었다. 지구, 목성, 화성, 금성같이 사람들이 이름을 붙인 큰 행성들 말고도 망원경으로도 잘 보이지 않을 만큼 아주 작은 다른 별들이 수백 개도 더 있다는 것을 나는 알고 있었다. 천문학자가 이런 별을 하나 발견하면 이름 대신 번호를 붙여 준다. 예를 들어 '소행성 325'라고 부른다.

나는 어린 왕자가 떠나온 별이 소행성 B612라고 믿을 만한 이유가 있다. 이 소행성은 1909년에 터키 천문학자가 망원경으로 단 한 번 본 적이 있었다.

그때 이 천문학자는 국제 천문학회에서 자신의 발견에 대해 길게 논증했다. 그러나 그가 입은 옷 때문에 아무도 그의 말을 믿지 않았다. 어른들은 언제나 이런 식이다.

터키의 어떤 독재자가 국민에게 유럽식으로 옷을 입지 않으면 사형에 처한다고 한 것은 소행성 B612호의 명성을 위해서는 다행스러운 일이었다. 이 천문학자는 1920년에 아주 우아한 양복을 입고 논증을 다시 했다. 이번에는 모두 그의 의견을 받아들였다.

내가 소행성 B612에 관한 이런 세세한 이야기를 늘어놓고 그 번호까지 밝히는 것은 모두 어른들 때문이다. 어른들은 숫자를 좋아한다. 여러분들이 새로운 친구를 사귀었다고 어른들에게 말하면, 어른들은 가장 중요한 것은 도무지 물어보지 않는다.

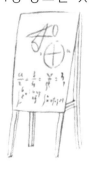

'그 애의 목소리는 어떠니?
무슨 놀이를 좋아하니?
그 애도 나비를 채집하니?'
이렇게 묻는 일은 절대로 없다.
'그 앤 나이가 몇이지?
형제들은 몇 명 이니? 몸무게는
얼마지? 그 애 아버지는 얼마나
버니?' 항상 이렇게 묻는다.
이렇게 묻고 나서 어른들은
그 친구를 속속들이 알고 있다고
생각한다. 만약 여러분들이
'나는 아주 아름다운 장밋빛 벽돌

집을 보았는데요, 창문에 제라늄이 피어 있고, 지붕 위에 비둘기가 있고…….' 이런 식으로 어른들에게 말한다면, 어른들은 그 집을 상상해 내지 못할 것이다. '나는 10만 프랑짜리 집을 보았어요.' 이렇게 말해야 어른들은 '정말 예쁜 집이겠구나!' 하고 감탄한다.

그러니 여러분들이 '어린 왕자는 예뻤고, 방긋 웃었고, 양을 가지고 싶어 했다는 것이 그가 있었다는 증거야. 누가 양을 가지고 싶어 하면 그 사람이 있는 증거가 돼.' 이렇게 어른들에게 말하면 그분들은 어깨를 으쓱하고는 우리를 아이로 취급할 것이다! 그러나 '그는 소행성 B612로부터 왔다.'라고 말하면 어른들은 곧 알아듣고, 질문 따위를 늘어놓아 여러분들을 귀찮게 하지 않을 것이다. 어른들은 이렇다. 그들을 탓해서는 안 된다. 어린이들은 어른들에게 아주 너그러워야 한다.

그러나 인생을 이해하는 우리는 물론 숫자 같은 건 우습다. 나는 이 이야기를 옛날이야기처럼 시작하고 싶었다.

"옛날 옛적, 한 어린 왕자가 자기보다 조금 클까 말까 한 별에 살고 있었는데, 그는 친구가 갖고 싶어서……."

인생을 이해하는 사람들의 눈에는 이런 식의 이야기가 훨씬 더 진실하게 보였을 것이다.

사람들이 내 책을 가볍게 읽어 버리는 것이 싫어서 하는 말이다. 이제 그 추억을 이야기하려니 그만큼 슬프기도 하다. 내 친구가 양을 가지고 떠난 지도 어언 6년이 되었다. 내가 여기에다 그의 모습을 그리려고 애를 쓰는 것은 그 애를 잊어버리지 않기 위해서다. 친구를 잊어버린다는 것은 슬픈 일이다. 누구에게나 다 친구가 있었던 것은 아니다. 그리고 나도 숫자밖에는 관심이 없는 어른들처럼 되어 버릴지 모른다. 내가 이제 다시 그림물감 한 갑과 연필 몇 자루를 사 온 것도 이 때문이다. 이 나이에 다시 그림을 시작한다는 것은 힘든 일이다. 여섯 살 적에 속이 보이는 보아뱀과 속이 보이지 않는 보아뱀을 그려 본 것밖에 달리 그려 본 적이 없는 처지에! 물론 되도록 실물에 가까운 초상화를 그려 보려고 노력은 하겠지만, 꼭 성공하리라는 자신은 없다. 어떤 그림은 괜찮은데 또 어떤 그림은 영 딴판이다. 키를 어림잡는데도 좀 서투르다. 이쪽 어린 왕자는 너무 크고 저쪽은 너무 작다. 그의 옷 색깔에 대해서 역시 자신이 없다. 그래서 나는 이렇게 저렇게 더듬더듬 그려 본다. 중요한 어떤 부분을 잘못 그릴지도 모른다. 그래도 나를 용서해 주어야 한다. 내 친구는 설명을 해주는 적이 없었기 때문이다. 어쩌면 내가 자기와 비슷하다고 생각했던 것인지도 모르겠다. 그러나 불행히도 나는 상자 안쪽에 있는 양을 볼 줄 모른다. 어쩌면 나도 얼마만큼은 어른들처럼 되어 버린 것은 아닌지. 아마 늙었나 보다.

나는 날마다 그의 별이라든지, 그 별을 떠나온 이야기라든지, 그의 여행이라든지 하는 것들에 대해 얼마큼씩 알게 되었다. 그 일은 아주 천천히, 이 생각 저 생각을 따라가며 진행되었다. 사흘째 되는 날, 내가 바오바브나무의 비극을 알게 된 것도 이런 식이었다.

이번에도 역시 양 덕분이었는데, 어린 왕자가 무슨 커다란 의문이나 생긴 듯이 갑자기 물었다.

"양이 작은 나무를 먹는다는 게 정말이지?"

"그럼, 정말이지."

"아! 그럼 잘됐네!"

양이 작은 나무를 먹는다는 게 왜 그렇게 중요한 일인지 나는 알 수가 없었다. 그러나 어린 왕자는 말을 이었다.

"그러면 양들은 바오바브나무도 먹겠네?"

나는 어린 왕자에게, 바오바브나무는 작은 나무가 아니라 성당만큼 커다란 나무이며, 코끼리 한 부대를 몰고 간다 해도 바오바브나무 하나를 해치우기 힘들 것이라고 알려주었다.

코끼리 한 부대라는 말에 어린 왕자는 웃었다.

"그럼 코끼리 등에다 코끼리를 포개 놓아야겠네······."

그러나 영리하게 이런 말도 했다.

135

"바오바브나무도 자라기 전에는
조그맣지?"
"물론이지! 그런데 왜 양이
바오바브나무를 먹어야 한다는
거지?"
그는 "아이, 참!"하며, 내가 다
아는 것을 묻고 있다는 듯이 대답
했다. 그래서 나 혼자 이 수수께끼를 푸느라고 한참 고민해야
했다.

 사실은 이런 것이었다. 어린 왕자의 별에는 여느 별에나 그렇
듯이 좋은 풀과 나쁜 풀이 있었다. 따라서 좋은 풀의 좋은 씨앗,
나쁜 풀의 나쁜 씨앗이 있었다. 그러나 씨앗들은 보이지 않는다.
씨앗들은 땅속에 숨어 잠을 자고 있다가, 그중 하나가 깨어날
생각이 들면 기지개를 켜고, 해를 향해서 아름답고 연약한 새
싹을 조심조심 내민다. 무나 장미나무의 어린싹이면 마음껏 자
라도록 내버려 두어도 괜찮다. 그러나 나쁜 식물의 싹이면 그걸
알아차리자마자 뽑아 버려야 한다. 그런데 어린 왕자의 별에는
무서운 씨앗이 있었으니…… 바로 바오바브나무 씨앗이었다.
그 별의 흙에는 바오바브나무의 씨앗이 들끓었다. 그런데 바오
바브나무는 너무 늦게 손을 쓰면 영영 처치할 수 없게 된다. 나
무가 온 별을 다 차지하고, 그 뿌리로 별 깊숙이 구멍을 뚫는다.

그리고 별은 너무 작은데 바오바브나무가 너무 많으면 별은 터져 버린다.

어린 왕자는 한참 지나서 나한테 이런 말을 했다.

"그건 규율 문제야. 아침에 몸단장을 하고 나면 별의 단장도 꼼꼼히 해줘야 해. 바오바브나무가 아주 어릴 때는 장미나무와 비슷한데, 구별할 수 있게 되면 그때부터 규칙적으로 뽑아 버려야 해. 아주 귀찮은 일이지만 아주 쉬운 일이야."

그리고 하루는 나에게 아름다운 그림 한 장을 그려서, 우리 땅에 사는 어린이들 머릿속에 그걸 새겨 넣게 하라고 권했다.

"그들이 언젠가 여행을 하게 되면 그게 도움이 될 거야. 할 일을 뒤로 미루는 것이 때로는 아무렇지 않을 수 있지. 하지만 바오바브나무의 경우라면 반드시 큰 난리가 일어나고 말아. 난 게으름뱅이가 사는 별을 하나 아는데, 작은 나무 세 그루를 소홀히 한 게 그만……."

바오바브나무

그래서 나는 어린 왕자의 지시에 따라 그 게으름뱅이의 별을 그렸다. 나는 철학자같이 말하기는 싫었다. 그러나 바오바브나무의 위험을 사람들이 너무 모르고 있고, 혹시라도 길을 잘못 들어 소행성에 발을 들여놓은 사람이 크나큰 위험에 닥칠지도 모르겠기에 이번만 말하려 한다.

"얘들아! 바오바브나무를 조심해라!"

내가 이 그림에 꽤 정성을 들인 것은, 나와 마찬가지로 오래전부터 모르는 사이에 위험에 둘러싸여 있는 내 친구들에게 알려주기 위해서이다. 내가 주고 싶은 교훈이 그만한 값어치는 있으니까. 여러분들은 아마 이런 생각을 할지도 모른다.

이 책에는 왜 바오바브나무만큼 굉장한 다른 그림이 없을까? 그 대답은 아주 간단하다. 그려 보았지만 성공하지 못했다. 바오바브나무를 그릴 때는 매우 위급하다는 생각에 사로잡혀 힘이 솟았던 것이다.

6

아! 어린 왕자, 너의 초라하고 쓸쓸한 생활을 나는 이렇게 조금씩 알게 되었다. 오랫동안 네 마음을 달래 주는 것이라곤 아늑하게 해가 저무는 풍경밖에 없었다. 나흘째 되는 날 아침, 너의 말을 듣고 새로운 사실을 알게 되었다. 그때 넌 이렇게 말했지.

"나는 해넘이가 정말 좋아. 지금 해넘이를 보러 가요……."

"하지만 기다려야 하는데……."

"기다리다니, 뭘?"

"해가 지기를 기다려야지."

너는 처음에 아주 놀란 얼굴을 하더니, 곧 너 자신이 어처구니 없다는 듯이 웃었다. 그리고 너는 말했지.

"나는 아직도 내 별에 있는 건 줄 알았어."

그렇다. 미국이 한낮이면 누구나 다 알다시피 프랑스에서는 해가 저문다. 해가 저무는 것을 보려면 단 1분 동안에 프랑스로 갈 수만 있으면 될 텐데. 불행히도 프랑스는 너무 멀리 떨어져 있지. 그러나 그처럼 작은 너의 별에서는 의자를 몇 걸음 당겨 놓으면 그만이었지. 그래서 넌 네가 원할 때마다 석양을 바라보곤 했었지…….

"어느 날 난 마흔네 번이나 해넘이를 보았어!"

140

그리고 잠시 후 이렇게 덧붙였지.

"아저씨도 알 거야……. 그렇게도 슬플 때는 누구나 해가 저무는 게 보고 싶지."

"그럼 마흔네 번 바라본 날은 그렇게도 쓸쓸했었니?"

그러나 어린 왕자는 대답하지 않았다.

7

닷새째 되는 날, 그날도 역시 양의 도움으로 나는 어린 왕자의 삶에 깃들어 있는 이 비밀을 알게 되었다. 오랫동안 말없이 생각해 온 의문이 열매를 맺은 듯 갑자기 그는 밑도 끝도 없는 질문을 던졌다.

"양이 작은 나무를 먹는다면 꽃도 먹을까?"

"양은 무엇이든지 다 먹지."

"가시가 있는 꽃도?"

"그럼. 가시가 있는 꽃도."

"그렇다면 가시는 아무 소용이 없잖아?"

나는 그것을 알 수 없었다. 나는 그때 내 모터에 너무 꽉 조여 있는 볼트를 푸느라고 온 정신을 다 쏟고 있었다. 고장이 아주 심하다는 생각이 들어서 나는 몹시 걱정스러웠고, 마실 물은 다 떨어져 가니 최강의 경우를 염려하지 않을 수 없었다.

"가시는 무슨 소용이 있는 거야?"

어린 왕자는 한번 질문을 던지면 절대로 포기하지 않는다. 나는 볼트 때문에 화가 나서 아무렇게나 대답했다.

"가시는 아무 소용도 없는 거야. 꽃들이 심술을 부리는 거야!"

"아!"

그는 한동안 말이 없더니 앙심이라도 품은 듯 나를 몰아세웠다.

"그건 거짓말이야! 꽃들은 연약하고 순진해. 해볼 수 있는 데까지 자신을 지키려는 거야. 꽃들은 자기들이 가시를 가졌다고 무서운 줄 알고 있어⋯⋯."

나는 아무 대답도 하지 않았다. 그 순간 나는 혼자 이런 생각을 하고 있었다. '이놈의 볼트가 계속 버티면 망치로 두들겨 깨뜨려야지.' 어린 왕자가 또다시 내 생각을 흩트려 놓았다.

"아저씨는 그렇게 생각하고 있는 거야? 꽃들이⋯⋯."

"아니야! 아니야! 난 아무 생각도 없어! 아무렇게나 대답한 거야. 난 지금 아주 중요한 일을 하고 있단 말이야!"

그는 깜짝 놀라 나를 노려보았다.

"아주 중요한?"

그는 손가락에 새까맣게 기름을 묻힌 채 손에 망치를 들고 그에게는 매우 흉측해 보이는 물건에 엎드려 있는 내 모습을 보고 있었다.

"아저씨도 어른들처럼 말하네!"

그 말에 나는 좀 부끄러웠다. 그러나 그는 매정하게 덧붙였다.

"아저씨는 모든 걸 혼동하고 있어. 아저씨는 모든 게 다 뒤죽박죽이야!"

그는 화가 잔뜩 나 있었다. 금빛 머리칼을 바람 속에 흔들었다.

"내가 아는 별에 얼굴이 시뻘건 어른이 살고 있어. 그는 꽃 한 송이 향기를 맡은 적도 없고, 별 하나 바라본 적도 없고, 누구 한 사람 사랑해 본 적도 없어. 덧셈밖에는 다른 일을 한 적이 없는 거야. 그러면서 온종일 '나는 중요한 일을 하는 사람이야! 나는 중요한 일을 하는 사람이야!' 중얼거리기만 하고 있지. 그러고는 으스댄다고. 하지만 그건 사람이 아니야, 버섯이야!"

"뭐라고?"

"버섯이야!"

어린 왕자는 화가 나서 이제 얼굴이 하얗게 질렸다.

"수백만 년 전부터 꽃들은 가시를 만들어 왔어. 수백만 년 전부터 양은 바로 그 꽃들을 먹어 왔고. 그런데 왜 꽃들이 아무 소용도 없는 가시를 만드느라 그렇게 고생을 하는지 알아보려 하는 게 중요한 일이 아니란 말이야? 양과 꽃들의 전쟁은 중요한 일이 아니란 말이야? 그 뚱뚱하고 시뻘건 어른의 덧셈보다 더 중요하고 진지한 일이 아니란 말이야? 내 별을 떠나선 어디를 가도 찾아볼 수 없는, 이 세상에 단 한 송이밖에 없는 꽃을 생각해 봐. 어느 날 아침 조그만 양이 멋도 모르고 이렇게 단숨에 없애 버릴지도 모르는 그 꽃을 내가 사랑한다고 해봐. 그런데 그게 중요한 일이 아니란 말이야?"

그는 얼굴을 붉히고 나서 다시 말을 이었다.

"누가 수백만 개 수천만 개 별 중에 하나밖에 없는 꽃을 사랑하고 있으면, 별들만 쳐다봐도 행복해지는 거야. 속으로 '저기 어디에 내 꽃이 있겠지' 그런 생각을 하게 되거든. 그런데 양이 그 꽃을 먹어 봐. 이건 그에게는 별들이 모두 갑자기 빛을 잃는 거나 마찬가지야! 그래도 이게 중요한 일이 아니란 말이야?"

그는 말을 더 잇지 못하고 갑자기 흐느껴 울기 시작했다. 해는 이미 져버린 뒤였다. 나는 내 연장들을 던져두었다. 나는 망치도 나사도 목마름도 죽음도 안중에 없었다. 어떤 별, 어떤 행성 위에, 나의 별인 이 지구 위에, 내가 달래 주어야 할 어린 왕자가 하나 있다! 나는 그를 팔로 감싸 안았다. 그를 조용히 흔들어 달 랬다. 나는 그에게 말했다.

"네가 사랑하는 꽃은 이제
위험하지 않아……. 네 양에다가
굴레를 그려 줄게…….
네 꽃을 위해 내가 울타리도 하나
그려 줄게……. 내가……."

나는 무슨 말을 해야 할지 알 수가

없었다. 내가 무척 서투르다는 느낌이 들었다. 어떻게 해야 그를 달랠 수 있는지, 어디를 가야 그의 마음을 다시 잡을 수 있는지 알 수 없었다. 눈물의 나라는 그렇게도 신비롭다.

8

나는 곧 그 꽃을 더 잘 알게 되었다. 어린 왕자의 별에는 전부터 아주 소박한 꽃들이 있었다. 홑꽃잎을 한 이 꽃들은 별로 큰 자리를 차지하는 것도 아니었고, 누구의 마음을 설레게 하는 것도 아니었다. 하루아침에 풀 속에 나타났다가 저녁이면 조용히 사그라들었다. 그런데 어디서 날아왔는지 알 수 없는 씨앗 하나에서 어느 날 그 꽃이 싹을 텄고, 어린 왕자는 다른 싹과 닮지 않은 이 어린 나무를 아주 가까이서 살폈다. 어쩌면 새로운 종류의 바오바브나무인지도 모른다. 그러나 이 어린 나무는 이내 자라는 것을 멈추고 꽃을 준비하기 시작했다. 어린 왕자는 그 커다랗게 자리 잡는 꽃망울을 지켜보며 곧 어떤 기적이 나타나리라고 생각했다. 그러나 꽃은 그 초록의 방에 숨어 계속 아름다움을 가꾸고 있었다. 정성 들여 색깔을 골랐다. 꽃은 천천히 옷을 입고 꽃잎을 하나하나 가다듬었다. 그 꽃은 개양귀비처럼 아무렇게나 차리고 나타나려 하지 않았다. 아름다운 빛이 흘러넘칠 때에야 나타나고 싶어 했다. 그렇다! 정말 멋쟁이 꽃이었다!

신비로운 화장은 그래서 몇 날 며칠이 걸렸다. 드디어 어느 날 아침 바로 해가 뜨는 시각에 그 꽃은 제 모습을 드러냈다.

그리고 그 꽃은 아주 꼼꼼하게 화장을 했으면서도 하품을 하며 이렇게 말했다.

"아! 이제 막 잠이 깼답니다……. 미안해요……. 제 머리가 온통 헝클어져 있네요……."

그러나 어린 왕자는 감탄을 누를 수가 없었다.

"참 아름다워요!"

"그렇죠? 그리고 난 해와 같은 시간에 태어났답니다……."
꽃이 나지막이 대답했다.

어린 왕자는 그 꽃이 별로 겸손하지 못하다는 걸 알아차렸다. 그러나 그만큼 마음을 설레게 하는 꽃이 아닌가!
꽃은 이내 말을 이었다.

"아침 식사할 시간이군요. 친절을
베풀어 제 생각을 좀 해주시겠어요?"

그 말에 어린 왕자는 어쩔 줄을
모르며 시원한 물이 담긴 물뿌리개를
찾아 꽃의 시중을 들었다.

이렇게 그 꽃은 까다로운 허영심으로
그를 금방 괴롭혔다. 어느 날 자기의
가시 네 개를 내보이며 어린 왕자에게 이런 말을 했다.

"호랑이들이 발톱을 세우고 달려들지도 몰라요!"

"이 별에는 호랑이가 없어요. 그리고 호랑이는 풀 같은 것은 먹지 않아요."

어린 왕자가 반박했다.

"나는 풀이 아니에요."

꽃이 나직하게 대답했다.

"미안해요……."

"난 호랑이는 조금도 무섭지 않지만 바람은 질색이랍니다. 바람막이 같은 건 없나요?"

어린 왕자는 이렇게 생각했다.

'바람 부는 게 질색이라…… 식물인데, 곤란한걸.'

"저녁에는 나에게 유리 덮개를 씌워 주세요. 당신 별은 몹시 춥네요. 설비가 좋지 않고요. 내가 살던 곳은……."

그러나 꽃은 거기서 말을 그쳤다. 꽃은 씨의 형태로 이곳에 왔으니 다른 세계를 결코 알 턱이 없는 것이다. 그런 순진한 거짓말을 꾸미다가 들킨 게 부끄러워서 꽃은 잘못을 어린 왕자에게 뒤집어씌우려고 두세 번 기침을 했다.

"바람막이는요?"

"막 찾으러 가려는데 당신이 말을 하기에……."

꽃은 그래도 어린 왕자가 미안함을 느끼게 하려고 기침을 더 심하게 했다.

이렇게 해서 어린 왕자는 그의 사랑에서 우러나온 착한 마음에도 불구하고 그 꽃을 곧 의심하게 되었다. 별것도 아닌 말을 심각하게 생각했고 그래서 아주 불행하게 되었다.

"그 꽃이 하는 말을 듣지 않았어야 했어. 꽃이 하는 말은 절대로 듣지 말아야 해. 그냥 보고, 향기를 맡기만 해야 해. 내 꽃이 내 별을 향기롭게 해주고 있었지만, 나는 그걸 즐길 수가 없었어. 그 발톱 이야기를 들었을 때도 조바심이 났지만, 사실은 가엾은 생각이 들었어야 했어……."

그는 계속해서 자기의 속마음을 이야기했다.

"그때 난 아무것도 알지 못한 거야! 말이 아니라 행동으로 그 꽃을 판단했어야 했는데. 그 꽃은 나를 향기롭게 해주고 내 마음을 밝게 해주었어. 거기서 도망쳐 나오는 것이 아니었는데! 그 어설픈 거짓말 뒤에 따뜻한 마음이 숨어 있는 걸

148

눈치챘어야 했는데. 꽃들은 정말 모순덩어리야! 하지만 난 꽃을
사랑하기엔 너무 어렸어."

9

　나는 그가 철새들의 이동을 이용해서 그의 별을 빠져나왔으
리라 생각한다. 떠나는 날 아침 그는 별을 깨끗이 정돈했다. 그
는 활화산을 정성 들여 청소했다. 그에겐 활화산이 둘 있었는
데, 그것들은 아침밥을 데우는 데 꼭 알맞았다. 사화산도 하나
있었다. 그러나 그의 말처럼 '어떻게 될지 누가 알아!' 그래서 그
는 사화산도 똑같이 청소했다. 청소만 잘해주면 화산들은 서서
히 규칙적으로 불타올라 폭발하는 일이 없다. 화산 폭발은 굴뚝
의 화재와 같은 것이다. 물론 지구 위에 사는 우리들은 너무 작
아 화산을 청소할 수 없다. 그래서 우리들은 화산 폭발 때문에
자주 곤란한 일을 겪게 되는 것이다.
　어린 왕자는 좀 쓸쓸한 마음으로 최근에 돋아난 바오바브나무
의 싹들도 뽑았다. 그는 다시 돌아오게 되지 않으리라 생각하고
있었다. 그러나 손에 익은 그 모든 일들이 그날 아침엔 유난히
도 다정하게 느껴졌다. 그리고 마지막으로 꽃에 물을 주고, 유리
덮개를 씌워 주려고 했을 때 그는 울음이 터져 나오려고 했다.
　"잘 있어!"

그는 활화산을 정성 들여 청소했다

그러나 꽃은 말이 없었다.

"잘 있어!"

그는 다시 한번 말했다.

꽃은 기침을 했다. 그러나 감기 때문이 아니었다.

"내가 바보였어. 용서해줘. 부디 행복하게 살아!"

그는 꽃이 비난을 퍼붓지 않는 것을 보고 놀랐다. 유리 덮개를 쳐들고 그는 멍청히 서 있었다. 이렇게 잔잔하고 다정하다니 도무지 이해할 수 없었다.

"그래, 난 너를 사랑해."

꽃이 말했다.

"난 그걸 도무지 몰랐지. 그건 내 잘못이야. 그런 건 아무래도 좋아. 하지만 너도 나만큼 바보였어. 부디 행복하게 지내······. 그 유리 덮개는 조용히 치워 두고. 이젠 필요 없어."

"하지만 바람이······."

"나는 그렇게 감기에 잘 걸리지 않아. 시원한 밤바람이 내게 좋을 거야. 난 한 송이 꽃이야."

"하지만 짐승들이······."

"나비를 보려면 벌레 두세 마리는 견뎌 내야지. 나비는 참 아름다운 것 같더라. 그러지 않으면 누가 날 찾아오겠어. 너는 멀리 있을 거고. 커다란 짐승들이 온대도 난 겁날 게 없어. 나는 가시가 있으니까."

151

그러면서 꽃은 천진난만하게 가시 네 개를 내보였다. 그리고 덧붙였다.

"그렇게 꾸물거리지 마. 자꾸 마음이 쓰여. 벌써 떠나기로 결심했잖아. 어서 가."

꽃은 우는 모습을 보이고 싶지 않았던 것이다. 그렇게 도도한 꽃이었다.

10

그의 별은 소행성 325, 326, 327, 328, 329, 330과 같은 구역에 있었다. 그래서 그는 우선 그 별들을 방문하여 일자리도 찾아보고 견문도 넓히기로 했다.

첫 번째 별에는 왕이 살고 있었다. 왕은 주홍빛 천과 흰 담비 가죽으로 만든 옷을 입고 매우 검소하면서도 위엄 있는 왕좌에 앉아 있었다.

"아! 신하가 한 명 왔구나!"

왕은 어린 왕자를 보고 소리쳤다. 어린 왕자는 이상한 생각이 들었다.

'한 번도 나를 본 적이 없는데 어떻게 알아보지?'

왕들에게는 세계가 아주 단순하게 되어 있다는 것을 어린 왕자는 몰랐다. 왕에겐 모든 사람이 다 신하이다.

"너를 더 잘 볼 수 있게 가까이 오너라."

왕은 드디어 어떤 사람에게 왕 노릇을 하게 된 게 아주 자랑스러워 이렇게 말했다.

어린 왕자는 앉을 자리를 찾아보았으나 별을 화려한 담비 가죽 망토로 온통 덮여 있었다. 그래서 그는 서 있었고, 피곤해서 하품이 나왔다.

"왕 앞에서 하품을 하는 것은 예의에 어긋나는 일이니라. 짐은 그대에게 이를 금하노라."

왕이 말했다.

"저는 하품을 참을 수가 없어요. 먼 길을 여행하느라 잠을 못 자서……."

어린 왕자는 당황해서 이렇게 말했다.

"그럼 하품을 명하노라. 하품하는 걸 본 지도 여러 해가 되었구나. 하품하는 모습은 짐에게는 신기한 것이로다. 자! 또 하품을 하라. 명령이다."

"그렇게 말씀하시니까 겁이 나서…… 하품이 나오지 않는군요……."

어린 왕자는 얼굴을 붉히며 말했다.

"흠! 흠! 그렇다면, 짐은…… 짐은 그대에게 명하노라, 어떤 때는 하품을 하고 어떤 때는……."

그는 좀 빠른 말로 얼버무렸으며, 화가 난 것 같았다.

왕은 어찌 됐든 자기 권위가 존중되길 바랐던 것이다. 그는 불복종을 용서하지 않았다. 그는 절대 군주였다. 그러나 아주 착한 사람이어서 지당한 명령을 내렸다.

그는 늘 이런 말을 했다.

"만약에 짐이 어떤 장군에게 물새로 변하라고 명령했는데, 장군이 이 명령에 따르지 않았다면 그건 장군의 잘못이 아니라 짐의 잘못이니라."

"앉아도 괜찮을까요?"

어린 왕자는 머뭇거리며 물었다.

"짐은 그대에게 앉기를 명하노라."

왕은 대답하며 담비 망토 한 자락을 위엄 있게 걷어 올렸다.

그러나 어린 왕자는 놀랐다. 그 별은 아주 작았다. 이 왕은 대체 무얼 다스린단 말인가?

"폐하, 한 가지 여쭈어봐도 좋을까요……."

"짐은 네게 질문하기를 명하노라."

"폐하는…… 무얼 다스리십니까?"

"모든 것을."

왕은 매우 간단하게 대답했다.

"모든 것을요?"

왕은 조심스럽게 자기 별과 그리고 다른 모든 행성과 항성을 가리켰다.

"저걸 전부요?"

"그렇다. 이 모든 것을……."

왕은 대답했다. 그는 절대 군주였을 뿐만 아니라 온 우주의 왕이었기 때문이다.

"그럼 별들이 폐하에게 복종하나요?"

"물론이니라. 별들은 즉시 복종하느니라. 짐은 불복종을 용서치 아니하노라."

그만한 권력에 어린 왕자는 감탄했다. 내가 만일 그런 권력을 가졌다면 의자를 끌어당길 필요도 없이 하루에 마흔네 번이 아니라 일흔두 번이라도, 아니 백 번이라도, 아니 이백 번이라도 해넘이를 구경할 수 있을 텐데! 그러자 버려두고 온 작은 별이 마음속에 떠올라 그는 조금 슬퍼졌으므로 용기를 내어 왕의 은 총을 빌었다.

"저는 해 지는 것을 보고 싶습니다. 저를 기쁘게 해주세요. 해 가 지도록 명령해 주세요……"

"짐이 어떤 장군에게 나비처럼 이 꽃에서 저 꽃으로 날아다닐 것을 명령하거나, 비극을 한 편 쓰라고 명령하거나 혹은 물새로 변하도록 명령했는데 그 장군이 명령을 복종하지 않는다면 짐 과 장군 가운데 누가 잘못이겠는가?"

"폐하의 잘못입니다."

어린 왕자는 단호하게 대답했다.

"바로 그렇다. 누구에게나 그가 할 수 있는 것을 요구해야 하 느니라. 권위는 무엇보다도 이성에 근거를 두는 법이니라. 네가 만일 네 백성에게 바다에 빠져 죽으라고 명령한다면 그들은 혁 명을 일으키리라. 짐이 복종을 요구할 권리가 있음은 짐의 명령 이 지당하기 때문이니라."

"그런데 제가 부탁한 해넘이는 어떻게 됐습니까?"

한번 질문을 하면 절대로 잊어버리지 않는 어린 왕자는 그걸 다시 일깨웠다.

"너는 해넘이를 보게 되리라. 짐은 그것을 명령하겠노라. 그러 나 짐의 통치술에 따라 조건이 마련될 때까지 기다리겠노라."

"언제 그렇게 될까요?"

어린 왕자는 캐물었다.

"흠! 흠! 그것은…… 오늘 저녁…… 오늘 저녁…… 그것은 오늘 저녁 7시 40분경이 되리라. 그때 너는 짐의 명령이 얼마나 잘 이행되는가를 알게 되리라."

어린 왕자는 하품을 했다. 해 지는 것을 못 보게 되어 서운했다. 그는 벌써 좀 지루해졌다.

"저는 여기서 더 할 일이 없습니다. 저는 떠나겠습니다."

"가지 마라. 가면 아니 되느니라. 짐은 너를 대신으로 임명하노라!"

신하를 한 사람 가지게 된 것이 몹시도 자랑스럽던 왕은 다급히 말했다.

"무슨 대신이요?"

"음…… 법무 대신!"

"하지만 재판을 받을 사람이 없는데요!"

"아직 모른다! 짐은 지금까지 짐의 왕국을 돌아본 적이 없노라. 짐은 매우 늙었고, 수레를 놓을 자리도 없고, 걷자니 피곤하고."

"아! 하지만 전 벌써 다 보았어요."

어린 왕자는 몸을 기울여 그 별의 다른 편을 힐끗 보았다.

"저쪽에도 역시 아무도 없습니다."

"그럼 그대 자신을 재판하라. 그게 가장 어려운 일이로다. 다른 사람을 판단하는 것보다 자신을 판단하는 게 훨씬 더 어려운 일이니라. 네가 자신을 잘 판단할 수 있게 된다면, 그것은 네가 참으로 슬기로운 사람이기 때문이니라."

"저는 아무 데서나 저 자신을 판단할 수 있습니다. 꼭 여기서 살아야 할 필요는 없습니다."

"흠! 흠! 짐의 별 어딘가에 늙은 쥐 한 마리가 있는 게 확실하다. 밤이면 쥐 소리가 들리노라. 너는 그 늙은 쥐를 재판할 수 있느니라. 이따금 그 쥐를 사형에 처할 수도 있노라. 그러면 쥐의 생명은 너의 재판에 달려 있노라. 그러나 그때마다 너는 특사를 내려 그 쥐를 아끼도록 하라. 한 마리밖에 없으니 말이다.

"저는 사형 선고를 좋아하지 않습니다. 가야 할 것 같습니다." 어린 왕자는 대답했다.

"안 된다."
왕이 말했다.

어린 왕자는 준비를 다 끝냈지만 늙은 왕의 마음을 아프게 하고 싶지 않았다.

"폐하의 명령이 어김없이 복종되길 원하신다면, 제게 지당한 명령을 내려 주십시오. 예를 들어 1분 안에 떠나라고 명령하실 수 있을 것입니다. 제 생각으로는 조건이 마련된 것 같습니다만."

왕이 아무런 대답도 하지 않는 걸 보고 어린 왕자는 잠시 주저했지만, 곧 한숨을 쉬며 별을 떠났다.

"짐은 그대를 대사로 임명하노라."

왕은 그때 서둘러 소리 질렀다. 위엄이 가득 서려 있었다.

'어른들은 참 이상해.'

어린 왕자는 여행을 하며 속으로 생각했다.

11

두 번째 별에는 허영심에 빠진 사람이 살고 있었다.

"아! 아! 저기 나를 숭배하는 사람이 찾아오는구나!"

어린 왕자를 보자마자 허영심 많은 사람이 멀리서부터 소리쳤다.

허영심 많은 사람에겐 다른 사람들이 모두 자기를 찬양해 주는 사람으로 보이기 때문이다.

"안녕하세요. 이상한 모자를 쓰셨네요."

어린 왕자가 말했다.

"답례를 하기 위해서지. 나에게 사람들이 박수갈채를 할 때 답례를 하기 위해서야. 그런데 불행하게도 여기를 지나가는 사람이 아무도 없구나."

허영심 많은 사람이 대답했다.

"아 그래요?"

무슨 말인지 알아듣지 못한 어린 왕자가 말했다.

"두 손을 마주쳐 봐라."

그래서 허영심 많은 사람이 가르쳐 주었다.

어린 왕자는 두 손을 마주쳤다. 허영심 많은 사람은 모자를 벗어 들고 점잖게 답례를 했다.

'왕을 만났을 때보다 훨씬 재미있군.'

어린 왕자는 속으로 생각했다. 그래서 그는 다시 두 손을 마주치기 시작했다. 허영심 많은 사람은 모자를 들어 올려 다시 답례를 다시 했다.

5분 동안 되풀이하고 나니 어린 왕자는 이 장난이 재미없어졌다.

"그런데 모자를 떨어뜨리려면 어떻게 해야 하나요?"

그러나 허영심 많은 사람은 그의 말을 듣지 않았다. 허영심 많은 사람은 칭찬하는 말밖에는 듣지 않는다.

"너는 정말로 나를 숭배하지?"

그가 어린 왕자에게 물었다.

"숭배한다는 게 무슨 뜻인데요?"

"숭배한다는 건 내가 이 별에서 가장 미남이고 가장 옷을 잘 입고 가장 부자고 가장 똑똑하다고 인정해 준다는 뜻이지."

"하지만 이 별엔 아저씨 혼자뿐인데요!"

"나를 기쁘게 해다오. 아무튼 나를 숭배해다오!"

"아저씨를 숭배해요. 하지만 그게 아저씨한테 어떻다는 거예요?"

어린 왕자는 어깨를 약간 으쓱하며 말했다.

그리고 어린 왕자는 그 별을 떠났다.

'어른들은 아무래도 좀 이상해.'

여행을 하는 동안 어린 왕자는 속으로 이렇게만 생각했다.

12

다음 별에는 술꾼이 살고 있었다. 이번 방문은 아주 짧았지만 어린 왕자를 우울에 잠기게 했다.

161

"거기서 뭘 하고 계시죠?"

빈 병 한 무더기와 가득 찬 병 한 무더기를 앞에 놓고 말없이 앉아 있는 술꾼을 보고 어린 왕자는 물었다.

"마시고 있다."

술꾼은 침울한 표정으로 대답했다.

"왜 마셔요?"

"잊으려고."

"무얼 잊어요?"

어린 왕자는 벌써 그를 불쌍하게 여기며 캐물었다.

"내가 부끄러운 놈이란 걸 잊기 위해서."

술꾼은 고개를 떨어뜨리며 털어놓았다.

"뭐가 부끄러운데요?"

어린 왕자는 그를 도와주고 싶어 자세히 물었다.

"술 마신다는 게 부끄러워!"

술꾼은 이렇게 말을 끝내고 입을 꼭 다물어 버렸다.

그래서 어린 왕자는 어쩔 줄 몰라 하며 그 별을 떠났다.

'어른들은 아무리 봐도 아주아주 이상해.'

여행을 하는 동안 그는 속으로 그렇게만 생각했다.

13

네 번째 별은 사업가의 별이었다. 이 사람은 어찌나 바쁜지 어린 왕자가 도착했을 때 고개조차 들지 않았다.

"안녕하세요. 담뱃불이 꺼졌군요."

어린 왕자가 말했다.

"셋 더하기 둘은 다섯, 다섯 더하기 일곱은 열둘, 열둘에 셋을 더하면 열다섯. 안녕. 열다섯에 일곱을 더하면 스물둘, 스물둘에 여섯이면 스물여덟. 다시 담뱃불 붙일 시간도 없구나. 스물여섯에 다섯은 서른하나. 후유! 그러니까 5억 162만 2,731이로구나."

"뭐가 5억인데요?"

"응? 너 아직도 거기 있니? 5억 1백만······ 생각이 안 나는구나······ 너무 바빠서! 나는 중대한 일을 하는 사람이야. 시시한 이야기 따위로 시간을 보내진 않아! 둘에 다섯은 일곱."

"뭐가 5억 1백만인데요?"

한번 질문을 하며 절대로 포기하지 않는 어린 왕자는 되풀이해서 물었다.

사업가가 고개를 들었다.

"나는 이 별에 54년간을 살았지만 방해를 받은 적은 세 번밖에 없었다. 처음은 22년 전이야. 어디서 날아들었는지 풍뎅이 한 마리가 떨어졌지. 그놈이 요란한 소리를 내지르는 통에 덧셈이 네 군데나 틀렸지. 두 번째는 11년 전인데 신경통이 생겼을 때였어. 난 운동 부족이야. 한가롭게 걸어 다닐 시간이 없어서. 나는 말이야, 중요한 일을 하는 사람이야. 세 번째는…… 바로 지금이야! 그런데 아까 내가 5억 1백만……."

"뭐가 억이고 백만인데요?"

조용해지긴 틀렸다고 사업가는 깨달았다.

"이따금 하늘에서 볼 수 있는 조그만 것들 말이다."

"파리떼?"

"아니. 반짝거리는 작은 것들 말이다."

"꿀벌?"

"아니. 금빛으로 반짝이는 조그만 것들 말이다. 게으름뱅이들은 그걸 쳐다보며 꿈을 꾸지. 그러나 난 중요한 일을 하는 사람이야. 꿈꾸고 있을 시간이 없다."

"아! 별들?"

"그래, 그래, 별이야."

"그럼 아저씨는 별을 5억 개나 가지고 뭘 하는데요?"

"5억 162만 2,731개지. 나는 중요한 일을 하는 사람이야. 나는 정확한 사람이지."

"그런데 그 별로 뭘 하는데요?"

"뭘 하느냐고?"

"네."

"아무것 안 해. 그것들을 소유하는 거야."

"아저씨가 별들을 소유한다고요?"

"그래."

"하지만 내가 전에 본 어떤 왕은······."

165

"왕은 소유하지 않아. 그들은 다스리지. 그건 아주 다른 얘기야."

"그럼 그 별들을 소유하는 게 아저씨에게 무슨 소용이 있는데요?"

"부자가 되지."

"그럼 부자가 되는 건 무슨 소용이 있는데요?"

"다른 별들을 사는 데 소용되지. 누가 별을 하나 발견했을 때 말이야."

'이 사람도 그 술꾼처럼 말하고 있군.'

어린 왕자는 속으로 생각했다.

그러나 그는 질문을 계속했다.

"어떻게 하면 별을 소유하는데요?"

"별들이 누구 거지?"

사업가가 까다롭게 되물었다.

"몰라요. 그 누구의 것도 아니겠지요."

"그러니까 내 것이지. 내가 제일 먼저 그 생각을 했으니까."

"그걸로 다 되는 거예요?"

"물론이지. 아무도 맡아 놓지 않은 다이아몬드를 네가 발견했다고 쳐봐. 그럼 그건 네 것이야. 아무도 맡아 놓지 않은 섬 하나를 네가 봤다고 쳐봐. 그럼 그건 네 거야. 어떤 생각을 네가 맨 처음 했다고 쳐. 그럼 넌 특허를 낼 수 있어. 그 생각은 네가

166

맡아 놓은 거야. 나도 마찬가지야. 나보다 먼저 별을 갖겠다고 맘먹은 사람이 하나도 없으니까 별은 내 소유야."

"그건 사실이에요. 그렇지만 그걸로 뭘 하는데요?"

어린 왕자가 말했다.

"관리하지. 세어 보고 또 세어 보고 하지. 힘든 일이야. 하지만 나는 중대한 일을 하는 착실한 사람이거든!"

어린 왕자는 그래도 시원치가 않았다.

"내가 머플러를 하나 가졌다면 나는 그걸 목에 감고 다닐 수 있어요. 내가 꽃을 하나 가졌다면 그걸 꺾어 가지고 다닐 수 있어요. 그러나 아저씨는 별들을 딸 수 없잖아요."

"없지. 그러나 은행에 맡겨 둘 수는 있어."

"그게 무슨 말인데요?"

"그건 작은 종이에 내가 가진 별들의 숫자를 적는다는 말이지. 그다음 나는 그 종이를 서랍 속에 넣고 자물쇠를 채워 두는 거야."

"그게 다예요?"

"그럼 됐지!"

'재미있다. 꽤 시적인데? 하지만 별로 중대한 일은 아니군.'

어린 왕자는 생각했다.

어린 왕자는 중대한 일에 대해서 어른들과 생각이 달랐다.

"나는 꽃을 하나 가졌는데 날마다 물을 줘요. 화산 세 개를 가

167

졌는데 일주일에 한 번씩 청소를 해요. 불 꺼진 화산도 같이 청소하니까요. 지금은 죽은 화산이지만 어떻게 될지 누가 알아요. 그것들을 내가 가지고 있는 건 화산한테도 이롭고 꽃한테도 이롭지만, 아저씨는 별들한테 이로울 게 없어요."

사업가는 무어라 말을 하려 했지만 대답할 말을 찾아내지 못했다. 어린 왕자는 별을 떠났다.

'정말이지 어른들은 확실히 이상야릇해.'

여행을 계속하며 어린 왕자는 속으로 이렇게만 생각했다.

14

다섯 번째 별은 아주 신기했다. 그 별들 가운데서 가장 작은 별이었다. 가로등 하나와 가로등 켜는 사람 하나가 들어설 만한 자리밖에 없었다. 하늘 한 구석에, 집도 없고 사람도 살지 않는 별에서 가로등 켜는 사람이 무슨 소용이 있는지 어린 왕자는 도무지 이해할 수가 없었다. 하지만 속으로 이렇게 생각했다.

'이 사람은 어리석은 사람인지도 몰라. 그래도 왕이나 허영심 많은 사람이나 사업가나 술꾼보다는 덜 어리석은 사람이지. 적어도 그가 하는 일에는 어떤 의미가 있어. 그가 가로등에 불을 켜면 별 하나나 꽃 한 송이를 새로 태어나게 하는 것과 같은 거야. 그가 가로등을 끄면 꽃이나 별을 잠재우는 거야. 아주 재미

있는 일인데. 재미있으니까 정말 유익한 것이지.'

그는 별에 다가가서 가로등 켜는 사람에게 공손하게 인사했다.

"안녕하세요. 왜 방금 가로등을 껐나요?"

"안녕? 명령이야."

가로등 켜는 사람이 대답했다.

"명령이 뭐예요?"

"가로등을 끄라는 거야. 그럼 안녕히."

그리고 그는 다시 불을 켰다.

"그럼 왜 다시 불을 켰나요?"

"명령이야."

가로등 켜는 사람이 대답했다.

"무슨 말인지 모르겠는걸."

어린 왕자가 말했다.

"이해할 필요 없어. 명령은 명령이니까. 안녕?"

그리고 가로등을 껐다.

이어서 그는 붉은 네모 무늬가 있는 손수건으로 이마의 땀을 닦았다.

"나는 여기서 아주 끔찍한 일을 하고 있단다. 전에는 괜찮았는데⋯⋯. 아침에는 끄고 저녁에는 켜고 했었지. 그리고 나머지 낮 동안에는 쉴 수도 있고 나머지 밤 시간에는 잘 수도 있었으니까⋯⋯."

나는 여기서 아주 끔찍한 일을 하고 있단다

"그럼 그 뒤로 명령이 바뀌었나요?"

 "바뀌지 않았어. 비극은 바로 그거야! 별은 해가 갈수록 점점 빨리 돌고 명령은 바뀌지 않고!"

 가로등 켜는 사람이 말했다.

 "그래서요?"

 어린 왕자가 말했다.

 "그래서 이제는 1분에 한 바퀴씩 돌고 있으니 난 단 1초도 쉴 시간이 없지. 1분마다 한 번씩 켰다 껐다 하는 거야!"

 "그거 신기하다! 아저씨 별은 하루가 1분이야?"

 "신기할 게 하나도 없어. 우리가 이야기하고 있는 시간이 벌써 한 달이나 된단다."

 가로등 켜는 사람이 말했다.

 "한 달?"

 "그래. 30분. 곧 30일이지! 그럼 안녕히."

 그리고 그는 다시 가로등을 켰다.

 어린 왕자는 그를 바라보았다. 명령에 그렇게도 성실한 이 가로등 켜는 사람을 사랑했다. 그는 의자를 끌어당겨 해넘이를 보던 옛날이 생각났다. 그는 자기 친구를 도와주고 싶었다.

 "저 말이에요...... 쉬고 싶을 때 쉴 방법이 있는데......."

 "나야 언제나 쉬고 싶지."

 가로등 켜는 사람이 말했다.

사람이란 성실하면서도 동시에 게으를 수 있는 법이다.

어린 왕자는 하던 이야기를 계속했다.

"아저씨 별은 하도 작아서 성큼성큼 세 번만 걸으면 한 바퀴를 돌 수 있어요. 아저씨가 좀 천천히 걷기만 하면 계속 햇빛 아래 있을 수 있어요. 쉬고 싶으면 걷는 거예요······. 그럼 아저씨가 원하는 대로 낮이 길어질 거야."

"나한테는 별로 대단한 것이 아니구나. 내 평생에 하고 싶은 것은 자는 거야."

가로등 켜는 사람이 말했다.

"안됐군요."

어린 왕자가 말했다.

"안됐어. 안녕?"

가로등 켜는 사람이 말했다. 그리고는 가로등을 껐다.

어린 왕자는 더 멀리 여행을 떠나며 생각했다.

'이 사람은 다른 사람들, 왕이나 허영심 많은 사람이나 술꾼이나 사업가한테 업신여김을 받을 거야. 그렇지만 내가 보기엔 우스꽝스럽지 않은 사람은 이 사람뿐이야. 그건 아마 이 사람이 자기의 일이 아닌 다른 것에 정성을 들이고 있기 때문일 거야.'

그는 서운해서 한숨을 내쉬며 다시 생각했다.

'내가 친구로 삼을 수 있는 사람은 그 사람뿐이었는데. 그러나 별이 정말 너무 작았어. 둘이 있을 자리가 없어······.'

어린 왕자가 차마 고백할 수 없던 것은, 이 별이 무엇보다도 24시간에 1,440번이나 찾아오는 해넘이로 축복을 받았기 때문에 그가 이 별을 그리워한다는 것이었다!

15

여섯 번째 별은 열 배나 더 넓은 별이었다. 그 별에는 무지하게 커다란 책을 쓰고 있는 노신사 한 분이 살고 있었다.

"야! 탐험가가 하나 오는구나!"

어린 왕자를 보며 그가 큰 소리로 외쳤다.

어린 왕자는 책상에 앉아 잠시 숨을 돌렸다. 벌써 그렇게 긴 여행을 했으니까!

"어디서 오는 길이냐?"

노신사가 물었다.

"이 두꺼운 책은 뭐지요? 여기서 뭘 하세요?"

어린 왕자가 물었다.

"나는 지리학자란다."

노신사가 말했다.

"지리학자가 뭔데요?"

"바다와 강, 도시와 산, 그리고 사막이 어디에 있는지를 아는 사람이지."

"그건 참 재미있어 보이네요. 이제야 직업다운 직업을 만났구나!"

어린 왕자는 말하면서 지리학자의 별을 슬쩍 둘러보았다. 이렇게 위엄 있는 별을 그는 지금까지 본 적이 없었다.

"할아버지 별은 참 아름다워요. 큰 바다도 있나요?"

"알 수 없다."

지리학자가 대답했다.

"아! (어린 왕자는 실망했다) 그럼 산은요?"

"알 수 없다."

지리학자가 말했다.

"그럼 도시와 강과 사막은요?"

"그것도 알 수 없다."

지리학자가 말했다.

"하지만 할아버지는 지리학자라면서요?"

"그렇지. 하지만 나는 탐험가가 아니야. 나는 탐험가를 한 사람도 만나지 못했어. 도시와 강과 산과 바다와 대양과 사막을 세러 다니는 것은 지리학자가 아니란다. 지리학자는 너무나 중요한 사람이어서 나돌아 다닐 수가 없어. 지리학자는 자기 서재를 떠나지 않는단다. 그러나 서재에서 탐험가를 맞이하지. 그들에게 질문을 하고 그들의 기억을 기록하는 거야. 그러다가 그들 가운데 한 탐험가가 흥미로운 기억을 얘기하면 그 탐험가의 품행을 조사하게 되지."

"그건 왜요?"

"탐험가가 거짓말을 하면 지리책에 큰 난리를 일으키거든. 또 술을 너무 많이 마시는 탐험가도 마찬가지야."

"그건 왜요?"

어린 왕자가 물었다.

"술에 잔뜩 취한 사람에겐 모든 게 둘로 보이거든. 그러면 지리학자는 산이 하나밖에 없는 곳에 둘이 있다고 기록할 거 아니니."

"서투른 탐험가가 되기 꼭 알맞은 사람을 저도 하나 알고 있어요."

어린 왕자가 말했다.

"있을 수 있는 이야기야. 그래서 탐험가의 품행이 괜찮다고 알

175

려지면 그가 발견한 것을 조사하지."

"거기 가보나요?"

"아니지. 그건 너무 번잡스러우니까. 그 대신 탐험가에게 증거를 제시하라고 요구하지. 가령 커다란 산을 발견했다 하면 그 산의 커다란 돌멩이를 가져오라고 요구한단다."

지리학자는 갑자기 흥분했다.

"그런데 너는 멀리서 왔지! 너는 탐험가야! 네 별에 대해 설명해다오!"

그러더니 지리학자는 큰 공책을 펴고 연필을 깎았다. 탐험가의 이야기를 처음에는 연필로 적었다가 탐험가가 증거를 가져오면 잉크로 적는 것이었다.

"자, 시작해 볼까?"

지리학자가 물었다.

"아! 내 별은 별로 흥미로울 게 없어요. 아주 작거든요. 화산이 셋 있어요. 둘은 불이 있는 화산이고 하나는 불이 꺼진 화산이지요. 하지만 어떻게 될지 모르지요."

"언제 어떻게 될지 알 수 없지."

지리학자가 말했다.

"꽃 한 송이도 있어요."

"꽃은 적지 않는단다."

지리학자가 말했다.

176

"왜요? 제일 예쁜데요!"

"꽃들은 덧없는 것이기 때문이란다."

"〈덧없다〉는 게 무슨 뜻이지요?"

"지리책은 모든 책 중에 가장 귀중한 책이야. 그것은 절대로 시대에 뒤떨어지는 일이 없지. 산이 자리를 바꾼다는 건 결코 있을 수 없는 일이고, 큰 바다의 물이 말라 버리는 것도 아주 드문 일이거든. 우리는 변치 않는 것만 쓴단다."

"하지만 불 꺼진 화산이 다시 깨어날 수도 있어요. 〈덧없다〉는 게 무슨 뜻이지요?"

어린 왕자가 지리학자의 말을 막았다.

"화산이 죽었건 살았건 우리들 지리학자에겐 결국 마찬가지야. 우리에게 중요한 건 산이지. 산은 변하지 않거든."

"그런데 〈덧없다〉는 것은 무슨 뜻이지요?"

한번 질문을 하면 절대로 포기한 적 없는 어린 왕자는 되풀이해 물었다.

"그건 〈머지않아 사라질 위험이 있다〉는 뜻이지."

"내 꽃이 머지않아 사라질 위험이 있다고요?"

"물론이지."

어린 왕자는 생각했다.

'내 꽃은 덧없구나. 게다가 바깥세상으로부터 저를 보호한다는 게 네 개의 가시뿐이구나! 나는 그런 꽃을 내 별에 홀로 두고 왔

구나!'

 이것은 그가 처음으로 느낀 후회의 감정이었다. 그러나 그는 다시 용기를 되찾았다.

 "할아버지 생각엔 제가 어딜 찾아갔으면 좋겠어요?"

 "지구에 가봤으면 하는구나. 그 별은 평판이 좋으니까······."

 그래서 어린 왕자는 자기 꽃 생각을 하면서 길을 떠났다.

16

일곱 번째 별은 따라서 지구였다.

지구는 여간한 별이 아니다. 이 별엔 왕이 111명(물론 흑인 왕도 포함해서), 지리학자가 7천 명, 사업가가 90만 명, 술꾼이 750만 명, 허영심 많은 사람이 3억 1천1백만 명, 다시 말해서 거의 20억이나 되는 어른들이 살고 있다.

전기가 발명되기 전까지 육대주 전체에 46만 2,511명이나 되는 가로등 켜는 사람들이 정말 군대처럼 움직여야 했다는 이야기를 들으면 지구가 얼마나 큰지 여러분들도 짐작할 수 있을 것이다.

좀 멀리서 바라보면 찬란한 구경거리였다. 이 군대들의 움직임은 오페라의 발레단처럼 질서 정연했다. 먼저 뉴질랜드와 오스트레일리아의 가로등 켜는 사람들 차례가 온다. 그들은 곧 등에 불을 붙이고 잠을 자러 간다. 그러면 중국과 시베리아의 가로등 켜는 사람들이 춤을 추러 들어온다. 곧 그들도 역시 무대 뒤로 사라진다. 그러면 러시아와 인도의 가로등 켜는 사람들의 차례가 온다. 이어서 아프리카와 유럽의 가로등 켜는 사람들. 이어서 남아메리카와 북아메리카. 그들은 무대에 등장하는 순서에 결코 실수하는 법이 없었다. 정말 대단했다.

오직, 북극에 하나뿐인 가로등 켜는 사람과 남극에 하나뿐인

179

그의 동업자, 이 두 사람만 한가롭고 태평하게 살았다. 그들은 1년에 두 번 일을 하였다.

17

재치를 부리려다 보면 조금 거짓말을 하게 되는 수가 있다. 여러분들에게 가로등 켜는 사람들의 얘기를 하면서도 내가 아주 정직했던 것은 아니다. 지구를 잘 알지 못하는 사람들에게 자칫하면 지구에 대한 잘못된 생각을 가지게 할 수도 있을 이야기였다. 사람들이 지구 위에서 차지하는 자리는 아주 작다. 지구에서 사는 20억의 사람들이 어떤 모임에서처럼 서로 좀 좁혀 서기만 하면 가로 20마일, 세로 20마일의 광장으로도 충분할 것이다. 태평양의 가장 작은 섬 하나에 전 인류를 몰아넣을 수도 있으리라.

물론 어른들은 이 말을 믿지 않을 것이다. 그들은 자기들이 넓은 자리를 차지하고 있다고 생각한다. 자기들이 바오바브나무처럼 커다랗다고 생각한다. 그러니 그들에게 계산을 좀 해보라고 하는 게 좋겠다. 숫자를 존경하는 사람들이니 그냥 기뻐할 것이다. 그렇다고 여러분들까지 그 지루한 일에 시간을 허비할 것은 없다. 그럴 필요가 없다. 내 말을 믿어라.

어린 왕자는 지구에 발을 들여놓았을 때, 도무지 사람이 하나도 보이지 않아 깜짝 놀랐다. 혹시 다른 별로 잘못 찾아온 게 아 닌가 겁이 나 있을 때, 달빛의 고리가 모래 속에서 꿈틀거렸다.

"안녕."

어린 왕자가 혹시나 하고 말했다.

"안녕."

뱀이 말했다.

"내가 지금 어느 별에 떨어졌지?"

어린 왕자가 물었다.

"지구야. 아프리카지."

뱀이 대답했다.

"아! ······그럼 지구엔 사람이 아무도 없니?"

"여긴 사막이야. 사막에는 아무도 없지. 지구는 크단다."

뱀이 말했다.

어린 왕자는 돌 위에 앉아 하늘을 쳐다보며 말했다.

"나는 지금 사람들이 어느 날 저마다 자기 별을 다시 찾을 수 있게 하려고 저렇게 별들이 반짝이는 것은 아닐까 하는 생각이 들어. 내 별을 봐. 바로 우리 머리 위에 있어······. 하지만 얼마 나 먼 곳인데!"

"아름답구나. 여긴 뭐하러 왔니?"

뱀이 말했다.

"어느 꽃하고 말썽이 났어."

너는 이상한 짐승이구나, 손가락같이 가느다랑고……

어린 왕자가 말했다.

"아!"

뱀이 대답했다.

그리고 그들은 말이 없었다.

"사람들은 어디 있니? 사막은 좀 외롭구나⋯⋯."

어린 왕자가 마침내 다시 입을 열었다.

"사람들이 사는 곳도 역시 외롭지."

뱀이 말했다.

어린 왕자는 오랫동안 뱀을 바라보았다.

"너는 이상한 짐승이구나. 손가락같이 가느다랗고⋯⋯."

어린 왕자가 말했다.

"하지만 난 왕의 손가락보다도 더 힘이 세지."

뱀이 말했다.

어린 왕자는 미소를 지었다.

"네가 힘이 세다니⋯⋯ 발도 없는데, 여행도 할 수 없고."

"나는 너를 배보다 더 멀리 데려갈 수 있어."

뱀이 말했다.

그는 마치 금팔찌처럼 어린 왕자의 발목을 휘감았다.

"누구든지 내가 건드리기만 하면 자기가 태어난 땅으로 되돌아가지. 그러나 넌 순수하고 또 별에서 왔으니까⋯⋯."

어린 왕자는 아무 대답도 하지 않았다.

"너는 보니 애처롭구나. 이 화강암의 지구 위에서 너처럼 약한 애를 보니. 어느 날 네 별이 너무 그립거든, 내가 널 도와줄 수 있어. 내가 해줄 수……."

"오! 잘 알았어. 그런데 너는 왜 늘 수수께끼 같은 말만 하니?"

"난 모든 것을 해결할 수 있어."

뱀이 말했다.

그리고 그들은 말이 없었다.

18

어린 왕자는 사막을 가로질렀으나 만난 것이라고는 꽃 한 송이 밖에 없었다. 꽃잎 셋 가진 꽃 한 송이, 아무것도 아닌 꽃 한 송이…….

"안녕?"

어린 왕자가 말했다.

"안녕?"

꽃이 말했다.

"사람들은 어디 있지?"

어린 왕자가 공손히 물었다.

그 꽃은 어느 날 낙타에 짐을 싣고 다니는 상인 무리가 지나가는 것을 본 적이 있었다.

"사람들? 예닐곱쯤 있는 것 같아. 몇 년 전에 그들을 보았지. 하지만 어디 가야 만날 수 있을지 전혀 알 길이 없어. 바람이 그들을 몰고 다니지. 그들은 뿌리가 없어서 아주 곤란을 겪는 거야."

"잘 있어."
어린 왕자가 말했다.
"잘 가."
꽃이 대답했다.

19

어린 왕자는 높은 산에 올라갔다. 그가 그때까지 알고 있던 산이라곤 무릎밖에 안 차는 화산 세 개뿐이었다. 거기다가 불이 꺼진 화산은 의자 대신 쓰고 있었다. 그래서 그는 생각했다.

'이렇게 높은 산에서라면 이 별 전체와 사람들을 한눈에 다 볼 수 있겠는데.'

그러나 그는 뾰족뾰족한 바위 꼭대기밖에는 보지 못했다.

"안녕."
그는 무턱대고 말을 했다.

"안녕…… 안녕…… 안녕……."

메아리가 대답했다.

"너희는 누구냐?"

어린 왕자가 말했다.

"너희는 누구…… 너희는 누구…… 너희는 누구……."

메아리가 대답했다.

"내 친구가 되어 줘. 난 외로워."

어린 왕자가 말했다.

"난 외로워…… 난 외로워…… 난 외로워……."

메아리가 대답했다.

그래서 어린 왕자는 생각했다.

'참 이상한 별이야! 아주 메마르고 아주 날카롭고 아주 각박한 별이야. 게다가 사람들은 상상력이 없어. 말을 해주면 그 말을 되풀이하고……. 내 별엔 꽃이 한 송이 있었지. 그 꽃은 언제나 먼저 말을 걸었는데…….'

20

그러나 어린 왕자는 모래와 바위와 눈을 헤치고 오랫동안 걸어서 마침내 길을 하나 발견했다. 길은 모두 사람들이 있는 곳으로 통하는 법이다.

"안녕."

그가 말했다.

장미가 만발한 정원이었다.

"안녕."

장미꽃들이 말했다.

어린 왕자는 그 꽃들을 바라보았다. 모두 자기 꽃과 닮은 꽃들이었다.

"너희들은 누구니?"

깜짝 놀란 어린 왕자가 그들에게 물었다.

"우리는 장미꽃이야."

장미꽃들이 대답했다.

"아!"

  어린 왕자는 자기가 매우 불행하다고 생각했다. 그의 꽃은 이 세상에 자기와 같은 꽃은 오직 하나뿐이라고 말했었다. 그런데 정원 하나에 이렇게 똑 닮은 꽃이 5천 송이나 있다니!

  '내 꽃이 이걸 보면 몹시 화가 나겠지······.'

어린 왕자는 생각했다.

  '기침을 지독히 해대면서 창피스러운 모습을 보이지 않으려고 죽는시늉을 할 거야. 그럼 나는 할 수 없이 돌봐 주는 척해야겠지. 그러지 않으면 나까지 부끄럽게 만들려고 정말 죽어 버릴지 몰라······.'

  그리고 그는 또 이렇게 생각했다.

  '이 세상에 오직 하나뿐인 꽃을 가졌으니 부자인 줄 알았는데, 흔한 장미꽃 하나를 가졌을 뿐이야. 거기에다 무릎밖에 안 차는 화산 세 개, 그것도 하나는 영원히 꺼져 있을지도 모르는데, 그

런 걸 가지고 어떻게 훌륭한 왕자가 되겠어·······.'

그는 풀밭에 엎드려 울었다.

21

여우가 나타난 것은 바로 그때였다.

"안녕."

여우가 말했다.

"안녕."

어린 왕자는 공손히 대답하고 몸을 돌렸으나 아무것도 보이지

않았다.

"나 여기 있어, 사과나무 밑에·······."

그 목소리가 말했다.

"넌 누구니? 정말 예쁘구나·······."

어린 왕자가 말했다.

"난 여우야."

여우가 말했다.

"이리 와서 나하고 놀자. 난 아주 슬퍼·······."

어린 왕자가 제안했다.

"나는 너와 함께 놀 수 없어."

여우가 말했다.

"난 길들여지지 않았거든."

"아! 미안해."

어린 왕자가 말했다. 그러나 곰곰이 생각해 보고 나서 물었다.

"〈길들인다〉는 게 무슨 뜻이야?"

"넌 여기 애가 아니구나. 넌 무얼 찾고 있니?"

여우가 물었다.

"난 사람들을 찾고 있어."

어린 왕자가 말했다.

"〈길들인다〉는 게 무슨 뜻이야?"

"사람들은 총을 가지고 있고 사냥을 해. 정말 난처한 것들이야! 그들은 닭도 키우지. 그네들의 유일한 낙이야. 너는 닭을 찾니?"

여우가 물었다.

"아니야. 난 친구들을 찾고 있어. 〈길들인다〉는 게 무슨 뜻이야?"

어린 왕자가 말했다.

"그건 너무나 잊고 있는 것이지. 그것은 〈관계를 맺는다〉는 뜻이야."

"관계를 맺는다고?"

"그래."

여우가 말했다.

"넌 아직 나에겐 세상에 흔한 여러 아이들과 전혀 다를 게 없는 한 아이에 지나지 않아. 그래서 나는 네가 필요 없어. 너도 역시 내가 필요 없지. 나도 세상에 흔한 여러 여우들과 전혀 다를 게 없는 한 여우에 지나지 않는 거야. 그러나 네가 나를 길들인다면 우리는 서로 필요하게 되지. 너는 나한테 이 세상에 하나밖에 없는 것이 될 거야. 나는 너한테 이 세상에 하나밖에 없는 것이 될 거고······."

"알 것 같아."

어린 왕자가 말했다.

"꽃이 하나 있는데······ 그 꽃이 나를 길들인 것 같아······."

"그럴 수 있지."

여우가 말했다.

"지구 위엔 별의별 일이 다 있으니까······."

"아! 지구에서가 아니야."

어린 왕자가 말했다.

여우는 몹시 궁금한 기색이었다.

"그럼 다른 별에서야?"

"그래."

"그 별에 사냥꾼이 있니?"

"없어."

"그거 끌리는데! 그럼 닭은?"

"없어."

"완전한 건 아무것도 없다니까."

여우는 한숨을 내쉬었다.

그러나 여우는 자기 생각을 다시 이야기했다.

"내 생활은 단조로워. 나는 닭을 쫓고, 사람들은 나를 쫓고, 닭들은 모두 그게 그거고, 사람들도 모두 그게 그거고. 그래서 난 좀 지겨워. 그러나 네가 날 길들인다면 내 생활은 환히 밝아질 거야. 모든 발자국 소리와는 다르게 들릴 발자국 소리를 나는 듣게 될 거야. 다른 발자국 소리는 나를 땅속에 숨게 하지. 너의 발자국 소리는 땅 밑 굴에서 나를 밖으로 불러낼 거야! 그리고 저걸 봐! 저기 밀밭이 보이지? 나는 빵을 먹지 않아. 밀은 내게 아무 소용이 없어. 밀밭을 보아도 떠오르는 게 없어. 그래서 슬퍼! 그러나 너는 금빛 머리칼을 가졌어. 그러니 네가 나를 길들인다면 정말 근사할 거야! 밀은, 금빛이어서, 너를 생각나게 할 거야. 그래서 나는 밀밭에 스치는 바람 소리를 사랑하게 될 거고······."

여우는 입을 다물고 오랫동안 어린 왕자를 바라보았다.

"제발······ 나를 길들여줘!"

여우가 말했다.

"그래, 나도 그러고 싶어."

어린 왕자는 대답했다.

"하지만 나는 시간이 별로 없어. 친구들을 찾아야 하고 알아야 할 것도 많고."

"자기가 길들인 것밖에는 알 수 없는 거야."

여우가 말했다.

"사람들은 이제 아무것도 알 시간이 없어. 그들은 상점에서 이미 만들어져 있는 것들을 사거든. 그런데 친구를 파는 상점은 없으니까 사람들은 친구가 없지. 친구를 갖고 싶다면, 나를 길들여

줘!"

"어떻게 해야 하는데?"

어린 왕자가 물었다.

"아주 참을성이 있어야 해."

여우가 대답했다.

"처음에는 나한테서 조금 떨어져서 바로 그렇게 풀밭에 앉아 있어. 난 곁눈질로 너를 볼 텐데, 너는 말을 하지 마. 말은 오해의 근원이야. 그러나 하루하루 조금씩 가까이 앉아도 돼……."

이튿날 어린 왕자가 다시 왔다.

"언제나 같은 시각에 오는 게 더 좋을 거야."

여우가 말했다.

"가령 오후 4시에 네가 온다면 나는 3시부터 행복해지기 시작할 거야. 시간이 갈수록 난 더 행복해질 거야. 4시가 되면, 벌써, 나는 안달이 나서 안절부절못하게 될 거야. 난 행복의 대가가 무엇인지 알게 될 거야! 그러나 네가 아무 때나 온다면, 몇 시에 마음을 준비해야 할지 알 수 없을 거야……. 의례가 필요해."

"의례가 뭐야?"

어린 왕자가 물었다.

"그것도 모두 너무 잊고 있는 것이지."

여우가 말했다.

"그건 어떤 날을 다른 날과 다르게, 어떤 시간을 다른 시간과 다르게 만드는 거야. 이를테면 사냥꾼들에게도 의례가 있지. 그들은 목요일이면 마을 처녀들과 춤을 춘단다. 그래서 목요일은 신나는 날이지! 난 포도밭까지 산책을 가고. 만일에 사냥꾼들이 아무 때나 춤을 춘다면 모든 날이 다 그게 그거고, 내게는 휴일이 없을 거야."

이렇게 해서 어린 왕자는 여우를 길들였다. 그리고 이별의 시간이 다가왔을 때, 여우가 말했다.

"아! ……울음이 나올 것 같아."

"그건 네 잘못이야. 난 너를 조금도 괴롭히고 싶지 않았는데, 네가 길들여 달라고 해서……."

어린 왕자가 말했다.

"물론 그래."

여우의 말이었다.

"그런데 넌 울려고 하잖아!"

어린 왕자가 말했다.

"물론 그래."

여우가 말했다.

"그럼 넌 얻은 게 아무것도 없잖아!"

"얻은 게 있지. 저 밀 색깔이 있으니까."

가령 오후 4시에 네가 온다면

나는 3시부터 행복해지기 시작할 거야……

여우가 말했다.

그리고 그는 덧붙였다.

"장미들을 다시 보러 가봐. 네 꽃은 이 세상에 단 하나란 걸 알게 될 거야. 이별의 인사를 하러 네가 다시 돌아오면, 선물로 비밀 하나를 알려 줄게."

어린 왕자는 장미들을 다시 보러 갔다.

"너희들은 내 장미와 전혀 닮지 않았어. 너희들은 아직 아무것도 아니야."

그는 꽃들에게 말했다.

"누구도 너희들을 길들이지 않았고, 너희들은 누구도 길들이지 않았어. 너희들은 옛날 내 여우와 같아. 수많은 다른 여우들과 다를 게 없는 여우 한 마리에 지나지 않았지. 그러나 내가 친구로 삼았고, 그래서 이제는 이 세상에 단 하나밖에 없는 여우가 됐어."

이 말에 장미꽃들은 난처했다.

"너희들은 아름답지만 텅 비어 있어."

어린 왕자가 계속 말했다.

"누가 너희들을 위해서 죽을 수 없을 테니까. 물론 멋모르는 행인은 내 장미도 너희들과 비슷하다고 생각할 거야. 그러나 그 꽃 하나만으로도 너희들 전부보다 더 소중해. 내가 물을 준 꽃이기 때문이야. 내가 유리 덮개를 씌워 준 꽃이기 때문이야. 내가 바람막이로 바람을 막아 준 꽃이기 때문이야. 내가 벌레를 잡아 준 꽃이기 때문이야(나비가 되라고 두세 마리만 남겨 놓고). 내가 불평을 들어 주고, 허풍을 들어 주고, 때로는 침묵까지 들어 준 꽃이기 때문이야. 그것이 내 장미이기 때문이야."

그리고 그는 여우에게 돌아왔다.
"잘 있어."
그가 말했다.
"잘 가."
여우가 말했다.
"내 비밀은 이거야. 아주 단순하지. 마음으로 보아야만 잘 보인다. 중요한 것은 눈으로는 보이지 않는다."
"중요한 것은 눈으로는 보이지 않는다."
어린 왕자는 기억해 두려고 되풀이했다.
"너의 장미꽃을 그토록 소중하게 만든 건 그 꽃을 위해 네가 소비한 시간 때문이야."
"나의 장미에게 소비한 시간 때문이야."
어린 왕자는 기억해 두려고 되풀이했다.
"사람들은 이 진실을 잊어버렸어."

여우가 말했다.

"그러나 너는 잊으면 안 돼. 네가 길들인 것에 너는 언제까지나 책임이 있어. 너는 네 장미한테 책임이 있어……."

"나는 내 장미한테 책임이 있어……."

어린 왕자는 기억해 두려고 되풀이했다.

22

"안녕하세요."

어린 왕자가 말했다.

"안녕."

철도의 전철기를 조작하는 전철수가 말했다.

"아저씨는 여기서 무얼 하세요?"

어린 왕자가 물었다.

"나는 여행자들을 가르고 있지, 천 명씩 묶어서. 그들을 싣고 가는 기차를 어느 때는 오른쪽으로, 어느 때는 왼쪽으로 보내고 있지."

전철수가 말했다.

그때 불을 환히 밝힌 급행열차가 천둥처럼 소리를 내며 전철기 조작실을 뒤흔들었다.

"저 사람들은 아주 바쁘군요. 그들은 뭘 찾고 있죠?"

어린 왕자가 물었다.

"기관사조차도 모른단다."

전철수가 말했다.

그러자 반대 방향에서 불을 밝힌 두 번째 급행열차가 우렁찬 소리를 냈다.

"그들이 벌써 되돌아오는 건가요?"

어린 왕자가 물었다.

"같은 사람들이 아니란다. 서로 자리를 바꾸는 거야."

"살던 곳에서 만족하지 못했나요?"

"사람들은 사는 곳에서 결코 만족하는 법이 없지."

전철수가 말했다.

그러자 세 번째 급행열차가 불을 환하게 켜고 우렁차게 달려왔다.

"이 사람들은 앞서간 여행자들을 쫓아가는 건가요?"

어린 왕자가 물었다.

"그들은 아무것도 쫓아가고 있지 않아."

전철수가 말했다.

"그들은 저 속에서 잠들어 있거나 아니면 하품을 하고 있어. 오직 어린애들만이 유리창에 코를 박고 있을 뿐이지."

"어린애들만 자기들이 뭘 찾는지 알고 있어요. 어린애들은 헝겊 인형에 시간을 바치고, 그래서 인형은 아주 중요한 것이 되는 거예요. 그걸 빼앗기면 소리 내어 울고…….”

어린 왕자가 말했다.

“어린이들은 행복하군.”

전철수가 말했다.

23

“안녕하세요.”

어린 왕자가 말했다.

“안녕.”

장사꾼이 말했다.

그는 목마름을 달래 주는 새로 나온 알약을 파는 사람이었다.

일주일에 한 알만 먹으면 다시 목이 마르지 않는다는 것이다.

"아저씨는 왜 이런 것을 팔죠?"

어린 왕자가 말했다.

"시간을 크게 절약할 수 있지. 전문가들이 계산을 했어. 일주일에 53분이 절약된단다."

장사꾼이 말했다.

"그럼 그 53분으로 뭘 하지요?"

"자기가 하고 싶은 걸 하지……."

'나는 53분의 여유가 있다면, 아주 천천히 샘터로 걸어가겠다·……'

어린 왕자는 혼자 생각했다.

24

사막에서 비행기가 고장을 일으킨 지 여드레째 되는 날이었다. 나는 비축해 두었던 물의 마지막 한 방울을 마시며 장사꾼에 대한 이야기를 듣고 있었다.

"아! 너의 지난 이야기는 정말 아름답구나. 그러나 난 비행기를 아직도 고치지 못했어. 마실 물도 없고. 나도 아주 천천히 샘터로 걸어갈 수 있다면 행복하겠다!"

"내 친구 여우는……."

그가 말했다.

202

“얘야, 지금은 여우 이야기를 할 때가 아니야!”

“왜?”

“목이 말라 죽을 지경인데…….”

그는 내 말을 알아듣지 못하고 이렇게 대답했다.

“죽는다고 해도 친구를 하나 가진 것은 좋은 일이야. 난 내 친구 여우를 가져서 기뻐…….”

‘이 애는 위험이 얼마나 큰지 짐작하지 못하는구나. 배도 안 고프고 목도 안 마르고 그저 햇볕만 있으면 그만이니까…….’

나는 그렇게 생각했다.

그런데 그가 나를 바라보더니 내 마음을 안다는 듯 이렇게 대답했다.

“나도 목이 말라……. 우물을 찾으러 가요…….”

나는 내키지 않는 몸짓을 했다. 광활한 사막에서 무턱대고 우물을 찾아 나선다는 건 터무니없는 짓이다. 그러나 우리는 걷기 시작했다.

몇 시간 동안을 말없이 걷고 나니 밤이 내리고 별들이 불을 밝히기 시작했다. 나는 목마름 때문에 좀 열에 들떠 꿈결에서인 듯 그 별들을 바라보았다. 어린 왕자의 말이 내 기억 속에서 춤을 추었다.

“그럼 너도 목이 마르니?”

그에게 물어보았다.

그러나 그는 내 질문에 대답하지 않고 그저 이렇게만 말했다.

"물은 마음에도 좋다……."

나는 그의 대답을 이해하지 못했으나 잠자코 있었다……. 그에게 질문해서는 안 된다는 것을 나는 알고 있었다.

그는 지쳐 있었다. 그가 주저앉았다. 나도 그 곁에 주저앉았다. 잠시 침묵을 지키던 그가 다시 입을 열었다.

"별들은 아름다워. 보이지 않는 꽃 한 송이가 있기 때문이야……."

나는 "그렇지"하고 대답하고는 말없이 달빛 아래서 주름처럼 펼쳐져 있는 모래 언덕들을 바라보았다.

"사막은 아름다워"

그가 다시 말했다.

사실이다. 나는 늘 사막을 좋아했다. 모래 언덕 위에 앉으면 아무것도 보이지 않고 아무 소리도 들리지 않는다. 그러나 정적 속에 빛나는 어떤 것이 있다…….

"사막이 아름다운 것은 어딘가 우물을 숨기고 있기 때문이야……."

어린 왕자가 말했다.

나는 모래밭이 왜 그처럼 신비롭게 빛나는지 문득 깨달았다. 어렸을 때 나는 오래된 집에서 살았다. 전해 오는 이야기로는 그 집에 보물이 묻혀 있다고 했다. 물론 그것을 발견한 사람은 아무도 없었고, 그것을 찾으려는 사람도 아마 없었을 것이다. 그런데도 그 보물이 우리 집 구석구석을 황홀하게 만들었다. 우리 집은 그 깊숙한 곳에 비밀을 감추고 있었다……

"그래. 집이나 별이나 사막이나 그걸 아름답게 하는 것은 눈에 보이지 않는 것이야!"

나는 어린 왕자에게 말했다.

"아저씨가 내 여우하고 같은 생각이어서 기뻐."

그가 말했다.

어린 왕자가 잠들어서 나는 그를 안고 다시 걷기 시작했다. 나는 감동했다. 부서지기 쉬운 보물을 안고 가는 것 같은 느낌이었다. 지구 위에 그보다 더 부서지기 쉬운 것은 없으리라는 느낌까지 들었다. 창백한 이마. 감겨 있는 눈, 바람결에 나부끼는 머리카락을 달빛 아래에서 바라보며 나는 생각했다.

'내가 여기 보고 있는 것은 껍질에 지나지 않아. 가장 중요한 것은 눈에 보이지 않아……'

그의 반쯤 벌린 입술에 어렴풋이 떠오르는 미소를 보고 나는 또 생각했다.

'잠든 어린 왕자가 나를 이렇듯 감동하게 만드는 것은, 한 송이 꽃에 바치는 그의 성실한 마음 때문이다. 비록 잠이 들어도 그의 가슴속에서 등불처럼 밝게 타오르는 한 송이 장미꽃의 영

상이 있기 때문이다…….'

그래서 나는 그가 더욱더 부서지기 쉽다는 걸 알아차렸다. 등불들을 잘 지켜야 한다. 한 줄기 바람에도 꺼질지 모르는…….

그리고 나는 이렇게 걸어가 동이 틀 무렵 우물을 발견했다.

25

"사람들은 급행열차에 올라타지만, 그들이 찾는 게 무엇인지 몰라. 그래서 안절부절못하고 제자리에서 맴도는 거야…….'

어린 왕자가 말했다.

그리고 그는 다시 말을 이었다.

"그럴 필요가 없는데…….'

우리가 찾아낸 우물은 사하라 사막의 여느 우물과는 달랐다. 사하라 사막의 우물은 모래 속에 파인 구덩이일 뿐이다. 그 우물은 마을 우물 같았다. 하지만 거기에는 마을이 없었다. 나는 꿈이 아닌가 생각했다.

"이상한데."

어린 왕자에게 말했다.

"모두 마련되어 있잖아. 도르래랑 두레박, 밧줄까지…….'

그는 웃으며 줄을 잡고 도르래를 움직였다. 그러자, 바람이 오랫동안 잠들었다 일어났을 때 낡은 바람개비가 삐걱거리듯 도르래가 삐걱거렸다.

"아저씨, 들리지?"

어린 왕자가 말했다.

"우리가 우물을 깨웠더니 우물이 노래를 불러……."

나는 그에게 힘든 일을 시키고 싶지 않았다.

"내가 하마."

그에게 말했다.

"너한테는 너무 무거워."

천천히 나는 두레박을 우물의 둘레돌까지 들어 올려 떨어지지 않게 올려놓았다. 내 귀에는 도르래의 노랫소리가 계속 울렸고 여전히 출렁거리는 물속에서 해가 출렁거리는 것을 나는 보았다.

"나는 이 물이 마시고 싶어."

어린 왕자가 말했다.

"마시게 해줘……."

그 말에 나는 그가 찾고 있던 것이 무언인가를 알았다.

나는 두레박을 그의 입술로 가져갔다. 그는 눈을 감고 물을 마셨다. 축제날처럼 즐거웠다. 그 물은 보통 음료수와는 아주 다른 것이었다. 그 물은, 별빛을 받고 걸어온 발걸음과 도르래의 노래와 내 팔의 노력에서 태어났다. 그것은 선물처럼 마음을 흐뭇하게 했다. 내가 소년이었을 때에도 이처럼 크리스마스트리의 불빛, 자정 미사의 음악, 다정한 미소들이 바로 내가 받은 크리스

마스 선물을 빛나게 했다.

"아저씨네 별 사람들은 정원 하나에 장미를 5천 송이나 가꾸고 있어. 그래도 거기서 자기들이 구하는 것을 찾지는 못해."

어린 왕자가 말했다.

"그래. 찾지 못하지."

내가 대답했다.

"하지만 자기들이 구하는 것을 장미꽃 한 송이에서도 물 한 모금에서도 찾을 수 있을 텐데……."

"물론이지."

내가 대답했다.

그러자 어린 왕자가 덧붙였다.

"하지만 눈은 장님이야. 마음으로 찾아야 해."

나는 물을 마셨다. 숨이 가벼워졌다. 사막은 동이 틀 무렵이면 꿀과 같은 색깔이다. 나는 이 꿀 색깔에서도 행복을 느꼈다. 왜 공연히 마음을 괴롭혀야 한다는 말인가…….

"아저씨는 약속을 지켜야 해."

어린 왕자가 내게 살며시 말했다. 그는 다시 내 옆에 앉아 있었다.

"무슨 약속?"

"알잖아요……. 양에게 씌워 줄 고삐 말이야……. 난 그 꽃에 책임이 있어!"

그는 웃으며 줄을 잡고 도르래를 움직였다.

나는 끄적거려 두었던 그 그림을 주머니에서 꺼냈다. 어린 왕자는 그걸 보고 웃으며 말했다.

"이 바오바브나무들, 꼭 배추 같다……."

"오!"

바오바브나무를 그렇게도 자랑스럽게 여기고 있었는데!

"이 여우는…… 이 귀를 봐……. 꼭 뿔 같고…… 그리고 너무 길어!"

그리고 그는 또 웃었다.

"얘야, 넌 공평하지 않아. 내가 그릴 줄 아는 것이라곤 속이 보이는 보아뱀과 속이 보이지 않는 보아뱀밖에 없지 않니."

"오! 괜찮을 거야. 어린애들은 다 알아봐요."

그가 말했다.

나는 그래서 연필로 고삐를 그렸다. 그 고삐를 어린 왕자에게 주려니 가슴이 메었다.

"나는 네가 무슨 생각을 하고 있는지 모르겠구나……."

그러나 그는 대답하지 않고 이렇게 말했다.

"있잖아, 내가 지구에 떨어진 거, 내일이면 1년이야……."

그리고는 잠시 말이 없더니 다시 입을 열었다.

"내가 떨어진 곳이 이 근처야……."

그리고 얼굴을 붉혔다.

또다시 나는 까닭도 모른 채 이상한 슬픔을 느꼈다. 그러면서도 한 가닥 의문이 생겼다.

"그럼 우연이 아니었구나? 여드레 전 내가 너를 알게 된 그날 아침, 사람들이 사는 땅에서 사방으로 수만 리나 떨어진 곳을 너 혼자 그렇게 돌아다녔던 것 말이야. 네가 떨어진 자리로 돌아가는 길이었구나?"

어린 왕자는 다시 얼굴을 붉혔다.

그래서 나는 망설이며 덧붙여 물었다.

"1년이 되어서 그런 거지?"

어린 왕자는 다시 얼굴을 붉혔다. 그는 묻는 말에 결코 대답하진 않았으나 얼굴을 붉힌다는 것은 그렇다는 뜻이 아닌가?

"아! 나는 두렵구나."

그러나 그는 이렇게 대답했다.

"아저씨는 이제 일을 해야 하잖아. 기계 있는 데로 다시 가야 해. 나는 여기서 기다릴게. 내일 저녁에 다시 와요⋯⋯."

그러나 나는 맘이 놓이지 않았다. 여우 생각이 났다. 자신을 길들이게 하고 나면 얼마만큼은 울 염려가 있다.

26

우물 옆에는 폐허가 된 낡은 돌담이 있었다. 이튿날 저녁, 일을 하고 돌아오면서 보니 어린 왕자가 그 위에 앉아 다리를 늘어뜨

211

리고 있었다. 그리고 이런 말을 하는 게 들렸다.

"그래 너 기억 안 나니? 바로 이 자리는 아니야!"

틀림없이 그 말에 대답하는 다른 목소리가 있었다. 어린 왕자가 다시 이렇게 대꾸하는 것이 아닌가!

"아냐! 날은 바로 그날이지만 장소는 여기가 아니야⋯⋯."

나는 돌담을 향해 그대로 걸어갔다. 그때까지 아무것도 보이지 않았고 아무 소리도 들리지 않았다. 그런데 어린 왕자는 다시 대꾸하는 것이었다.

"⋯⋯물론이야. 모래 위의 내 발자국이 어디서부터 시작됐는지 보면 알 거야. 거기서 나를 기다리기만 하면 돼. 내가 오늘 밤에 거기로 갈 거야."

나는 담에서 20미터쯤 떨어져 있었는데, 그때까지 아무것도 보이지 않았다.

어린 왕자는 잠시 말이 없더니 다시 얘기했다.

"네가 독은 좋은 거니? 오래 아프게 하지 않을 자신 있니?"

나는 가슴이 조여 발을 멈추었다. 나는 그때까지도 영문을 모르고 있었다.

"이제 가봐⋯⋯ 내려가고 싶어!"

그래서 나도 담 밑으로 시선을 내리뜨려 보다가 기겁하고 말았다! 거기에는 30초 만에 사람에게 사형을 집행할 수 있는 노란 뱀 하나가 어린 왕자를 향해 몸을 꼿꼿이 세우고 있었다. 나는 권총을 꺼내려고 호주머니를 냅다 뒤지며 막 뛰어갔지만, 발자국 소리에 뱀은 모래 속으로 스르르 물줄기 잦아들듯 미끄러져 들어가더니 가벼운 쇳소리를 내며 돌 틈으로 교묘히 몸을 감추어 버렸다.

나는 담 밑에 이르는 바로 그 순간 눈처럼 창백한 나의 어린 왕자를 간신히 품에 받아 안을 수 있었다.

"어떻게 된 거야! 이젠 뱀하고 이야길 다 하고!"

나는 언제나 변함없는 그의 금빛 목도리를 풀어냈다. 나는 그의 관자놀이를 적셔 주고 물을 먹여 주었다. 이제는 그에게 감히 아무 말도 물을 수 없었다. 그는 나를 엄숙하게 바라보더니 두 팔로 내 목을 끌어안았다. 그의 가슴이 총에 맞아 죽어 가는 새 가슴처럼 뛰는 것을 느꼈다. 그는 말했다.

"아저씨가 비행기에 무엇이 고장 났는지 알아내서 참 기뻐. 아저씨는 집에 갈 수 있을 거야…….."

"어떻게 알았니!"

나는 비행기 수리에 뜻밖에도 성공했다는 그 말을 막 하려던 참이었다!

그는 내 물음에는 대답도 안 하고 이렇게 덧붙였다.

"나도 오늘 내 집으로 돌아가…….."

그러고는 우울하게,

"훨씬 더 멀고…… 훨씬 더 어려워…….."

213

이제 가봐······ 내려가고 싶어!

나는 무언가 심상치 않은 일이 일어나고 있다는 것을 느낄 수 있었다. 나는 그를 어린 아기처럼 품에 끌어안고 있었지만, 내가 어떻게 붙잡아 볼 수도 없이 끝없는 구멍 속으로 곧장 떨어져 내려가고 있는 것만 같았다…….

그는 진지한 눈빛으로 먼 데를 바라보고 있었다.

"나는 아저씨가 준 양이 있어. 그리고 양을 넣어 둘 상자가 있고, 또 고삐도 있고……."

그리고 그는 우울하게 웃었다.

나는 오랫동안 기다렸다. 나는 그의 몸이 점점 따뜻해지는 것을 느꼈다.

"얘야, 너 무서웠지……."

그는 무서웠다, 틀림없다! 그러나 그는 상냥하게 웃으면서 말했다.

"오늘 저녁이 훨씬 더 무서울 거야……."

영영 돌이킬 수 없는 어떤 일이 일어나고 있다는 느낌에 나는 다시 온몸이 오싹해졌다. 그 웃음소리를 영영 다시 들을 수 없게 되리라는 생각에 내가 힘겨워한다는 것을 나는 그때 깨달았다. 그 웃음소리는 나에게 사막의 샘과 같았다.

"얘야, 네 웃음소리를 다시 듣고 싶구나……."

그러나 그는 내게 말했다.

"오늘 밤이면 꼭 1년이야. 내가 떨어졌던 바로 그 자리 위에 내 별이 나타날 거야⋯⋯."

"얘야, 그게 다 못된 꿈 아니니? 뱀 이야기니, 뱀하고의 약속이니, 별 이야기니⋯⋯."

그러나 그는 내 물음에는 대답하지 않고 이렇게 말했다.

"중요한 건 눈에 보이지 않아⋯⋯."

"물론이지⋯⋯."

"꽃도 마찬가지야. 아저씨가 어떤 별에 있는 꽃 하나를 사랑한다고 해봐. 그럼 밤에 하늘만 바라봐도 아늑해지지. 어느 별에나 다 꽃이 피지."

"물론이지⋯⋯."

"물도 마찬가지야. 아저씨가 마시게 해준 물은 무슨 음악 같았어. 도르래랑 밧줄이랑⋯⋯ 그것들 때문이야⋯⋯. 아저씨도 생각나지⋯⋯. 참 좋았어."

"물론이지⋯⋯."

"아저씨는 밤에 별을 쳐다볼 거야. 내 별은 너무 작아서 어디 있는지 가르쳐 줄 수가 없어. 그게 오히려 잘된 거야. 내 별은 아저씨에게 여러 별 가운데 어느 한 별일 거야. 그러면 어느 별을 바라봐도 다 좋을 거야⋯⋯. 어느 별이나 다 아저씨 친구가 될 거야. 그리고 아저씨한테 선물을 하나 줄게⋯⋯."

그는 또 웃었다.

"얘야! 나는 네 웃음소리가 좋단다!"

"바로 이게 내 선물이 될 거야……. 물도 마찬가지고……."

"무슨 말을 하는 거니?"

"사람들에겐 별이라고 해서 다 똑같은 별은 아니야. 여행을 하는 사람들에겐 별이 길잡이일 거고, 어떤 사람들에겐 작은 빛에 지나지 않을 거야. 학자들이라면 별을 문젯거리로 생각하겠지. 내가 만난 사업가한텐 별은 황금이야. 그러나 별을 말이 없어. 아저씨가 보는 별은 다른 사람들하곤 좀 다를 거야……."

"무슨 말을 하는 거니?"

"아저씨가 밤에 하늘을 바라볼 때면, 내가 그 별 중의 어느 별에서 살고 있을 테니까, 그 별 중의 어느 별에서 웃고 있을 테니까, 아저씨에겐 모든 별이 웃고 있는 것으로 보일 거야. 아저씨는 웃을 줄 아는 별들을 가지게 되는 거지!"

그리고 그는 또 웃었다.

"그리고 아저씨는 슬픔이 가라앉으면(슬픔은 언제고 가라앉아) 나를 알았다는 게 기쁠 거야. 아저씨는 언제까지나 내 친구일 거고, 나와 함께 웃고 싶을 거야. 그래서 가끔 재미로 창문을 열 거야. 그럼 아저씨 친구들은 아저씨가 하늘을 쳐다보며 웃는 걸 보고 깜짝 놀랄 거야. 그럼 아저씬 이렇게 말할 거야. 〈그래, 나는 별을 보면 늘 웃음이 나와!〉 그럼 아저씨가 미친 줄 알 거야. 내가 아저씨한테 너무 심한 장난을 한 것 같은데……."

그리고는 그는 또 웃었다.

"별 대신에 웃을 줄 아는 작은 방울을 한 아름 가져다준 것이나 마찬가질 거야……."

그리고 그는 또 웃더니 이번에는 진지한 얼굴로 말했다.

"오늘 밤은…… 정말이야, 아저씨…… 오지 마……."

"나는 네 곁을 떠나지 않겠어."

"내가 아파하는 것처럼 보일 거야……. 어쩌면 죽는 것처럼 보일 거야. 그걸 보러 오지 마. 그럴 필요가 없어……."

"나는 네 곁을 떠나지 않겠어."

그러나 그는 걱정되는 눈치였다.

"내가 이런 말을 하는 것은…… 뱀 때문이기도 해. 아저씨가 물리면 어떻게 해……. 뱀은 심술쟁이야. 장난삼아 물지도 몰라……."

"나는 네 곁을 떠나지 않겠어."

그러나 무언가 그는 안심이 되는 모양이었다.

"하기야 두 번째 물 때는 독이 없다니까……."

그날 밤 나는 그가 떠나는 것을 보지 못했다. 그는 소리 없이 사라졌다. 내가 그를 따라잡았을 때 그는 망설이지 않고 빠른 걸음으로 걷고 있었다. 그는 이렇게만 말했다.

"아! 아저씨구나……."

그리고 그는 내 손을 잡았다. 그러나 그는 또다시 걱정했다.

"아저씨는 잘못한 거야. 마음이 아플 거야. 내가 죽는 것처럼 보이겠지만 정말 그런 건 아니야……."

나는 아무 말도 하지 않았다.

"아저씨도 알 거야. 거긴 너무 멀어. 이 몸뚱이를 가지고 갈 수는 없어. 너무 무거워."

나는 아무 말도 하지 않았다.

"그러나 그건 벗어 버린 낡은 껍데기나 같을 거야. 낡은 껍데기가 슬플 건 없잖아요……."

나는 아무 말도 하지 않았다.

그는 잠시 기운을 잃었다. 그러나 다시 안간힘을 썼다.

"참 포근할 거야, 아저씨도 알잖아. 나도 별을 바라볼 거야. 별들이 모두 녹슨 도르래를 달고 있는 우물이 될 거야. 별들이 모두 내게 마실 물을 부어 줄 거야……."

나는 아무 말도 하지 않았다.

"정말 즐거울 거야! 아저씨는 방울이 5억 개나 있고 나는 샘이 5억 개나 있고……"

그리고 그도 말이 없었다. 울고 있었던 것이다.

"여기야. 혼자 한 걸음만 내딛게 놔줘요."

그리고 그는 앉았다. 무서웠던 것이다. 그가 다시 말했다.

"알잖아…… 내 꽃……. 나는 꽃에 책임이 있어! 게다가 그 꽃은 너무 약해! 그렇게도 순진하고, 세계와 맞서 제 몸을 지킨다는 게 네 개의 가시밖에는 없어……."

나는 더 이상 몸을 가눌 수가 없어 주저앉았다. 그가 말했다.

"자…… 이제 끝났어요……."

그는 또 잠깐 망설이더니 다시 일어섰다. 그가 한 걸음을 내디뎠다. 나는 움직일 수가 없었다. 그의 발목 근처에서 노란빛이 반짝하는 것뿐이었다. 그는 한순간 움직이지 않고 서 있었다. 비명을 지르지 않았다. 그는 나무가 넘어지듯 천천히 넘어졌다. 모래밭이라 소리조차 없었다.

27

그리고 지금은 벌써 여섯 해 전의 일이 되었다……. 나는 이 이야기를 아직 해본 적 없다. 나를 다시 만난 친구들은 내가 살아 돌아온 것을 보고 몹시 기뻐했다. 나는 슬펐지만, 그들에겐 '피곤해서 그래…….'라고 말했다.

이제는 슬픔이 다소 가라앉았다. 다시 말해서…… 완전히 가라앉은 것은 아니다. 그러나 나는 그가 자기 별로 돌아갔다는 것을 잘 알고 있다. 해 뜰 무렵에 보니 그의 몸은 사라지고 없었다. 그렇게 무거운 몸이 아니었는지……. 그래서 나는 밤마다 별들에게 귀 기울이기를 좋아한다. 별들은 5억 개의 방울과 같다…….

그런데 엄청난 일이 일어난 것이다. 어린 왕자에게 그려 준 고삐에 나는 잊어버리고 가죽끈을 달아 주지 않았던 것이다! 그걸 양에게 씌워 줄 수 없었을 것이다. 그래서 나는 속으로 생각한다.

'그의 별에서 무슨 일이 일어난 것은 아닐까? 어쩌면 양이 꽃을 먹어 버린 것은 아닐까…….'

때로는 이렇게 생각한다.

'그럴 리가 없어! 어린 왕자는 밤마다 꽃을 유리 덮개 밑에 잘 넣어 두고 양을 단단히 감시할 거야…….'

그러면 나는 행복해진다. 그리고 모든 별은 조용히 웃는다.

때로는 이렇게 생각한다.

'어쩌다 방심할지도 몰라. 그럼 끝장이야! 하룻저녁 유리 덮개를 잊어버리거나 밤중에 양이 소리 없이 빠져나가기라도 한다면 ·······.'

그러면 방울들은 모두 눈물로 변한다!

이것은 크나큰 수수께끼다. 어린 왕자를 사랑하는 여러분들에게나 나에게나 우리가 알지 못하는 양이 어디선가 장미꽃을 먹었느냐 안 먹었느냐에 따라서 온 세상이 달라지는 것이다.

하늘을 바라보라. 그리고 마음속으로 물어보라. 양이 그 꽃을 먹었을까, 먹지 않았을까? 그러면 모든 것이 얼마나 달라지는지 알게 될 것이다·······.

그런데 어느 어른도 이게 그토록 중요하다는 것을 결코 이해하지 못하리라!

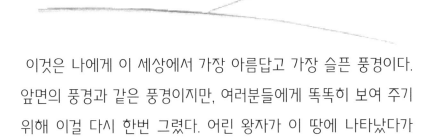

 이것은 나에게 이 세상에서 가장 아름답고 가장 슬픈 풍경이다. 앞면의 풍경과 같은 풍경이지만, 여러분들에게 똑똑히 보여 주기 위해 이걸 다시 한번 그렸다. 어린 왕자가 이 땅에 나타났다가 사라진 곳이 바로 여기다.

 어느 날 아프리카의 사막을 여행하게 되면 이곳을 확실히 알아볼 수 있도록 이 풍경을 자세히 보아 두라. 그리고 이곳을 지나가게 되거든 제발 서두르지 말고 바로 별 아래서 잠시 기다리라! 그때 한 아이가 여러분에게 다가오면, 그 애가 웃고, 그 애의 머리가 금발이면, 물어도 그 애가 대답하지 않으면, 그 애가 누구인지 여러분은 잘 알리라. 그때는 친절을 베풀어 달라. 이다지도 슬퍼하는 나를 그대로 버려두지 말고, 이내 편지를 보내 달라. 그 애가 돌아왔노라고……

남방 우편기

Courrier Sud

제1부

1

무전 : 현재 시각 6시 10분. 여기는 툴루즈. 각 기항지에 알림. 프랑스발 남아메리카행 우편기, 5시 45분 툴루즈 출발. 이상.

물처럼 맑은 하늘이 별들을 목욕시켜 내보냈다. 이어 밤이 찾아왔다. 달빛 아래로 사하라는 모래언덕들을 굽이굽이 펼쳐 보였다.

우리 이마 위를 비추던 달빛은 형체를 보여주기보다는 저마다의 사물에 부드러움을 더해주듯 내리비추고 있었다. 귀가 먹먹한 소리를 내며 지나가는 우리의 발아래로 두껍게 쌓인 모래는 황홀경을 자아냈다. 그리고 뜨거운 태양의 무게에서 벗어난 우리는 머리를 드러낸 채 걸어가고 있었다. 이런 곳에서 밤이란 그대로 머물러 있다…….

하지만 이 평화로움이 언제까지 지속될 수 있을까? 무역풍은 쉴 새 없이 남쪽으로 불었고, 비단결 같은 소리와 함께 바닷가를 휘젓고 있었다. 방향을 바꾸어 결국 소멸하고 마는 유럽대륙이 바람과는 달리 이곳 바람은 질주하는 특급열차에 맞부딪치는 바람처럼 거세게 우리 머리 위로 몰아쳤다. 가끔 밤바람이 너

225

무 세게 불어서 우리는 머리를 북쪽에 둔 채 이들에게 몸을 내맡기고는 했다. 그럴 때면 알 수 없는 어딘가로 떠밀려가는 듯한, 한편으로는 어두컴컴한 목적지를 향해 그 바람을 거슬러 올라가는 듯한 느낌이 들기도 했다. 그러나 바람이 거셀수록 그만큼 불안감도 커졌다.

그래도 태양은 돌고 돌아 다시 날이 밝아왔다. 무어인들은 소동을 별로 부리지 않았다. 대담하게도 스페인 요새까지 접근했던 이들은 자신들의 소총을 장난감처럼 갖고 놀았다. 나라에 소속되지 않은 부족이 자신들의 신비로움을 잃어버린 채 단역배우의 연기를 하는 것, 그게 바로 무대 뒤에서 바라본 사하라 사막의 모습이었다.

비좁은 곳에서 우리는 극히 한정된 자신의 모습과 마주한 채 살아가고 있었다. 따라서 우리는 사막에 고립되어 있다는 걸 알지 못했다. 우리는 집에 돌아가고 나서야 비로소 우리가 그동안 얼마나 멀리 떨어져 있었는지 제대로 깨달을 수 있었다.

무어인들의 포로이자 제 자신의 포로였던 우리는 500미터 반경을 좀처럼 넘어가는 법이 없었다. 그곳을 넘으면 나라에 속하지 않은 지역이 시작됐기 때문이다. 우리와 가장 가까운 이웃이라고 해도 700킬로미터 떨어져 있는 시스네로스와 1,000킬로미터 밖 포르에티엔에 있는 사람들이었다. 그러나 그들 역시 커다란 돌 속에 갇힌 것처럼 사하라 사막에 역시 갇혀 있었다. 우리는 그들의 고상한 버릇이나 별명까지도 알고 있었으나, 그들과 우리 사이에는 사람들이 사는 행성과 행성 사이처럼 무거운 침묵이 가로놓여 있었다.

 그날 아침 세상 사람들은 우리들 때문에 걱정하기 시작했다. 마침내 무선 통신사가 우리에게 전보를 가져왔다. 모래 위에 서 있는 두 개의 무선 전신탑이 매주 한 번씩 외부 세계와 우리를 연결해 주었다.

 무전 : 5시 45분, 툴루즈에서 출발한 프랑스-남아메리카행 우편기, 11시 10분 알리칸테 통과. 이상.

 시발점인 툴루즈에서 전해온 소식이었다. 그 소식은 멀리서 들려오는 신의 목소리와 같았다. 이 소식은 겨우 10분 만에 바르셀로나, 카사블랑카, 아가디르를 거쳐 우리에게 전달되었고, 그 후 다카르에까지 퍼져나갔다. 5,000킬로미터의 항공선의 모든 비행장이 통지를 받았다. 저녁 6시에 우리는 다시 통지를 받았다.

 무전 : 우편기, 21시에 아가디르에 착륙. 21시 30분 쥐비곶으로 다시 출발. 쥐비곶에는 조명탄을 이용해 착륙. 쥐비 비행장은 평상시와 같이 점등할 것. 아가디르와 늘 연락을 취할 것. 이상,

227

툴루즈.

 사하라 사막 한가운데에 고립되어 있던 우리는 쥐비곶 관측소
로부터 아득히 멀리 떨어진 혜성 하나를 지켜보고 있었다.
 저녁 6시 무렵, 이제는 남쪽이 시끄러워졌다.

 무전 : 여기는 다카르. 포르에티엔, 시스네로스, 쥐비에 알림. 우
편기의 소식을 긴급 통보 바람.

 무전 : 여기는 쥐비. 시스네로스, 포르에티엔, 다카르에 알림.
11시 10분, 알리칸테 통과 뒤 소식 없음.

 어딘가에서 비행기 한 대가 굉음을 내고 있었을 것이다. 툴루즈
에서 세네갈까지, 그 소리를 듣기 위해 모든 사람들이 귀를 쫑
긋 세우고 있었다.

2

 툴루즈. 5시 30분.
 비바람으로 뒤범벅이 된 그날 밤, 공항 차량이 격납고 앞에 멈
췄고 어둠 속에서 문이 열렸다. 500촉광의 전구들이 진열장의

조명처럼 모든 사물을 또렷하고 정확하게, 그러면서도 딱딱하게 비추고 있었다. 둥근 천장 아래에서 한 마디 한 마디 내뱉을 때마다 그 말들은 주변으로 울려 퍼지고 잠시 자리에 머물렀다가 침묵을 실어다 주었다.

번쩍이는 기체와 기름때 묻지 않은 엔진이 달린 비행기는 새것 같았다. 정비공들은 발명가와 같은 손길로 이 섬세하고도 정밀한 기계를 꼼꼼히 살펴보고는 이제 막 비행기에서 물러섰다.

"빨리빨리 움직여요, 여러분! 서두르라고!"

우편물을 잔뜩 실은 큰 주머니가 비행기 화물칸 안쪽부터 채워갔다. 담당자는 빠르게 우편물을 확인한다.

"부에노스아이레스······ 나탈······ 다카르······ 카사······ 다카르······ 서른 아홉자루, 맞습니까?"

"맞습니다."

조종사가 옷을 입는다. 몇 겹의 스웨터, 목도리, 가죽 작업복, 모피로 안을 댄 장화. 잠이 덜 깬 그의 몸이 무겁다. 누군가가 그에게 재촉한다.

"자, 어서 서두르라고!"

두꺼운 장갑 속에 꽁꽁 언 손가락을 오그라뜨려 넣고는 손에 시계, 고도계, 지도 등을 잔뜩 쥔 채, 그는 굼뜨고 어설프게 조종석까지 기어들어간다. 어딘가 불편한 잠수부 같은 모습이었다. 하지만 일단 조종석에 앉게 되면, 모든 것이 편안해진다.

정비공 한 명이 올라와 그에게 말한다.

"630킬로미터."

"좋아, 탑승객은?"

"세 명."

그는 탑승객들을 쳐다보지도 않은 채 이들에게 지시를 내린다. 활주로 책임자가 직원들을 향해 돌아섰다.

"누가 이 엔진 덮개에 쐐기 못을 박았나?"

"제가 그랬습니다."

"벌금 20프랑이네."

활주로 책임자가 마지막 점검을 한다. 발레 공연처럼 모든 것이 규칙적이어야 한다. 항공기는 이 격납고 안에서도 정확히 제 위치에 있어야 한다. 비행은 배가 출항할 때와 같이 잘 계산된다. 제대로 박혀 있지 못했던 이 쐐기못은 분명한 실수이다. 이 비행장에서 저 비행장으로, 부에노스아이레스나 칠레의 산티아고까지 날아가는 비행 여정이 우연의 결과가 아닌 치밀한 계산의 결실이 되기 위해서는 정확한 눈썰미와 500촉광짜리 전구 등 모든 엄격함이 준비돼야 한다. 이렇게 점검을 거치고 나면 폭풍우가 몰아치거나 짙은 안개가 깔리거나 회오리가 일어난다 해도, 또한 비행기 날개가 흔들리거나 설사 기체의 예측 못할 결함이 발생한다 해도, 이 비행기는 먼저 출발한 급행열차, 특급열차, 화물열차, 증기기관차를 따라잡고 완전히 제쳐버릴 수 있게 된다. 그리고 기록적인 시간으로 부에노스아이레스나 칠레의 산티아고에 도달하는 것이다.

"출발!"

조종사 베르니스에게 종이 한 장이 쥐어진다. 앞으로 그가 벌이게 될 전투 계획서이다.

베르니스는 내용을 읽었다.

"페르피냥의 날씨는 바람 한 점 없이 맑음. 바르셀로나는 폭풍, 그리고 알리칸테는⋯⋯."

툴루즈. 5시 45분

힘찬 바퀴의 움직임이 받침목을 찍어 누른다. 프로펠러가 일으키는 바람으로 20미터 뒤 풀들이 젖혀지며 물살을 일으킨다. 베르니스는 단 한 번의 손목 움직임으로도 폭풍을 일으키거나 제압할 수 있다.

이제 엔진 소리가 점점 더 커진다. 공기가 그 속에서 거의 고체가 될 것 같은, 짙은 바람이 될 정도로 소리가 난다. 조종사는 그때까지 채워지지 않던 무언가가 메워짐을 느끼고는 '이제 됐어.' 하고 생각한다. 이어 빛을 등지고 곡사포처럼 하늘로 뻗어 있는, 시커먼 엔진 덮개를 바라본다. 프로펠러 너머로 새벽 풍경이 떨린다.

바람을 안고 천천히 비행기를 몰다가, 그는 가스 핸들을 몸 앞으로 잡아당긴다. 비행기는 프로펠러에 이끌려 빠른 속도로 내달린다. 대기 중에서 탄력을 받아 생긴 비행기의 흔들림은 점점 약해지고, 마침내 지면이 팽팽해지는 게 느껴지더니 가죽띠처럼 바퀴 밑에서 반짝거린다. 조종사는 이제 공기를 가늠해본다. 처음에는 느낄 수 없던 공기가 액체같이 느껴지고, 고체로 변했다고 판단되면 조종사는 거기에 의존하며 위로 올라간다.

활주로 옆에 늘어선 나무들이 자취를 감추면서 지평선이 드러난다. 200미터 상공에서 어린아이 장난감 같은 목장, 곧게 뻗은 나무들, 형형색색의 집들이 내려다보이고, 숲은 두꺼운 모피코트를 두르고 있는 것처럼 보인다. 대지에서는 사람의 흔적이 느껴진다…….

베르니스는 등을 굽히고 팔꿈치의 제 위치를 찾아본다. 안정적인 자세를 취하기 위해서다. 낮게 뜬 구름들은 철도 역사의 어두컴컴한 대합실처럼 툴루즈를 덮고 있다. 그가 손의 힘을 서서히 빼며 저항을 줄이자 비행기는 상승하기 시작한다. 손목 한 번의 움직임으로 베르니스는 자신을 들어올리고는 그의 몸 안에서 파장처럼 퍼져나가는 각각의 파동을 일으킨다.

다섯 시간 뒤에는 알리칸테, 오늘 저녁에는 아프리카다. 베르니스가 생각하는 꿈의 여정이다. 그는 편안한 마음으로 '모든 게 정리됐다.'는 생각에 잠긴다. 어제 그는 야간 급행을 타고 파리를 떠나왔다. 정말 이상야릇한 휴가였다. 파리에서의 휴가는 얽히고설킨 회상들이 어렴풋이 남아 있고, 마치 모든 게 자기와는 아무 상관없이 흘러가기라도 할 것처럼 말이다. 현재로서 그는 밝아오는 새벽과 함께 다시 태어나는 기분이었고, 스스로가 이 하루를 만들어가는 조력자로 느껴졌다. 그는 '나는 그저 한 사람의 노동자에 지나지 않아. 아프리카 우편물을 전달해주는 사람일 뿐이지.'라고 생각했다. 하루하루 세상을 건설하기 시작하는 노동자에게 있어 세상은 매일매일 시작된다.

'모든 게 정리됐다······.' 아파트에서의 마지막 날 저녁, 신문들은 쌓인 책 더미 곁에 접어두었고 편지들은 태워 없애거나 정리해 두었다. 그리고 가구들은 천으로 덮어놓았다. 모든 게 커버로 뒤덮이고 일상 속 쓰임새를 잃어버린 뒤 공간 속에 배치됐다. 이 가슴속 동요는 더 이상 의미가 없었다.

그는 여행이라도 떠나는 듯 그다음 날을 위한 모든 준비를 마쳤다. 그리고 이튿날 아침 미국에라도 가는 듯이 열차에 올라탔다. 아직 마무리되지 않은 일들이 그를 옭아매고는 것 같았다. 갑자기 그는 자유로운 몸이 됐다. 베르니스는 스스로가 그토록 얽매인 곳 없이 죽음 앞에 무력한 존재라는 사실을 깨닫고는 두려움마저 느꼈다.

그의 아래로 비상 기항지 카르카손이 지나간다. 얼마나 질서 정연한 세계인가. 고도 3,000미터 상공에서 내려다보는 세상은 마치 상자 속에 차곡차곡 들어 있는 목장처럼 잘 정리된 모습이다. 집들도, 운하도, 도로도, 모두가 인간의 장난감 같다. 네모반듯하게 구획이 나누어져 있는 세상. 그곳에는 각각의 들판이 울타리 속에 들어 있고, 공원은 담장으로 구분되어 있었다. 어느 잡화상 여인이 자기 할머니가 살았던 삶을 그대로 되풀이하는 카르카손. 울타리 속에 갇혀 소박한 행복을 추구하며 살아가는 곳. 그들의 진열장 속에는 인간들의 장난감이 잘 정돈되어 있다.

너무 늘어놓고, 펼쳐놓은 진열장 속의 세상, 돌돌 말린 지도 위에 잘 정돈된 마을 등, 느릿느릿 움직이는 대지는 파도가 밀려오듯 정확하게 이 같은 모습을 가져다 보여준다.

그는 스스로가 혼자라고 생각한다. 고도계 표시판에 태양이 반사된다. 싸늘하지만 반짝이는 태양이다. 방향키를 한 번 작동시키자 전체 풍경이 바뀐다. 광물성 대지 위를 비추는 광물성 빛. 살아 있는 것들의 부드러움과 연약함과 향기를 빚어내는 모든 것들이 사라진다.

그렇지만 이 가죽재킷 속에는 따뜻하고 연약한 베르니스의 육신이 들어있다. 그리고 두꺼운 장갑 속에는 주느비에브, 당신의 얼굴을 부드럽게 어루만졌던 손이 들어 있다·······.

어느덧 스페인 국경이다.

3

 자크 베르니스, 자네는 오늘쯤 내 집 드나들 듯 편안한 마음으로 스페인을 지나겠지. 낯익은 풍경들이 하나하나 펼쳐질 걸세. 비록 폭우가 몰아쳐도 여유 있게 헤쳐 나가겠지. 자네에게 바르셀로나, 발렌시아, 지브롤터가 다가왔다가 휩쓸리듯이 사라져 갈 거야. 모든 것이 순조롭게 풀려나가겠지. 둘둘 말린 지도를 펼칠 거고, 끝난 일은 뒤로 가서 차곡차곡 쌓일 걸세. 하지만 나는 자네가 이 일을 처음 시작하던 시절을 기억하고 있네. 자네가 첫 우편비행을 하기 전날 밤, 내가 자네에게 마지막으로 어떤 조언을 했는지도 기억하고 있지. 그날 새벽, 자네는 품 안 가득 사람들의 속 깊은 사연을 떠안아야 하는 처지였지. 자네의 연약한 그 품 안에 말이야. 무수한 함정들을 지나 외투 속에 보물을 감추듯 사람들의 사연들을 끌어안고 실어 나르는 게 자네의 역할이었어. 우편물은 귀중한 거라고, 사람들은 자네에게 우편물은 목숨보다 더 귀중한 거라고 말했었지. 무척이나 연약한 존재이기도 했어. 자칫 잘못하면 화염에 휩싸일 수도 있고, 바람에 뒤덮일 수도 있었으니까. 자네에게 잔뜩 기합이 들어가 있던 그날 밤을 기억하네.

 "그리고 그다음에는?"

 "페니스콜라의 해변에 닿아야 해. 그러나 그곳에서는 어선들을 조심하게."

"그다음에는?"

"그다음에 발렌시아까지 가는 동안에 비상 착륙장이 보일 거야. 여기다가 빨간색으로 표시해주지. 다른 방법이 없을 때는 물이 말라버린 개천에 착륙하게."

이 녹색 램프 아래에 펼쳐진 지도를 들여다보자 자네는 마치 중학교 시절로 되돌아간 기분이었지. 그러나 오늘 밤 선생은 대지의 각 지점을 가리키며 생생한 비밀들을 들추어내고 있었고 말이야. 그건 죽은 숫자의 나열이 아니었어. 어디쯤 큰 나무가 있으니 이것만 조심하라는 설명과 함께, 꽃이 핀 들판이 생생하게 다가왔고, 땅거미가 내려앉으면 어부들을 조심하라는 설명과 함께 모래가 깔린 실제 해변이 머릿속에 그려졌었지.

자크 베르니스, 자네는 이미 알고 있었다네. 그라나다나 알메리아, 알함브라 궁전이니 이슬람 사원이니 하는 것에 대해서는 잘 모르겠지만 작은 시냇물과 오렌지 농장 등이 지닌 소박한 비밀만은 알게 될 것을 말이야.

"내 말을 잘 듣게. 날씨가 좋으면 곧장 가는 거야. 하지만 날씨가 좋지 않아 낮게 날게 되면 왼편으로 돌아서 이 계곡을 따라가게."

"이 계곡으로 들어간다······."

"바다를 만난 뒤에는 이 언덕을 따라가도록 해."

"바다를 만난 뒤에는 이 언덕을 따라간다·······."

"그리고 엔진을 조심하게. 가파른 절벽과 튀어나온 바위투성이니까."

"만일 엔진이 말을 듣지 않으면 어떻게 해야 하지?"

"요령껏 빠져나오게."

베르니스는 미소를 지었다. 젊은 조종사란 상상력이 풍부한 법이다. 바위 하나가 새총으로 날린 것처럼 날아와 그의 숨통을 끊어 놓을 수도 있다고 생각한다. 하지만 어린아이가 뛰어나올 때 한 손으로 아이의 정면을 가로막아 아이를 멈춰 세워 넘어뜨릴 수도 있다.

"아니야, 괜찮아. 사람들은 요령껏 빠져나온다고."

그래서 베르니스는 이런 가르침을 뿌듯하게 생각한다. 어린 시절에 읽었던, '에네이드(로마 시인 베르길리우스의 서사시)'는 죽음에 이르렀을 때 살아남을 수 있는 비결을 단 한 가지도 알려주지 못했었다. 스페인 지도를 짚어가며 설명하던 선생님의 손가락은 탐험가의 손가락은 아니어서 보물도, 함정도, 하다못해 목장을 지키는 양치기 소녀조차도 가르쳐주지는 못했다.

기름 빛이 흘러나오던 램프는 은은한 빛을 발했다. 그 부드러운 황금빛 기름 어망은 바다를 잠재우는 힘이 있었다. 밖에는 바람이 불고 있었고, 이 방은 세상의 한가운데 떠 있으면서 선원들이 묵어가는 외딴섬 같았다.

"포트와인 한잔할까?"

"좋아!"

조종사의 방은 언제라도 떠날 수 있는 여관방 같았고, 자네는 다시 보금자리를 마련해야 할 때가 많았지. 회사에서는 우리에게 전날 밤이 되어서야 통보했지.

"아무개 조종사는 세네갈로, 아무개 조종사는 미국으로 전근을 명함·······."

그러면 통보를 받은 조종사는 그날 밤으로 자신을 둘러싸고 있던 모든 관계를 끊고, 나무 상자에 못을 박고, 자기 방에 있던 사진과 책들을 모두 손수 걷어낸 뒤, 유령이 왔다 간 것보다 더 흔적을 남겨놓지 말아야 했네. 때로는 그날 밤, 품에 안긴 여인의 두 팔을 풀어놓아야 할 때도 있지. 여인들은 타일러봐야 아무 소용이 없고 이성적으로 이해시키려 해서는 힘들기 때문에 그냥 그저 지치길 기다려야 할 때도 있었지. 그런 다음 새벽 3시쯤 되면 포근한 잠에 빠져든 여인을 살그머니 내려놓고 빠져나와야만 했네. 이별에 체념하는 것이 아니라 자신의 극심한 슬픔을 받아들이는 셈이었지. 그리고는 '저 봐, 우는 것을 보니 이제 체념한 모양이군.' 하고 자신을 타이르고는 했지.

자크 베르니스, 자네는 그 후 수년 동안 세상을 떠돌아다니면서 무엇을 배웠는가? 조종술을 배웠나? 조종사는 단단한 수정에 구멍을 뚫으면서 천천히 전진하는 것이라네. 하나의 마을을 지나가면 또 다른 마을이 나타나고, 마을에 대해 실질적으로 알기 위해서는 그곳에 착륙해야 하지. 이제 자네는 이 같은 재산이 그저 주어지기만 할 뿐이며, 바닷물에 씻기듯 세월에 씻겨 없어지기 마련이라는 것을 알고 있지. 그러나 처음 몇 번의 비행을 마치고 돌아오면서 자네는 스스로가 어떤 사람이 되었다고 생각했나? 어찌하여 순수했던 어린 시절의 환영에 비춰보고 싶어 했던 것인가? 자네는 첫 번째 휴가를 받았을 때 나를 중학교로 끌고 갔었지. 베르니스, 나는 이 사하라 사막에서 자네가 비행기로 지나가기를 애타게 기다리면서, 우리의 어린 시절을 찾아갔던 그날을 우울하게 회상해 본다네.

소나무 숲 사이에 하얀 기숙사 건물, 창문에 하나둘 불이 켜졌지. 그때 자네는 내게 이렇게 말했지.

"여기가 우리가 처음으로 시를 쓰며 공부하던 교실이지."

우리는 아주 먼 곳에서 돌아온 길이었다. 우리들의 무거운 외투는 온 세상을 누비며 다녔고, 우리의 마음속에는 방랑자의 영혼이 잠들지 않고 깨어 있었다. 입을 꼭 다문 우리는 손에 장갑을 끼고, 든든한 채비를 하고서 미지의 도시로 들어갔다. 수많은 사람이 우리를 스쳐 갔지만, 우리와 부딪치지는 않았다. 카사블랑카나 다카르 같은 낯익은 도시에 갈 때는 흰색 플란넬 바지와 테니스 셔츠를 입었으며, 탕헤르에서는 모자도 쓰지 않고 활보했다. 잠자는 듯 조용한 이 작은 도시에서는 무장이 필요하지 않았기 때문이다.

우리는 사나이다운 근육을 자랑하며 씩씩한 몸으로 돌아왔다. 싸움도 해봤고, 고생도 해봤으며, 끝이 안 보이는 대지도 가로질러봤고, 몇몇 여자들과 사랑을 나누기도 했으며, 때로는 목숨을 하늘의 운명에 맡기기도 했었다. 벌서기나 방과 후 생활지도 등 우리의 어린 시절을 지배했었던 이 두려움을 그저 날려버리기 위해서이기도 했고, 토요일 저녁의 성적발표를 태연하게 들을 수 있기 위해서이기도 했다.

우리가 들어서자, 처음에는 현관에서 속삭이는 소리가 들리더니 이어 이름을 부르는 소리, 그리고 나서는 노인들의 허둥대는 소리가 들려왔다. 그들은 황금색 램프 빛을 온몸에 받으며, 양피지 같은 창백한 뺨에 늙어버린 얼굴로 우리에게 다가왔다. 그러나 눈빛만은 기쁨과 반가움으로 반짝이고 있었다. 그분들이, 우리가 변했다는 것을 벌써 눈치채고 있다는 사실을 한눈에 느낄 수가 있었다. 졸업생들은 으레 앙갚음이라도 하듯 묵묵한 발걸음으로 모교를 방문하곤 했다.

사실 그분들은 나의 세찬 악수에도, 자크 베르니스의 날카로운 눈길에도 전혀 놀라지 않았고, 당연한 듯이 우리를 어른 대하듯 대해주셨다. 그리고 서둘러 오래된 사모스 포도주 병을 가지고 오셨다. 우리 앞에서 말도 꺼내지 않았던 술을 말이다.

우리는 저녁 식사를 하기 위해 식탁에 둘러앉았다. 그분들은

240

난롯가에 둘러앉은 농부들처럼 전등갓 아래로 바짝 붙어 앉으셨다. 그 모습을 보면서 우리는 그분들이 많이 약해졌다는 것을 느낄 수 있었다. 예전에는 게으름 피우면 나쁜 사람, 가난한 사람이 된다고 가르치셨던 그분들이 이제는 그게 유년기의 치기 어린 잘못일 뿐이라며 이에 대해 관대해지셨기 때문이다. 또한 우리의 자존심에 대해서도 그때는 그렇게 열심히 이를 억누르려 하셨던 분들이 이제는 '고상한 성품'이라며 칭찬해주고 계셨다. 심지어 철학 선생님께서는 속내까지 털어놓으셨다.

어쩌면 데카르트는 아마도 논점 선취의 오류를 바탕으로 그의 모든 철학 이론을 도출했을 것이라고 인정하셨다. 파스칼…… 파스칼의 학설은 잔혹하다고 하셨다. 그렇게 고심했건만, 인간의 자유라는 케케묵은 문제를 해결하지 못한 채 세상을 떠났다고 말씀하셨다. 그리고 텐(프랑스의 실증주의 철학자)의 결정론에 빠져서는 안 된다고 입이 닳도록 애쓰시던 그분이, 이제 학업을 마치고 학교를 떠나려는 학생들에게 니체보다 더 위험한 적은 없다고 하시던 그분이, 정작 당신 자신은 니체에게 비난받아 마땅한 애정을 느낀다고 고백하셨다. 니체…… 바로 그 니체가 그분의 마음을 어지럽혔다는 것이었다. 물질의 실체에 대해 그분은 더 이상 확신이 없다고, 그래서 걱정이라고 하셨다. 그러고 나서 선생님들은 우리에게 질문을 던지기 시작했다. 우리는 이렇게 따뜻하고 아늑한 집을 떠나 인생의 폭풍 속을 항해하고 돌아왔으므로, 이제 그분들에게 지상 위의 실제 기후가 어떤지를 말씀드려야 했다. 한 여인을 사랑하는 남자가 정말 피로스(트로이 전쟁 용사로 아킬레우스의 아들. 네오프톨레모스라고도 불림)처럼 그녀의 종이 되는지, 아니면 네로처럼 그녀의 사형 집행인이 되는지, 아프리카와 그곳의 황량함, 그리고 그곳의 푸른 하늘은 지리 선생님이 알려주신 그대로인지 등등을 말이다. (그리고 타조가 정말로 자신의 몸을 보호하기 위해 두 눈을 감아버리는 건지도 물으셨다.) 자크 베르니스는 약간 고개를 숙였다. 그가 수많은 비밀들을 알고 있었기 때문이다. 하지만 선생님들은 그에게서 비밀을 캐내 가진 못했다.

선생님들은 베르니스에게서 비행기를 조종할 때의 짜릿한 쾌감과 엔진의 폭음에 대한 이야기를 듣고 싶어 하셨다. 그리고 그분들처럼 저녁때 장미나무 손질하는 것만으로는 행복해지는 데에 충분하지 않은가도 궁금해하셨다. 이번에는 베르니스가 루크레티우스(로마 시인)나 전도서(구약 성경)를 설명하고 조언해줄 차례였다.

베르니스는 선생님들에게, 만일 비행기가 고장으로 사막 한가운데 홀로 떨어질 것을 대비해서 물과 음식을 얼마나 준비해야 하는지를 설명해드렸다. 그리고는 서둘러 조종사가 무어인들로부터 살아남을 수 있는 비결이며, 화염에 휩싸일 경우 재빨리 빠져나오는 방법 등에 대해 설명을 드렸다. 그 말을 듣고 선생님들은 고개를 끄덕이셨다. 걱정의 기색은 아직 가시지 않았지만, 그래도 세상에 이렇게 새로운 인재를 길러냈다는 사실에 자랑스러워하며 은근한 자부심까지 느끼는 듯했다. 결국 그분들은 옛날부터 사람들의 입에 오르내렸던 그 영웅들을 만날 수 있었으니 이제는 죽어도 여한이 없다고 하셨다. 그분들은 소년 시절의 줄리어스 시저에 대해서도 들려주셨다.

 그러나 우리는 그분들이 서글퍼할지도 모른다는 생각에 쓸데없는 행동 후에 맛보는 허탈감과 실망에 대해서도 이야기했다. 그리고 그중 가장 연장자이신 선생님이 몽상에 잠기시는 것을 보자 마음이 불편해, 아마도 진정한 진리는 책에서 얻을 수 있는 평화가 아니겠느냐고 덧붙였다. 그러나 선생님들은 이를 이미 알고 계셨다. 사람들에게 역사를 가르쳤던 그분들의 경험은 가혹한 것이었다.

 "그런데 자네는 왜 이곳으로 돌아왔는가?"
 베르니스는 대답하지 않았다. 그러나 나이 드신 선생님들은 사람의 마음을 다 알고 있다는 듯이 서로 눈을 찡긋하면서 '애정 때문이지······.' 하고 생각하는 듯했다.

4

 하늘에서 내려다본 대지는 아무것도 걸치지 않은 알몸처럼 보이며, 생기 없이 죽어 있는 것 같은 모습이다. 그러나 비행기가 하강하면서 비로소 대지는 다시 옷을 걸쳐 입는다. 나무는 다시금 대지의 속을 채워 넣고, 언덕과 골짜기는 대지에 넘실거림을 만들어준다. 그렇게 대지는 다시 숨을 쉰다. 산 위를 날아갈 때면 누워 있는 거인의 가슴팍 같은 산이 거의 비행기에 닿을 듯 부풀어 오른다.

이제 급류가 다리에 닿을 듯 가까워진 세상은 점점 더 빠른 흐름을 만들어낸다. 하나처럼 보이던 세상은 산산조각으로 나눠진다. 매끈했던 지평선에서는 나무와 집과 마을들이 떨어져 나와 비행기 뒤로 휙휙 날아가 버린다. 알리칸테의 착륙장은 위로 올라왔다가 잠시 흔들림을 보이다 제자리를 찾고, 바퀴는 이를 가볍게 스친 뒤 압연판처럼 내리누르며 지면과 가까워지고 이내 바닥을 꾹 눌러준다…….

베르니스는 비행기에서 내려온다. 두 다리가 무겁다. 잠시 그는 두 눈을 감는다. 머릿속은 여전히 엔진의 포효 소리와 생생히 살아 움직이는 주변 영상들로 가득 차 있고, 팔다리는 아직도 비행기의 진동을 그대로 느끼고 있는 것 같았다. 그러고 나서 그는 사무실로 들어가 천천히 자리에 앉는다. 그런 다음 팔꿈치로 잉크병과 책 몇 권을 옆으로 밀어젖히고, 612호기 항공일지를 자기 앞으로 끌어당긴다.

'툴루즈-알리칸데 : 비행시간 5시간 15분'

그는 잠시 하던 일을 멈추고는, 피로와 몽상에 잠긴다. 무언가 어렴풋한 소리가 귀에 와 닿는다. 수다스러운 여인 하나가 어디선가 소리를 지른다. 포드 자동차의 운전기사가 문을 열고, 사과를 한 뒤 미소를 지어 보인다. 베르니스는 이 벽들과 문과 운전기사를 유심히 바라본다. 10여 분 동안 그는 시작했다 그쳤다하는 몸짓을 계속해대면서 알아듣지도 못하는 대화에 끼어들었지만 모든 것이 비현실적으로 느껴진다. 저 나무, 문 앞에 심겨 있는 저 나무는 30년 동안 저 자리를 지키고 있었다. 30년 동안 이 모습을 보아 온 것이다.

'엔진 : 이상 없음. 기체 : 우측으로 기울어짐.'

그는 펜을 내려놓으며 '내가 졸았구나' 하고 단순히 생각한다. 그리고 관자놀이를 짓누르는 꿈이 또다시 그를 괴롭힌다. 선명한 풍경 위로 떨어지는 호박색 빛줄기, 잘 갈아 놓은 밭과 초원들, 오른쪽에 자리 잡은 마을, 왼쪽에 자리 잡은 양 몇 마리, 그리고 파란 하늘이 마치 천장처럼 그 모든 것을 덮고 있다. '한 채의 집'이라고 베르니스는 생각한다. 문득 그는 이 마을과 하늘과 대지가 모두 하나의 커다란 집처럼 만들어졌다는 느낌을 명확히 받았던 걸 떠올린다. 잘 정돈된 친근한 집이었다. 모든게 너무도 꼿꼿했다. 하나가 된 풍경 속에는 그 어떤 위협도 없었고, 한 치의 벌어짐도 없었다. 그는 그 풍경의 내부에 들어와 있는 것 같았다.

노부인들이 거실 창가에 서서 세월이 흘러가는 것을 느끼지 못하는 것은 이 때문이리라. 푸른 잔디밭은 싱그럽고 그곳에서 정원사는 꽃들에게 느릿느릿 물을 준다. 노부인들은 정원사의 든든한 등을 따라 시선을 움직인다. 반들거리는 마룻바닥에서는 밀랍 냄새가 올라와 그녀들을 취하게 한다. 집안의 질서는 잘 잡혀 있고 부드럽고 온화하다. 그날 하루 바람이 불고 태양이 내리쬐고 비가 오기는 했지만 겨우 장미꽃 몇 송이를 망가뜨렸을 뿐 날은 이제 저물어간다.

"시간이 됐군. 잘 있게."

베르니스는 다시 출발한다.

그는 폭풍우 속으로 들어간다. 폭풍우는 모든 걸 허물어뜨리는 자의 곡괭이처럼 비행기를 두들겨댄다. 전에도 이런 폭풍우를 당해 본 적이 있다. 이번에도 빠져나갈 수 있으리라. 베르니스에게는 원론적인 생각밖엔 없었다. 천지를 암흑으로 만들 정도로 거세게 내리치는 폭풍우가 그를 내리꽂는 첩첩산중에서 빠져나가야 한다는 것, 그리고 이 벽을 뛰어넘고 바다에 이르는 것, 그에겐 오로지 이에 대한 생각뿐이었다.

갑자기 기체의 충격이 전해져온다. 어디서 부서진 걸까? 갑자기 비행기가 왼쪽으로 기우뚱한다. 베르니스는 처음에는 한 손으로, 다음에는 두 손으로, 그다음에는 온몸의 힘을 다해 조종간을 붙들고 버틴다. '젠장할!' 비행기는 이제 땅으로 곤두박질친다. 이제 베르니스는 끝장이다. 일 초만 있으면, 그는 갑자기 무너져버린 이 집에서, 이제 겨우 이해하기 시작한 이 집에서 영원히 밖으로 내동댕이쳐질 것이다. 초원과 숲, 마을들이 빙빙 돌며 그를 향해 솟아오를 것이다. 연기가 피어오른다. 자욱하게 연기가 소용돌이치고 있다. 온통 연기뿐이다! 양 떼처럼 솟아오르는 연기는 하늘의 사방 곳곳에서 뒤죽박죽 엉망이다…….

'아아! 정말 끔찍했어.' 한 번의 발길질로 조종삭(조종간과 방향타를 연결하는 줄)이 풀어졌다. 조종간이 단단히 조여 있는 상태였다. 누군가 일부러 그렇게 해놓은 것일까? 아니다. 장담컨대 그런 일은 있을 수 없었다. 한 번의 발길질로 세상이 다시 원위치로 돌아오지 않았던가. 이 얼마나 엄청난 순간이었던가!

정말 엄청난 순간이었다. 그가 지금 이 순간 느낄 수 있는 것은 입 안의 살점에서 느껴지는 신맛뿐이었다. 하마터면 큰일 날 뻔했다. 도로니, 운하니, 집이니, 인간의 장난감이니 하는 그 모든 것들이 단지 눈속임에 지나지 않았다.

이제 악몽은 지나갔다. 하늘은 말갛게 개었다. 기상 예보에서는 '하늘의 4분의 1쯤 새털구름으로 뒤덮이겠음.'이라고 했었다. 일기 예보? 등압선? 보옌 교수의 구름의 체계? 7월 14일 혁명기념일의 하늘같이, 온 국민이 축제를 벌이는 날의 하늘, 그렇게 말하는 게 더 가깝겠다. '말라가의 축제 날씨입니다.'라는 식으로 말이다. 모든 시민들은 머리 위 10,000미터 상공에 맑은 하늘을 소유하고 있다. 새털구름에 이르기까지 하늘은 맑게 개어 있다. 이렇게 반짝반짝 빛나는 거대한 수족관은 아직 본 적이 없다. 만에서도 저녁에 요트 경기가 펼쳐진다. 하늘은 파랗고 바다는 푸르며, 언덕도 푸르고 선장의 두 눈도 파랗다. 화려한 휴가다.

이제 악몽은 끝났다. 3만 통의 편지들 모두 안전하게 폭풍우를 헤치고 나온 것이다. 회사에서는 항상 '우편물을 귀중한 거다, 우편물들은 목숨보다 더 귀중한 것이다.' 하고 말해왔다. 3만 명의 연인들을 살아가게 해주는 게 바로 우편물이다⋯⋯. 연인들이여, 조금만 기다려라. 저녁놀이 불타는 가운데, 우리가 그대들에게 당도할 거다. 베르니스 뒤로는 짙은 구름들이 회오리바람에 섞여 그 안에서 소용돌이치고 있다. 그의 앞에서 대지는 태양 빛 옷을 입고 있었고, 깨끗한 옷감은 바람에 너울거렸으며 나무는 대지를 두텁게 감싸 안았다. 돛은 바다에 주름살을 수놓고 있었다.

지브롤터 상공은 밤일 것이다. 따라서 탕헤르를 향해 왼편으로 선회하면, 베르니스는 거대한 빙원처럼 떠다니는 저 유럽대륙에서 벗어난다.

갈색 대지를 머금은 도시 몇 개를 지나면 이어 아프리카 대륙이 펼쳐진다. 검은 덩어리들을 머금은 도시 몇 개를 지나면 다음에는 사하라가 펼쳐진다. 오늘 밤, 베르니스는 대지가 옷을 벗는 모습을 목격하게 될 것이다.

베르니스는 지쳐 있다. 그는 두 달 전에 주느비에브를 정복하기 위해 파리로 떠났었다. 그리고 모든 걸 자신의 패배로 깔끔히 정리한 뒤 어제 회사로 돌아온 것이다. 뒤로 멀어져 가는 이 들판과 마을들, 이 사라져가는 불빛들, 이것들을 버린 건 바로 그였다. 그가 이를 버린 거였다. 이제 한 시간 후면 탕헤르 등대 불빛이 반짝일 것이다. 탕헤르 등대에 닿을 때까지 자크 베르니스는 추억에 잠길 것이다.

제2부

1

이쯤에서 두 달 전으로 거슬러 올라가 그간의 이야기를 해야겠다. 그렇지 않으면 그 두 달의 시간으로부터는 아무것도 남지 않을 것이기 때문이다. 내가 앞으로 이야기하려는 일련의 사건들이, 그로 인해 흔적도 없이 사라졌던 사람들에 대해 호수에 가둬진 물처럼 그 미약한 동요와 희미한 파문이 일던 것을 서서히 끝냈을 때, 폐부를 찌르는 듯 아려오는 감정들이 점점 그 강도가 덜해지다 무뎌지며 약해질 때, 내게는 분명 새로운 세상이 펼쳐질 것이다. 베르니스와 주느비에브에 대한 기억이 내게 잔인하리만치 가슴 아프게 다가오는 그곳에서, 나는 약간의 회한만을 느낀 채 산책을 할 수 있지 않았던가.

두 달 전 베르니스는 파리로 올라왔다. 하지만 공백기가 너무 길어지면 제자리를 되찾기가 힘들어지는 법이다. 도시는 사람들로 붐비지 않던가. 그는 그저 좀약 냄새 풍기는 재킷을 입은 자크 베르니스에 불과했다. 베르니스는 잘 움직여지지도 않는 몸을 이끌고 어설픈 걸음으로 이곳저곳을 돌아다니다가, 방 한구석에 너무나도 깔끔하게 놓여 있음에도 자신의 짐 꾸러미들이 그토록 불안정한 느낌과 임시적인 분위기를 자아내는 걸 의아하게 생각했다. 방에는 아직 하얀 면 시트도, 책도 없는 상태였다.

"여보세요…… 아, 자넨가?"

그는 친구들에게 전화를 걸기 시작했다. 사람들은 놀라움의 탄성을 지르거나 축하의 인사를 전했다.

"이야, 이게 얼마 만이야! 정말 자네인 거야?"

"그럼 물론이지! 언제 얼굴 한번 볼까?"

"오늘? 오늘은 좀 시간이 안 될 것 같은데. 내일? 내일은 골프를 치러 가기로 했는데, 자네도 같이 가지 그래. 싫다고? 그럼 모레는? 좋아, 저녁 같이 하지. 8시 정각에."

베르니스는 무거운 발걸음으로 무도회장에 들어갔다. 젊은 사람들 사이에서 그는 탐험가처럼 보이는 외투를 걸치고 있었다.

그들은 어항 속 금붕어처럼 그곳에서 밤을 지새우고 여자들에게 달콤한 말을 속삭이며 춤을 추고 다시 돌아와서 술을 마셔댔다. 이 몽환적인 공간 속에서 유일하게 정신이 멀쩡하던 베르니스는 자신의 몸이 짐꾼처럼 무거움을 느끼고, 두 다리를 곧게 뻗으며 힘주어 서 있었다. 머릿속은 명확했다. 베르니스는 테이블 사이를 지나 빈자리로 걸어갔다. 그와 눈이 마주친 여자들은 시선을 다른 데로 돌렸고, 이들의 눈은 초점을 잃은 것 같았다. 젊은 친구들은 순순히 길을 터주어 그가 지나갈 수 있게 해주었다. 그 모습은 마치, 밤에 장교가 순찰할 때면 보초를 서는 보초병들의 손가락에서 자동으로 담배가 떨어지는 모습과 흡사했다.

 브르타뉴 선원들이 자신들의 그림엽서 같은 마을과 무척이나 충실한 연인들과 조우하듯, 우리는 돌아올 때마다 이런 세상과 조우한다. 돌아왔을 때 그녀들의 모습에서 가까스로 세월의 흔적이 느껴지듯 모든 것은 늘 변함없이 그대로다. 아이들 책의 삽화처럼…… 모든 게 너무도 제자리를 지키고 있고, 모든 게 너무도 제 운명에 충실하여 우리는 알 수 없는 무언가가 두려웠다. 베르니스는 한 친구의 소식을 들었다. '아, 그 친구, 여전하지, 뭐. 요새 일이 잘 안되나 보던데. 하지만 알잖나. 사는 게 다 그렇지 뭐.' 모두 자신의 삶에 포로가 되어 이 알 수 없는 제동장치의 한계 속에서 살아간다. 베르니스처럼, 그렇게 정처 없이 떠돌아다니는 가련한 아이처럼, 마술이라도 부리는 사람처럼 살

251

아가지는 않는다.

 두 번의 여름과 겨울이 지났건만 친구들의 얼굴에는 주름이 약간 늘었을 뿐이고, 가까스로 여윈 기색이 느껴졌다. 베르니스는 바의 한쪽 구석에 있던 여자를 알아봤다. 그 많은 웃음을 팔고 있는데도, 피곤한 기색은 아주 조금밖에 없어 보였다. 바텐더 역시 예전 그대로였다.

 이곳으로 돌아오는 동안에, 그의 주위로 감옥처럼 예전의 낯익은 풍경이 천천히 만들어지기 시작했었다. 사하라 사막의 모래와 스페인의 바위는 점점 무대 의상 벗겨지듯 뒤로 물러났고, 그 사이로 실제 풍경이 모습을 드러냈다. 마침내 국경을 넘어서자 페르피냥은 드넓은 초원을 펼쳐 보였다. 그 푸른 초원 위로 태양이 매 순간 흐려지며 더욱 길어지는 한 줄기 빛을 비스듬히 드리우며 사라져가고 있었다. 그 황금빛은 매 순간 점점 여려지고 투명해지더니, 꺼지는 게 아니라 아예 증발해버리고 말았다. 그러자 푸른빛 대기 속에서 부드러운 암녹색의 진흙이 보였다. 세상에는 정적이 감돌았다. 베르니스는 엔진의 속력을 줄이며, 모든 것이 잠들어 있고 모든 것이 벽처럼 단단하고 영속적인 바닷속으로 잠수하듯 들어갔다.

 그는 공항에서 차를 타고 역 쪽으로 가고 있다. 그의 앞에 있는 이 얼굴들은 단호하고 굳은 표정이다. 저들의 운명이 아로새겨진 두 손은 무릎 위에 묵직하고 반듯하게 올려져 있다. 밭에서 돌아오는 농부들의 얼굴이 스치듯 지나갔고, 대문 앞의 저 소녀는 수십만 명 가운데 한 남자를 기다리고 있다. 이미 수십만 개의 희망을 포기한 터였다. 어린아이를 품에 안고 달래주던 이 어머니는 이미 아이의 포로가 되어 도망칠 수 없는 신세였다.

만물의 비밀들과 직접적으로 대면한 베르니스는 가방 하나 들지 않고 주머니에 양손을 찔러 넣은 채 지극히 개성적인 모습으로 고국에 돌아왔다. 그게 바로 정기선 조종사가 귀향하는 모습이었다. 만고불변의 이 세상에서는 밭 한 뙈기를 늘이거나 담벼락을 하나 고치는 데에도 20년의 소송이 필요하다.

바다 표면처럼 끊임없이 움직이고 변화하는 풍경을 보면서 그는 2년을 아프리카에서 보냈다. 풍경은 하나하나 베일을 벗어내며 이 오래된 풍경의 알몸을 보여주고 있었다. 그가 떠나왔던 그 풍경, 영원하고도 유일한 그 풍경의 알몸이 그렇게 드러났다. 서글픈 대천사의 얼굴과 같은 그 진짜 땅 위에, 그는 발을 내디뎠다.

"하나도 변한 게 없군……."

사실 그는 무언가 변한 게 있을 까 봐 걱정했었는데, 이제는 변한 게 너무 없어 괴로웠다. 막연한 권태감 외에, 그는 사람들과의 만남도, 친구들과의 우정도 기대하지 않았다. 멀리 떨어져 있을 때는 환상을 품기 마련이지만, 떠나올 때의 애정 같은 건 가슴속 쓰라림이나 땅속에 묻어둔 보물 같은 기이한 느낌과 함께 저 뒤로 사라져버린다. 이따금 그렇게 도망을 치는 것은 인색한 사랑의 반증이다. 별들이 총총했던 사하라 사막에서의 어느 날 밤, 땅속에 묻힌 씨앗처럼 시간과 어둠 속에 파묻힌 이 뜨겁고도 아득한 애정에 대한 몽상에 잠기면서, 문득 그는 조금 떨어져서 잠든 모습을 바라보고 있다는 느낌을 받았다. 굽이굽이 펼쳐진 이 모래 언덕에서 고장 난 비행기에 기대어 지평선을 굽어보던 그는 목동이 자신의 양들을 보살피듯 자신이 사랑하는 것들을 밤새 보듬었다.

'그런데 돌아와 보니 이런 것이었군!'

언젠가 내게 베르니스는 이런 내용의 편지를 썼다.

자네에게 내 귀환에 대해서는 해줄 말이 없네. 감정들이 내게 화답해오면 그제야 나는 그 상황에 대한 주체 의식을 느끼는데, 그 어떤 감정도 깨어나지 않았거든. 그 지각한 순례자는 욕구도 신념도 사라져버린 뒤가 아니겠나. 그의 눈에는 오직 순례지의 돌밖에 들어오지 않았을 걸세. 이 도시도 내게 벽 이상의 의미는 없다네. 나는 다시 떠나고 싶다네. 첫 비행을 나서던 날을 기억하나? 우리가 함께했던 첫 비행 말일세. 우리가 착륙하지 않자 무르시아와 그라나다는 진열장 속 골동품처럼 쓰러져 있다가 과거 속으로 매몰되어 버렸지. 수 세기 동안 그곳에 놓인 채 그렇게 은거하고 있는 거야. 조용한 가운데 엔진소리만 요란하게 들려왔고, 그 뒤로 풍경이 말없이 영화처럼 지나갔지. 고도를 높일수록 기온은 현저히 떨어졌고 그 도시들은 얼음 속에 갇혀버렸다네. 기억나는가?

그때 자네가 내게 건네주었던 그 종이쪽지들을 아직도 간직하고 있다네.

'덜커덩거리는 소리를 예의주시하게…… 저 소리가 심해지면, 해협으로 들어가지 말게.'

두 시간 후, 우리가 지브롤터 상공에 접어들었을 때 또 다른 쪽지를 건네주었지.

'타리파에 도착할 때까지 기다렸다가 거기서 횡단하게. 그게 더 상책일세.'

그리고 탕헤르에서 건네준 쪽지에는 이렇게 적혀 있었다네.

'너무 오래 지체하지 말게. 이곳은 땅이 무르거든.'

그뿐이었지. 이 몇 개의 문장으로 우리는 세상을 정복할 수 있었네. 문득 나는 이 짤막한 지시들이 얼마나 막강한 전략이 되는지를 깨달았지. 탕헤르라는 이 보잘것없는 도시가 내 첫 번째 정복지였네. 내가 처음 강탈한 곳이라고 할까. 사실 처음에는 아주 높은 곳에서 수직으로 하강해야 했지만, 점차 내려가는 동안 만발한 꽃들이며 초원과 집들이 보이기 시작했다네. 어둠 속에 잠겨있던 도시에 햇빛을 되돌려주어 살아나게 해주었지. 그러고 나서 갑자기 놀라운 발견을 했다네. 약 500미터 상공을

255

날고 있을 때 들판에서 부지런히 쟁기질을 하고 있던 한 아랍인을 내게로 끌어당겨, 그 사람을 나와 같은 척도의 사람이 되게 했거든. 그 아랍인이야말로 내 전리품이자 창작물이며 장난감이었지. 드디어 나는 볼모를 하나 잡은 셈이었고 이제 아프리카는 나의 소유가 되었던 것이라네.

2분 후, 풀밭에 내려선 나는 삶이 다시 시작되는 어떤 별에 발을 디딘 듯 젊음의 기운을 느꼈다네. 그 새로운 분위기 속에서, 그 땅과 하늘 아래서 나는 마치 어린 나무가 된 것 같은 느낌이었어. 이어 기분 좋은 허기를 느끼면서 나는 비행으로 지친 근육을 쭉 폈지. 부드럽게 성큼성큼 걸어보며 비행의 피로를 풀다가 문득, 착륙한 상태의 내 그림자를 보니 웃음이 나오더군.

그리고 그 봄 생각나나! 툴루즈에서 우중충한 비가 내린 후의 그 봄이 기억하냐 말일세. 너무나도 싱그러운 공기가 사방을 흘러 다니고 있었잖나! 여자에게는 저마다 비밀이 한 가지씩 있네. 특유의 억양이 될 수도 있겠고, 자기만의 몸짓이나 침묵이 될 수도 있겠지. 여자들은 모두 나름의 매력을 갖고 있었어. 그리고 자네도 알겠지만 나는 느낌은 오지만 이해가 되지 않는 그 무언가를 찾으러 더 멀리 떠나고 싶어 안달하지 않았던가. 나는 파르르 떨리는 막대기를 들고 보물이 나올 때까지 세상을 돌아다니는 수맥 탐사가였으니 말이네.

한데 자네는 내가 찾고 있는 것을 내게 말해줄 수 있지 않겠나? 내 친구들과, 내 바람과, 내 추억이 공존하는 이 도시에서, 내가 창가에 기대어 절망하는 이유를 내게 말해주지 않겠나? 처음으로 나는 수맥도 찾지 못하고 내 보물로부터도 멀리 떨어져 있는 기분을 느끼고 있네. 그 이유가 뭔지 내게 알려주지 않겠나? 사람들이 내게 했던 이 알 수 없는 약속은 무엇이며, 어둠 속의 신께서 지키지 않은 이 약속은 또 뭐란 말인가?

드디어 수맥을 찾았네. 기억나나? 그건 주느비에브였네…….

베르니스의 편지에서 주느비에브, 당신의 이름을 읽으며 나는 두 눈을 감았고, 나에게 당신은 다시 소녀의 모습으로 나타났다. 우리가 13살이었을 때 주느비에브 당신은 15살이었다. 우리의 기억 속에서 어떻게 그대가 나이를 먹을 수 있겠는가? 그대는 우리의 추억 속에 여전히 그 연약했던 소녀로 존재했고, 당신에 관한 이야기를 들었을 때 우리가 놀랍게도 인생에서 감히 모험을 감행하겠다고 생각하게 만든 것도 바로 그 연약한 소녀였다. 다른 사내들이 성숙한 여인과 결혼식을 올릴 때, 베르니스와 내가 아프리카 오지에서 약혼자로 마음에 삼은 상대는 바로 그 조그마한 소녀였다. 당시 15살 소녀였던 그대는 가장 나이 어린 어머니였다. 나뭇가지에 긁혀 맨 종아리에 살갗이 벗겨질 나이에, 그대는 아이들에게 최고의 장난감이나 다름없는 진짜 요람

257

을 달라고 했었지. 누군가의 비범함을 알아채지 못했던 그네들 가운데에서 겸손한 여인의 몸짓을 보여주는 그대는 우리에게 있어 동화 속 주인공 같은 존재였고, 아내나 어머니, 요정으로 변신하여 신비한 요술 문으로 들어가 가장무도회나 아이들 무도회에 참석하는 그런 이미지였다.

사실 그대는 우리의 요정이었다. 그대는 두꺼운 벽으로 둘러싸인 낡은 집에 살고 있었다. 총을 쏘기 위해 성벽에 뚫은 구멍처럼 뚫려 있던 창문에 팔꿈치를 괴고 달이 뜨기를 기다리던 모습이 눈에 선하다. 달이 떠오르면 고요하던 들판이 술렁거리기 시작했다. 매미 날개의 따르락거리는 소리, 개굴개굴 우는 개구리, 외양간으로 돌아오는 소 떼들의 목에 달린 방울 소리가 들려왔다. 달이 떠오르면, 때로는 마을에서 사람의 죽음을 알리는 조종이 울려 귀뚜라미와 밀이삭들과 메뚜기에게 알 수 없는 죽음의 소식을 전해주었다. 그럴 때 그대는 창가에서 몸을 내밀어 약혼자들을 걱정했다. 희망만큼 깨지기 쉬운 건 없으리라. 달은 여전히 떠올랐다. 올빼미들은 죽음을 알리는 소리를 뒤로하고 찢어지는 소리로 사랑을 나눌 상대를 불러대고 있었다. 떠돌이 개들은 둥글게 자리 잡고 앉아 달을 향해 짖어댔다. 그리고 나무 한 그루 한 그루가, 풀 한 포기 한 포기가, 갈대 한 줄기 한 줄기가 모두 되살아났다. 그럼에도 달은 떠올랐다. 그러면 그대는 우리의 손을 잡고 그게 바로 대지가 내는 소리이며, 마음을 안정시켜

주고 듣기 좋은 소리라며 우리에게 귀를 기울여보라는 얘길 했다.

 그대는 이 집과 집 주위 대지의 살아 있는 장막으로 온전히 보호받고 있었다. 그대는 보리수와 참나무와 양 떼들과 너무나 많은 조약을 맺고 있어서, 우리는 그대를 그들의 공주님이라 불렀다. 저녁이 다가오고, 세상이 밤을 맞아들일 준비를 할 때면 그대의 표정은 차츰 누그러졌다.

 "농부가 가축들을 우리 속으로 집어넣고 있어."

 멀리 떨어져 있는 외양간의 불빛만 보고도 그대는 그걸 알 수가 있었다. 그리고 희미하게 문 닫는 소리만 들려도 "수문을 닫고 있구나" 말했었다. 모든 것이 질서 정연했다. 저녁 7시면 특급열차가 우렁찬 소리를 내며 마을을 통과했다. 기차는 마을을 돌아 그대가 있는 세상에서 침대칸 차창에 비친 얼굴처럼 불확실하고 불안정하며 근심 어린 것을 깨끗이 쓸어내며 빠져나갔다. 그리고 어두컴컴하지만 크기만은 한없이 큰 식당에서 저녁 식사를 할 때, 그대는 밤의 여왕이 되었었다. 사실 우리는 스파이들처럼 그대를 빈틈없이 감시하고 있었었다.

 그대는 어른들 틈에 끼어 한가운데 조용히 앉아 있었다. 앞으로 몸을 숙여 그대의 머리카락이 전등갓의 황금빛 불빛에 비쳤고, 빛으로 둘러싸인 그대는 거기에서 군림하고 있었다. 주변의 것들과 너무나도 긴밀하게 이어져 있으며, 주변의 사물들에 대

259

해서도, 그대의 생각에 대해서도, 그대의 미래에 대해서도 너무나도 확고한 신념을 가지고 있던 그대는 우리에게 영원한 존재로 여겨졌었다. 그대는 그야말로 군림하고 있었다⋯⋯.

 하지만 우리는 알고 싶었다. 그대를 괴롭힐 수 있을지, 숨이 막힐 정도로 그대를 꼭 껴안을 수 있을지가 궁금했다. 그대 안에서 우리가 백일하에 드러내놓고 싶은 인간의 실체를 느꼈었기 때문이다. 애정이라는 감정, 애수라는 감정을 두 눈으로 확인하고 싶었다. 그래서 베르니스는 두 팔로 그대를 껴안았고, 그대는 얼굴을 붉혔다. 그러자 베르니스가 더욱 세게 껴안았고 그대의 눈에서 눈물이 반짝였지만, 나이 든 여인이 울 때처럼 입술이 흉하게 일그러지지는 않았다. 그리고 베르니스는 내게 그 눈물이 느닷없이 벅차오른 마음에서 생겨나온 것이며, 다이아몬드보다 더 값진 것이라는 얘길 했다. 그리고 이 눈물을 마시는 자는 아마도 영원불멸의 존재가 될 거라는 얘기도 했다. 또한 베르니스는 말했다. 물속에 사는 요정처럼 그대는 그대의 몸 안에 사는 것이며, 그대라는 존재를 몸 밖으로 끄집어낼 마법의 주문을 수백 가지는 알고 있다고 말이다. 그리고 그 가운데 가장 확실한 방법은 그대를 울리는 것이라고 했다. 그렇게 우리는 그대에게서 사랑을 훔쳐냈다. 하지만 우리가 그대를 놓아주었을 때, 그대는 웃음을 지었고, 이 웃음은 우리를 몹시 당황스럽게 했다. 손에서 조금 느슨하게 풀어주면 새는 그렇게 날아가 버린다.

"주느비에브, 시를 읽어줘."

그대는 시를 조금 읽었을 뿐이지만, 우리는 그대가 이미 그 시를 다 알고 있다고 생각했다. 우리는 그대가 당황해하는 것을 단 한 번도 본 적이 없었다.

"시를 읽어줘."

그대는 시를 읽기 시작했다. 그리고 그 시는 우리에게 세상과 인생에 대해 가르쳐 주고 있었다. 시인에게서 나온 가르침이 아니었다. 그건 그대의 지혜에서 나오는 가르침이었다. 연인들의 비애와 여왕들의 눈물에는 조용히 위대함이 깃들었다. 그대의 차분한 목소리와 더불어 사람들은 사랑으로 죽어갔다.

"주느비에브, 사람이 사랑 때문에 죽는다는 것이 정말일까?"

그대는 시 낭송을 멈추고는 깊은 상념에 잠겼다. 그대는 고사리와 귀뚜라미들과 벌들 속에서 아마 그 답을 찾았으리라. 그리고는 '그럴 거야.'라고 대답했다. 벌들 또한 사랑 때문에 죽지 않던가. 필요한 일이고 평온하게 이뤄지는 일이었다.

"주느비에브, 연인이 뭐라고 생각해?"

우리는 그대가 얼굴을 붉히게 만들고 싶었다. 하지만 그대의 얼굴은 전혀 발그레하지 않았다. 아주 조금 난감해하고는 연못에 비쳐 너울거리는 달빛을 쳐다볼 뿐이었다. 그대에게는 아마 저 달빛이 연인이 아닐까 하는 생각이 들었다.

"주느비에브, 애인 있어?"

261

이번에는 확실히 얼굴이 붉어지겠다고 생각했다. 그러나 역시 이번에도 아니었다. 그대는 당황하는 기색도 없이 미소를 지으며 고개를 저었다. 당신의 왕국에서 어떤 계절은 꽃을 가져다주고 가을은 과일이라는 결실을 안겨주며 어떤 계절은 사랑을 가져다준다. 그곳에서 삶이란 무척이나 단순하다.

 "주느비에브, 우리가 어른이 되면 무엇을 하게 될지 알아?"

 우리는 그대의 어리둥절한 모습을 보고 싶었다. 그리하여 그대를 이렇게 불렀다.

 "연약한 여인이여, 우리는 정복자가 될 것이다!"

 우리는 그대에게 인생에 대해 설명했다. 정복자들이 얼마나 영광스럽게 고향으로 돌아와서 그들이 사랑하는 여자를 애인으로 만드는지를 말이다.

 "그때 우리는 네 애인이 될 거야. 주느비에브, 어서 시를 한 편 읽어줘."

 그러나 그대는 더 이상 시를 읽어주지 않았다. 그리고는 시집을 옆으로 밀어 놓았다. 갑자기 그대는 그대의 인생이 너무나도 분명해짐을 느꼈다. 자신이 자라나서 밀알을 세상에 내어놓게 될 거라는 사실을 지각한 어린 나무처럼 말이다. 필요 이외에는 아무것도 없었다. 우리는 동화 속에나 나오는 정복자들이었다. 하지만 그대는 고사리와 벌과 염소와 별들에 의지하고, 개구리가 개굴개굴 우는 소리에 귀를 기울였다. 평온한 한밤중에 그대 주위에서 생동하는 모든 것들로부터, 그리고 그대의 발끝에서 머리끝까지 그대 자신에게서 생동하는 모든 것들로부터, 그대는 믿음을 끌어냈다. 뭐라 설명할 수는 없지만, 그 확실성만은 분명한 이 운명을 위해서다.

달이 높게 떠오르고 이윽고 잠을 잘 때가 되었으므로, 그대는 창문을 닫았다. 창유리로 달빛이 스며들었다. 우리는 그대가 진열장의 문을 닫듯 하늘을 닫아버려서, 달과 한 줌의 별들을 가두어 버렸다고 말했다. 우리는 모든 빛과 상징물을 동원해서, 우리에게는 근심이 서려 있는 저 바다 깊은 곳으로 그대를 데려가고 싶었으니까.

······나는 다시 샘물을 발견했네. 여독을 풀기 위해 내게 필요한 건 바로 그 샘물이었어. 수맥은 분명 있었네. 다른 샘물로는 ······ 우리가 사랑이 끝난 후면 별들 가운데 저 멀리 내버려진다고 말했던 여자들이 있었네. 그네들은 마음을 꾸며놓은 것 이외에는 아무것도 아니었지. 주느비에브······ 자네 기억나나, 우리는 그녀가 사람 냄새 나는 여자라고 말했었지. 사물의 의미를 발견하듯 나는 그녀를 다시 발견했네. 그리고 나는 마침내 그 내면을 발견한 세상 속을 그녀와 나란히 걷고 있지······.

주변의 사물 사이에서 그녀는 그에게 모습을 드러냈다. 그녀는 천 가지의 불화를 해결하는 중재자였고, 천 가지의 조화를 만들어내는 중매인이었다. 그녀는 마로니에 나무를, 넓은 가로수 길

263

을, 그리고 그 분수를 그에게 되돌려주었다. 각각의 것들은 영혼의 핵심이 되는 비밀을 다시금 그에게 가져와 주었다. 이를테면 그 공원은 더 이상 미국인 관광객들에게 보이기라도 할 것처럼 다듬어지거나 손질되지 않았다. 대신, 낙엽들이 군데군데 널려 있고, 연인들이 흘리고 간 손수건 따위를 볼 수 있는 무질서한 곳이었다. 그리고 공원은 하나의 덫이 되었다.

2

주느비에브는 지금까지 남편 에를랭에 대한 이야기를 한 번도 한 적이 없었다. 그런데 오늘 저녁에는 베르니스에게 이렇게 말했다.

"저녁에 따분한 파티가 있어요, 자크. 사람들이 엄청나게 올 거예요. 와서 함께 저녁 먹어요. 그래 준다면 저는 덜 외로울 거예요."

에를랭은 평소에 너무 과장되게 활달한 체한다. 자기들끼리 있으면 던져버릴 저런 과장된 행동을 왜 하는 걸까? 그녀는 걱정스럽게 남편을 쳐다본다. 이것은 남들에게 보이기 위한 가식적인 모습이다. 자만심 때문이라기보다는 스스로 자신감을 느끼기 위해서이다.

"당신 생각이 맞습니다."

주느비에브는 얼굴을 돌려버린다. 그 잘난 체하는 몸짓이며 말투, 그리고 그 허세에 역겨움이 치민다.

"어이! 여기 시가 좀!"

이렇게 활동적이고 자신감에 도취한 남편의 모습은 본 적이 없다. 자기 능력에 도취한 듯한 모습 말이다. 마치 무대 위에라도 서 있는 듯, 식당 안에서 그는 세상을 이끌어간다. 말 한마디로 웨이터와 지배인의 허를 찌르고, 말 한마디로 이들을 쥐락펴락한다.

주느비에브는 반쯤 웃다 말았다. 무엇 때문에 이런 정치적인 만찬회를 연 것일까? 무엇 때문에 반년 전부터 느닷없이 정치에 들떠 있는 것일까? 에를랭은 무언가 '획기적인' 생각이 떠오르거나 자신에게서 무언가 '단호한' 태도가 이는 것을 느끼는 것만으로도 자신을 무척이나 강한 사람이라 생각한다. 따라서 그는 자아도취에 빠져 냉정함을 약간 잃은 상태에서 자기 자신을 바라보는 것이다.

주느비에브는 그 무리에서 빠져나와, 베르니스에게 다가왔다.

"돌아온 탕자님, 사막 이야기 좀 들려주세요······. 언제쯤이나 아주 돌아오게 되나요?"

베르니스는 그녀를 바라본다. 옛날이야기 속에서처럼 이 낯선 여인 뒤에 숨겨진 열다섯 살 소녀가 자신에게 미소 짓는 것을 발견한다. 여자아이 하나가 모습을 감추려 하지만, 그런 행동이

265

어렴풋이 드러나며 아이는 곧 자신의 정체를 드러내고 만다. 주 느비에브, 나는 그대라는 존재를 몸 밖으로 끄집어낼 마법의 주 문을 기억한다. 그대를 두 팔로 끌어당겨 아파할 정도로 꼭 껴 안으면 그대는 울음을 터뜨리며 다시 소녀로 되돌아갈 것이다······.

 남자들은 이제 주느비에브 쪽으로 몸을 숙여 지나칠 정도로 정 중하게 유혹의 자세를 취한다. 마치 재주나 상상력으로 여자들 을 손에 넣을 수 있다는 듯, 여자란 그 같은 수작에 대한 포상 이라도 되는 듯 착각하는 모양새다. 그녀의 남편 또한 유혹의 몸짓을 보여준다. 오늘 밤 그는 그녀를 탐할 것이다. 그는 다른 사람들이 그녀를 탐할 때 그녀의 매력을 발견한다. 이브닝드레 스를 입고 까르르 웃어대며 상대에게 즐거움을 주려고 노력하 는 가운데, 그녀에게서 작부의 분위기가 풍길 때가 그렇다. 주느 비에브는 그가 저속한 취향을 가졌다고 생각한다. 사람들은 어 째서 그녀의 모습 전체를 사랑하지 않는 걸까? 사람들은 그녀 의 일부분만을 좋아하고 나머지는 아예 거들떠보지도 않는다. 그저 음악이나 사치를 좋아하듯 그녀를 사랑하는 것이다. 주느 비에브는 재치 있고 감성적이며 사람들은 그녀를 갈구한다. 하 지만 그녀의 믿음이나 느낌, 생각 따위에는 전혀 아랑곳하지 않 는다. 아이에 대한 애정이라든가, 극히 정상적인 그녀의 근심거 리 등 이런 숨겨진 부분들은 아예 무시해 버린다.

그녀 곁에서는 모든 남자가 패기를 잃어버린다. 그녀에게 화를
내다가도 금세 누그러지고, 모두 그녀의 기분을 좋게 해주려고
애쓰는 것 같다. '제가 바로 당신이 원하는 남자입니다.'라고 말
하는 거다. 그건 사실이다. 그런 것은 남자에게서 아무런 의미도
없다. 중요한 것은 단지 그녀와 잠자리를 함께 하는 것뿐이다.
주느비에브가 언제나 사랑을 생각하는 것은 아니다. 그녀에게는
사실 그럴 시간조차 없다. 그녀는 약혼 시절의 처음 며칠을 떠올
리며 미소를 짓는다. 그걸 보고 에를랭은 갑자기 자신이 주느비
에브를 사랑한다는 사실을 깨닫는다. 그것을 잊고 있었던 걸까?
에를랭은 주느비에브에게 말을 걸고 싶어한다. 그녀를 길들이고
정복하고 싶다.

"아이, 정말. 시간이 없어요……."

그녀는 그의 앞장을 서서 오솔길을 걸으며, 노래의 리듬에 맞
춰 가느다란 막대기로 나뭇가지들을 두드렸다. 축축한 땅은 좋
은 느낌을 안겨줬고, 나뭇가지에서 이들의 얼굴 위로 빗물을 뿌
려댔다. 그녀는 혼자 같은 말을 되풀이한다. '나는 시간이 없어
요, 시간이!' 무엇보다도 온실로 가서 꽃들을 살펴보려면 서둘러
야 했다.

"주느비에브, 당신은 매정한 여자야!"

"맞는 말이에요. 이 장미들 좀 보세요. 얼마나 탐스러운지! 멋
지고 탐스러운 꽃송이잖아요."

"주느비에브, 입 맞추고 싶어."

"물론이죠. 안 될 거 뭐 있나요? 내 장미들이 마음에 들어요?"

남자들은 언제나 그녀의 장미를 좋아했다.

"아니에요, 아니에요, 자크. 전 슬프지 않아요."

그녀는 반쯤 몸을 베르니스에게 기대며 말했다.

"생각이 나요······ 저는 참 이상한 여자애였죠. 제멋대로 하느님을 만들어냈어요. 치기 어린 좌절감이 찾아올 때면, 저는 온종일 대책 없이 울었어요. 하지만 밤이 되어 입김으로 램프 불을 끄고 나면, 저는 제게 친구가 되어주신 그분을 다시 찾아가요. 그분께 기도하며 저는 이런 얘기를 하지요. '제게 이런 일이 일어났습니다. 저는 너무도 미약해서 쑥대밭이 된 제 삶을 어찌 손쓸 도리가 없습니다. 하지만 저는 당신께 모든 것을 맡깁니다. 당신은 저보다 훨씬 더 강하신 분이니까요. 모든 걸 당신 뜻에 맡깁니다.' 그러고 나서 잠자리에 들었어요."

확신할 게 별로 없는 상황 속에서는 복종하는 것들이 너무도 많다. 그녀는 책들과 꽃들, 친구들 위에 군림했으며, 그들과의 계약 관계를 유지하고 있었다. 그녀는 사람들의 웃음을 자아내는 코드를 알고 있었다. 사람들을 한데 이어주는 말도 알고 있었다. 그저 "아! 당신이군요! 내 오랜 점성술사님!"이라고만 하면 되는 거였다. 아니면 베르니스가 들어왔을 때 "앉아요, 돌아온 탕자님······."이라고 말하기도 했다. 저마다 하나의 비밀로써 그녀에게 연결이 되어 있었고, 내 속을 들킨다는 달콤함, 함께 연루되어 있다는 묘미로써 그녀와 친밀해졌다. 가장 순수한 우정이 범죄처럼 그 깊이를 더해갔다.

"주느비에브, 여전히 당신은 모든 것을 지배하는군."

베르니스가 그녀에게 말했다.

그녀가 의자를 끌어당기거나 거실의 집기들을 조금씩 움직여주면, 베르니스는 세상에서 자기 자리를 찾은 듯한 느낌에 놀라움을 금치 못했다. 일과가 끝난 후 산만한 음악과 훼손된 꽃들 등 우정이 지상에서 휩쓸고 간 모든 것은 처음에는 얼마나 고요히 설레게 했던가. 주느비에브는 소리 없이 자기 왕국에 평화를 만들어놓았다. 그러면 베르니스는 한때 자신을 사랑했던 이 작은 포로 소녀가 그녀 안에서 무척이나 멀리 떨어진 곳에 자리 잡아 잘 보호되고 있음을 느낄 수 있었다.

하지만 어느 날 갑자기 반란이 일어났다.

3

"잠 좀 자게 해줘요……."

"이럴 수 있어? 일어나 봐. 아이가 숨이 넘어가잖아."

잠시 잠이 들었던 그녀는 그 소리에 화들짝 깨어나 아이의 침대로 달려갔다. 아기는 자고 있었다. 열 때문에 얼굴이 반들거리고 호흡은 가빴지만, 아이는 평온해 보였다. 아직 잠이 덜 깬 주느비에브에게는 아기의 숨소리가 예인선의 증기를 내뿜는 소리 같이 가쁘게 들렸다.

"얼마나 힘들까!"

아기는 벌써 사흘 동안이나 이런 상태였다! 그녀는 다른 생각은 아무것도 할 수가 없어서 허리를 굽히고 아이를 내려다보고 있었다.

"왜 당신은 애가 숨이 넘어간다고 했어요? 왜 그렇게 사람을 놀라게 해요?"

그녀의 심장은 아직도 놀라서 팔딱팔딱 뛰고 있었다.

"난 그런 줄만 알았지."

에를랭이 대답했다.

그녀는 남편이 거짓말을 하고 있다는 것을 알고 있었다. 갑자기 불안이 엄습해 오자 그 고통을 혼자서 감당할 수가 없었고, 이를 그녀와 함께 나누고 싶었다. 그는 자신이 고통받는 상황에서 세상이 평화롭게 굴러가는 꼴은 못 보는 사람이었다. 하지만 사흘 밤을 꼬박 뜬눈으로 지새운 그녀에게는 한 시간이나마 휴식이 필요했다. 이미 그녀의 머릿속은 자신이 무엇을 하는지 분간할 수 없을 정도로 멍해져 있었다.

그녀는 되풀이되는 남편의 이러한 거짓말 정도는 용서할 수 있었다. 그런 거짓말이야 뭐 그리 대수란 말인가! 수면시간을 따진다는 것이 우스운 일이다!

"요즘 당신은 철이 없어요."

그녀는 이렇게만 말하고 이어 남편의 기분을 풀어주기 위해 덧붙였다.

"당신은 어린애 같아요."

그녀는 불현듯 간호사를 돌아보며 시간을 물었다.

"2시 20분입니다."

"그래요?"

주느비에브는 마치 급하게 해야 할 일이라도 있는 듯 '2시 20분'을 되뇌었다. 하지만 그런 일은 없었다. 그저 어딘가 여행을 할 때처럼 가만히 기다릴 수밖에 없었다. 그녀는 침대를 매만진 다음, 약병을 가지런히 놓고 창문을 닫았다. 그러면서 주변에 눈에 보이지 않는 신비로운 질서를 만들어갔다.

"조금이라도 주무세요."

간호사가 말했다.

이어 침묵이 흘렀다. 그러다가 기차를 타고 여행할 때처럼, 창밖으로 분간이 안 되는 풍경이 휙휙 지나가는 듯한 압박감이 그녀를 다시 무겁게 짓눌렀다.

"아무 탈 없이 잘 자랐것만······."

에를랭이 일부러 소리 높여 말했다. 주느비에브에게서 위로 받고 싶었다. 비탄에 빠진 아버지를 위로해주는 말을······.

271

"가서 볼 일 보세요."

주느비에브가 부드럽게 타일렀다.

"당신, 사업 일로 약속이 있잖아요. 어서 가 보세요."

그녀는 남편의 어깨를 부드럽게 떠밀었다. 그러나 남편은 자신의 괴로움을 곱씹고만 있었다.

"그런 얘기가 나오나? 이런 판국에……."

이런 판국이라…… '하지만 그 어느 때보다도 더욱 일해야 할 때가 아닌가!' 하는 생각이 들었다. 그녀는 갑자기 집 안을 정리하고 싶다는 강렬한 욕구가 생겨났다. 제자리에 놓여 있지 않은 저 꽃병, 아무렇게 벗어 놓아 바닥에 질질 끌리고 있는 남편의 외투, 선반 위의 먼지…… 모두 적이 다가와 남긴 발자취 같았으며, 어두운 붕괴의 조짐이었다. 그녀는 이 붕괴의 조짐과 맞서 싸웠다. 골동품의 금빛 광택과 제자리에 정돈된 가구들은 표면적으로 밝은 현실이었다. 온전하고 말짱하며 반짝거리는 모든 것은 알 수 없는 죽음으로부터 보호해주고 있는 듯한 기분이었다.

"튼튼한 아이니까 차차 나아질 겁니다."

의사는 몇 번이고 이렇게 얘기했다. 물론 맞는 말이었다. 이 아이는 잠을 자면서도 그 작은 두 주먹에 꽉 움켜쥐고 삶에 애착을 보였으니까. 그 모습이 참으로 예쁘고 강인해 보였다.

"부인, 밖에 나가 산책이라도 좀 하고 오세요."

간호사가 말했다.

"부인이 다녀오시면 저도 바람 좀 쐬어야겠어요. 그렇지 않으면 우리 둘 다 쓰러질 거예요."

참으로 이상했다. 눈을 감고 가쁜 숨을 몰아쉬는 이 아이가 두 여인을 기진맥진하게 하며 세상 끝까지 끌고 가는 것이었다. 주느비에브는 에를랭을 피하고자 밖으로 나왔다. 에를랭은 그녀에게 연설을 해대고 있었다. '내 기본적인 의무는…… 당신의 자존심이……' 등 아직 잠이 덜 깨어 몽롱한 상태였던 그녀는 그가 무슨 말을 하는지 도통 알아들을 수가 없었다. 하지만 그 순간에도 '자존심' 같은 단어들이 나온다는 것이 그저 놀랍기만 했다. '자존심'이라니? 도대체 그게 무슨 말일까?

의사는 이 여인이 사뭇 놀라웠다. 이 젊은 여인은 전혀 눈물을 흘리지도 않을 뿐만 아니라 쓸데없는 말을 입에 담지도 않으며, 간호사처럼 꼼꼼하게 일을 도왔다. 그는 생명에 대한 그녀의 봉사에 감탄했다. 한편 주느비에브는 의사가 왕진을 오는 이 시간이 가장 안심이 되는 시간이었다. 의사가 그녀를 위로해 주었기 때문이 아니었다. 의사는 아무 말도 하지 않았다. 의사가 아이의 상태를 정확히 판단할 수 있었기 때문이다. 의사는 아이의 심각한 증세, 눈에 보이지 않는 증세, 정상적인 건강 상태가 아닌 그 모든 것들을 명확히 설명해주었다. 보이지 않는 상대와의 이 싸움에서 얼마나 든든한 보호벽이었던가.

이틀 전의 수술만 해도 에를랭은 울상을 짓다가 휴게실로 가버렸지만, 그녀는 남아서 자리를 지켰다. 의사는 흰 가운을 입고 한낮의 권력자인 양 수술실로 들어왔다. 의사와 인턴은 재빠르게 전투를 시작했고, 그들의 입에서는 '클로로포름(표백분에 알코올 또는 아세톤을 넣고 증류하여 얻는, 무색의 유독한 휘발성 액체)……', '꽉 조여……', 그리고 '요오드……' 등의 간단명료한 말들과 명령들이 낮은 목소리로 무미건조하게 튀어나왔다. 그리고 문득 그녀는 비행할 때의 베르니스같이 막강한 전략 하나를 깨달았다. '우리는 이겨낼 거다.'라는 자기 암시였다.

에를랭은 그때 그녀에게 이렇게 말했다.

"당신은 어떻게 그걸 다 지켜볼 수가 있었소? 당신처럼 냉정한 어머니도 다시없을 거요!"

아침에 그녀는 의사 앞에서 정신을 잃고 의자 아래로 스르르 미끄러져 내렸다. 그녀가 깨어났을 때, 의사는 어떤 용기나 희망의 말 따위는 하지 않았으며 조금의 동정도 보이지 않았다. 단지 그녀를 엄숙히 쳐다보며 이렇게 말했다.

"부인은 과로하셨습니다. 그러시면 안 됩니다. 명령입니다만 오늘 오후에는 산책 좀 하세요. 아, 극장에는 가지 마세요. 내용이 도통 머릿속에 들어가지 않을 겁니다. 하지만 그와 비슷한 무언가를 좀 하실 필요가 있습니다."

그러면서 의사는 혼자 생각했다. '여태껏 내가 봐온 것 중 가장

274

진실한 모습이군.'

　주느비에브는 대로가 안겨주는 신선함에 새삼 놀라움을 금치 못했다. 길을 따라 걷는 동안 그녀는 자신의 어린 시절을 회상하면서 크나큰 휴식을 맛보았다. 나무와 초원들······ 모두 단순한 것들뿐이었다. 언젠가 한참의 세월이 흐른 뒤에, 그녀에게서 이 아이가 태어났다. 그건 이해할 수 없는 무엇인가였던 동시에 보다 더 단순한 일이기도 했다. 다른 그 무엇보다 더 확실한 증거였다. 그녀는 이 아기를 주변에 생명이 있는 다른 것들과 함께 보살폈다. 그녀는 말로 표현할 수 없는 무언가를 느꼈다. 그녀가 느낀 것은······ 그렇다, 그건 바로 자신이 새삼 현명해졌다는 사실이다. 또한 그녀 자신에 대한 확신이 생겼고, 모든 것과 연관이 되어 있음을 느꼈으며, 그 자신이 대형 음악회의 일원이 된 것 같았다. 저녁때 그녀는 창가 쪽으로 향했다. 밖에서는 나무들이 살아서 솟아올라 대지로부터 봄기운을 끌어올리고 있었다. 그녀 또한 그 나무들과 같은 처지였다. 그녀의 옆에서는 아기가 매우 가냘픈 숨을 쉬고 있었고, 그 가느다란 숨소리는 세상을 움직이는 엔진이 되어 세상에 활기를 불어넣어 주고 있었다.

　하지만 지난 사흘 동안 도대체 무슨 일이 일어난 것인가! 창문을 여닫는 지극히 사소한 행위가 심각한 결과를 낳은 것이었다. 더는 무엇을 해야 하는지도 도무지 알 수가 없었다. 앞이 보이지 않는 세상에서 그런 손짓이 미칠 영향에 대해서는 알지 못한 채, 그저 약병과 시트와 아이를 어루만질 뿐이었다.

그녀는 골동품 가게 앞을 지나갔다. 주느비에브는 그녀의 거실에 있는 골동품들을 떠올렸다. 골동품들은 마치 태양 빛을 끌어들이기 위한 덫처럼 여겨졌다. 그녀는 빛을 담아두고 있는 모든 것들이 좋았다. 반짝이면서 표면에 떠오르는 그 모든 게 좋았다. 반짝이는 수정에서 고요한 미소를 맛보기 위해 그녀는 걸음을 멈추었다. 오래된 맛 좋은 포도주에서 반짝이는 그것과도 같은 맛이었다. 피곤한 가운데 그녀의 머릿속에서는 빛과 건강과 삶에 대한 확신이 모두 뒤엉켜 버렸다. 그녀는 황금빛 못처럼 박혀 있는 저 햇빛을 생명의 빛이 조금씩 빠져나가고 있는 아이의 병실에 가져다 놓고 싶었다.

4

에를랭의 잔소리가 또다시 시작됐다.

"당신 지금 제정신이야? 그렇게 놀러 다니고 골동품 가게나 기웃거릴 마음이 생긴다는 말이야? 난 절대로 용서할 수 없어! 이건……."

그는 적당한 말을 찾아내려 애를 썼다.

"이건 감히 생각할 수도 없고, 끔찍하고, 엄마 소리 들을 자격

276

도 없는 그런 짓이야!"

그는 기계적으로 담배 한 대를 꺼내 들고는, 한 손으로 빨간 담뱃갑을 흔들어 대고 있었다.

그가 계속해서 '자존심⋯⋯' 어쩌고 떠들어대는 말을 들으며 주느비에브는 생각했다. '저 사람이 담배에 불을 붙이려고 하나?'

"그래, 엄마가 놀러 다니는 동안 아이는 피를 토하고 있었어."

마치 결정적인 순간에 말하려고 아껴두었던 듯이 에를랭은 천천히 말했다. 주느비에브의 얼굴이 새파랗게 질렸다.

그녀는 방에서 나가려 했지만, 남편이 문 앞을 가로막고 섰다.

"나가지 마!"

그는 짐승처럼 숨을 거칠게 몰아쉬었다. 그는 혼자서 겪은 그 고통의 값을 받아내고야 말겠다고 작정한 것 같았다.

"나를 괴롭힐 작정이군요. 그럼 나중에 후회할 거예요."

주느비에브는 그저 이렇게 말하고 말았다.

그러나 그의 허풍과 무력함에 비수를 꽂은 이 말은 그의 분노를 폭발시키는 자극제가 되었다. 그는 고래고래 소리를 쳐대기 시작했다. 당신은 경솔하고 경박한데다가 언제나 자기가 그만큼 노력했지만 무관심했다는 것이었다. 자신은 늘 기만당해 왔으며, 또한 자기는 모든 것을 해주었는데, 당신은 아무것도 해준 것이 없다면서 모든 고통을 자기 혼자서 견뎌야 했다고 했다. 그

277

러면서 인생은 언제나 외로운 것이라고 했다.

주느비에브는 기가 막혀서 돌아섰다. 하지만 그는 그녀를 거칠게 자기 앞으로 돌려세우고는 몰아붙였다.

"여자들의 잘못은 그 대가를 치르게 되어 있어."

그리고 그녀가 몸을 빼내려 하자, 그는 위협적으로 악담을 퍼부었다.

"아이가 죽어가고 있어. 천벌을 받은 거라고!"

그의 분노는 살인의 일격을 가하고 난 직후처럼 금방 수그러졌다. 이런 말을 내뱉고는 그 말에 자신도 놀란 모양이었다. 백지장처럼 하얗게 질린 주느비에브는 문 쪽으로 한 발 내디뎠다. 그는 그녀에게 자신이 얼마나 끔찍한 모습으로 비칠지 짐작이 갔다. 그는 오직 그녀에게 자신의 고상한 이미지만을 심어주고 싶었는데 말이다. 그 고약한 이미지를 좀 더 부드럽게 바꾸기 위해 그는 필사적으로 노력하며 갑자기 풀이 죽은 목소리로 중얼거렸다.

"미안해⋯⋯ 이리 와⋯⋯ 내가 미쳤었나 봐!"

그녀는 손잡이를 잡은 채 그를 향해 반쯤 돌아섰다. 그 모습은 그가 움직이기만 하면 당장에라도 도망칠 자세를 취한 들짐승처럼 보였다. 그에게선 움직임이 느껴지지 않았다.

"이리 와⋯⋯ 할 말이 있어⋯⋯ 나도 힘들어⋯⋯."

그녀는 꼼짝도 하지 않았다. 그녀는 도대체 무엇을 무서워하는

278

것인가? 그는 아내가 이렇게 쓸데없는 겁을 내는 게 거슬렸다. 그는 자신이 제정신이 아니었으며, 자기가 너무 가혹했고, 옳지 못한 행동을 했으며, 오직 그녀만이 옳다고 말하고 싶었다. 그러나 그러기 위해서는 먼저 그녀가 가까이 와서 자신에 대한 믿음을 보여주어야 했다. 그녀가 자신의 속내를 완전히 열어 보여야 했다. 그러기만 한다면 그는 그녀 앞에 무릎이라도 꿇을 생각이었다. 그러면 그녀도 이해해 줄 것이다……. 그런데 이미 그녀는 손잡이를 돌리고 있지 않은가?

그는 팔을 뻗어 거칠게 그녀의 손목을 잡아챘다. 그녀는 몹시 경멸하는 눈초리로 그를 바라보았다. 그는 오기가 생겼다. 이렇게 된 이상 이제 힘으로 그녀를 제압해야 할 것 같았다. 그런 다음 '자, 손을 풀어줄 테니 어디 해볼 테면 해봐.'라는 말을 해야 한다.

그는 아내의 가냘픈 팔을 살짝 잡아끌더니, 점점 더 우악스럽게 잡아당겼다. 그녀가 그의 뺨을 때리려고 손을 쳐들자, 그 손마저 그에게 잡히고 말았다. 이제 그는 그녀에게 고통을 안겨주고 있었고, 그도 그것을 알고 있었다. 그는 도둑고양이를 붙잡아 길들이며 쓰다듬어 준다는 것이 오히려 고양이를 숨 막히게 하는 아이들이 생각났다. 그는 한숨을 내쉬었다. '나 때문에 그녀가 힘들어하고 있잖아. 이제 다 틀렸어.' 짧은 순간 그는 주느비에브를 목 졸라 죽이고 싶은 간절한 충동을 느꼈다. 자신의 끔

279

찍한 이미지와 자기 자신조차도 두려운 그 모습을 주느비에브와 함께 지워버리고 싶었다.

그는 갑작스러운 무력감과 공허함에 사로잡혀 손가락에 힘을 풀었다. 그러자 그녀는 서두르지 않고 침착하게 그에게서 물러섰다. 마치 더 이상 두려운 것도 없다는 기색이었으며, 갑자기 모든 걸 초월한 듯싶었다. 남편은 이미 그녀의 안중에 없었다. 그녀는 느릿느릿 움직이며 머리를 매만지더니, 몸을 꼿꼿이 세우고는 방을 나갔다.

그날 저녁, 베르니스가 찾아왔지만, 그녀는 이 일에 대해 함구했다. 이런 이야기란 남에게 말하는 것이 아니니까. 대신 그녀는 어린 시절 함께 보냈던 추억과 머나먼 외지에서 지낸 그의 생활에 대해 얘기해 달라고 했다. 그녀는 어린 시절의 모습으로 그에게 다가가고 싶었으며, 그 모습과 더불어 당시의 추억들로 위로받고 싶었다.

그녀는 그의 어깨에 이마를 기대었다. 베르니스는 주느비에브가 자기의 어깨에서 안식처를 찾아 자신에게 다가오고 있다는 생각이 들었다. 그녀도 그런 생각을 한 것이 분명했다. 다정한 가운데에서 사람은 자기 자신을 걸고 모험에 뛰어드는 일이 별로 없다는 사실을 두 사람은 알지 못했던 것 같다.

5

 "주느비에브, 무슨 일이에요? 이런 시각에 당신이 우리 집엘 다 오다니……. 세상에! 얼굴이 몹시 창백하군요?"

 주느비에브는 아무 말도 없었다. 쉼 없이 똑딱거리는 괘종시계 소리만이 귀찮게 들려왔다. 벌써 램프의 희미한 불빛이 새벽 여명으로 희미하게 바래지고 있었다. 마시면 열이 오르는 씁쓸한 음료수 같은 느낌이다. 창문에서 역겨움이 밀려온다. 주느비에브는 가까스로 말문을 열었다.

 "불빛이 보이기에 왔어요……."

 이어 주느비에브는 더 이상 할 말이 생각나지 않았다.

 "그랬군요, 주느비에브. 나는…… 나는 보다시피 책장을 뒤적거리고 있었어요……."

 종이표지의 책들이 노랑, 하양, 빨강의 얼룩을 지어놓은 것처럼 놓여 있었다. 주느비에브는 그 모습이 흩뿌려진 꽃잎들 같다고 생각되었다. 베르니스는 그녀의 반응을 기다렸지만, 주느비에브는 미동도 하지 않았다.

 "주느비에브, 나는 이 안락의자에 앉아서 몽상에 잠겨 있었어요. 이 책 저 책 뒤적거리다 보니 모두 읽은 것 같은 기분이 들더군요."

 그는 내심 흥분을 감추기 위해 노인 같은 소리를 했고 침착한 말투로 덧붙였다.

"주느비에브, 무슨 할 말이 있는 것 같군요?"

말은 그렇게 했지만, 그때 그의 마음속에는 '이게 사랑의 기적이구나.'라는 생각이 들었다.

주느비에브는 한 가지 상념과 씨름하고 있었다. '이 사람은 아무것도 모르고 있어.' 하면서 여자는 그의 질문에 깜짝 놀란 표정으로 그를 쳐다보며 큰 소리로 말했다.

"그냥 온 거예요⋯⋯."

그리고는 손으로 이마를 짚었다.

창문의 유리가 점점 하얗게 변하면서 방 안에는 수족관 속 같은 창백한 광선이 퍼졌다. '램프 불빛이 빛을 잃고 있구나.' 하고 주느비에브는 생각했다. 그런 다음 문득 힘겹게 이런 말을 꺼냈다.

"자크, 자크, 나를 데려가 주세요!"

베르니스는 하얗게 질렸다. 그는 그녀를 두 팔로 끌어안고 달래기 시작했다. 그녀는 두 눈을 감았다.

"나를 데리고 가주세요⋯⋯."

그의 어깨에 기대 있으니 시간은 고통스럽지 않게 쏜살같이 흘러갔다. 모든 걸 포기한다는 게 모종의 기쁨을 안겨주는 듯했다. 자신을 내버리고 스스로 물살의 흐름에 맡겨 놓아버리자, 마치 그 자신의 삶이 물처럼 유유히 흘러가는 것 같았다. 그녀는 간절히 바랐다.

"나를 힘들게 하지 말아줘요…….."

베르니스는 그녀의 얼굴을 쓰다듬었다. 주느비에브의 머릿속에서는 한 가지 생각이 스쳐갔다. '다섯 살인데…… 이제 겨우 다섯 살이 됐을 뿐인데…… 어떻게 그런 일이…….' 이어 그녀는 이런 생각도 했다. '그 애에게 그토록 많은 것을 주었건만.'

"자크…… 자크…… 내 아들이 죽었어요."

"보시다시피 집에서 도망쳐 나왔어요. 저는 지금 무척이나 안정이 필요한 상태예요. 지금 사태 파악조차 안 되고 있어요. 아직 고통스럽지도 않아요. 제가 모진 여자인 걸까요? 다른 사람들은 눈물을 흘리면서 저를 위로하려 하고 있어요. 저들은 자신들이 그토록 상냥하다는 것에 감동을 받은 것뿐이에요. 하지만 저는 아이와의 추억조차 떠오르지 않는걸요…….

당신이라면 저는 뭐든 다 얘기할 수 있어요. 죽음이란 주사, 붕대, 전보 등 엄청나게 무질서한 상황 속에서 찾아오더군요. 며칠 동안 한숨도 잠을 못 잔 멍한 상태에서 꿈을 꾸는 것 같았어요. 의사가 진찰하는 동안, 지끈거리는 머리를 벽에 기대는 것 말고는 달리 할 게 없었지요.

남편과의 말다툼은 어찌나 끔찍했는지 알아요? 오늘, 조금 전…… 그 사람이 내 손목을 잡았을 때, 난 그가 손목을 비틀어

283

버리는 줄 알았어요. 이 모든 게 주사 한 대 때문이었죠. 그렇지만 나는 알고 있었어요. 아직 때가 되지 않았다는 것을요. 그러고 나서는 나에게 용서해 달라고 하더군요. 하지만 그건 중요한 게 아니었어요! 남편에게 나는 이렇게 말했지요. '알았어요……… 알았으니, 내 아이를 좀 보러 가게 해줘요…….' 남편은 문을 가로막았지요. '용서해줘…… 난 당신의 용서를 받아야 해.' 남편은 정말 변덕이 심한 사람이죠. '나 좀 제발 보내줘요. 당신을 용서한다고요.' 그러자 남편은 '입으로는 용서해도 마음으로는 아니잖아.' 계속 그런 식이었어요. 정말 미쳐버리는 줄 알았죠.

그런 일이 있고 난 뒤라서 그런지 절망을 느끼지도 않았어요. 오히려 평화롭고 차분한 기분이 들었을 뿐이었죠. 나는 생각했어요. 우리 아이는 잠을 자고 있는 것뿐이라고, 그뿐이라고 말이에요. 새벽녘에 저 멀리 어딘지도 모르는 곳에 발을 내딛고는 무얼 해야 할지 모르는 상황 같았어요. 그러고는 생각했죠. '올 게 온 거야…….'라고요. 주사기와 약병을 쳐다보고 난 뒤에는 이런 생각이 들더군요. '이제 아무 의미 없어…… 올 게 온 거야…….' 그 뒤 정신을 잃었어요."

갑자기 그녀는 흠칫 놀랐다.

"여길 다 오다니, 내가 미쳤지."

그녀는 새벽빛이 그 엄청난 불행을 훤히 드러내 보여주고 있음을 느꼈다. 시트는 싸늘하게 널브러져 있을 것이었고, 수건은 가

284

구 위에 아무렇게나 굴러다닐 것이었으며, 의자는 쓰러져 있을
것이었다. 이 같은 참극의 상황에 그녀는 서둘러 대처해야 했
다. 의자도 제자리에 놓고, 화병도, 저 책도 제자리에 갖다 놓아
야 했다. 삶을 둘러싸고 있던 것들을 본래대로 정리하기 위해
그녀는 헛되이 힘을 써야 했다.

6

조문을 하러 사람들이 찾아왔다. 위로의 말을 건넬 때, 사람들
은 말을 제대로 잇지 못하였다. 사람들은 들떠 있던 초라한 추
억들이 그녀에게서 차분히 가라앉도록 내버려 두었다. 무척이나
쉽사리 깨져버릴 침묵이었다. 그녀는 몸을 곧게 세운 채, 사람들
이 조심스럽게 피하고 있는 죽음이란 말을 서슴없이 입에 올렸
다. 그녀는 사람들이 자신의 눈치를 보며 말을 건네는 게 싫었
다. 그녀는 사람들이 감히 그녀를 쳐다보지 못하도록 이들의 눈
을 똑바로 바라보았으나, 그녀가 시선을 떨어뜨리기만 하면 그
들은 다시금 그녀의 눈치를 보았다.

그런가 하면 응접실까지는 침묵을 지키며 걸어오다 응접실에
다다르면 분주한 발걸음을 하고는 그녀의 팔에서 균형을 잃고
쓰러지는 사람들도 있었다. 이들은 한마디도 하지 않았다. 그녀
또한 이들에게 한마디도 하지 않았다. 이들 때문에 그녀의 슬픔

이 억눌렸다. 이들은 경직된 한 소녀를 가슴으로 꽉 안아주었다. 이제 그녀의 남편은 집을 팔자는 얘기를 꺼낸다. 그는 이렇게 말한다.

"이 집에 서린 서글픈 추억 때문에 우리가 힘들지 않소."

그는 거짓말을 하고 있다. 고통은 이미 친숙해진 상태였다. 하지만 그는 불안해하고 있었다. 남편은 무언가 커다란 제스처를 취하고 싶어 했다. 그는 오늘 저녁 브뤼셀로 떠날 예정이었다. 그녀는 나중에 따라가기로 되어 있었다.

"아시다시피 집안이 어수선해서 그래요……."

그녀의 모든 과거가 무너지고 있다. 오랜 정성을 들여 꾸며놓은 이 거실부터 시작해서, 사람이 들여놓은 것도 장사치가 들여놓은 것도 아닌 시간의 때와 함께 저곳에 놓여 있던 가구들까지, 그녀의 모든 과거가 무너지고 있었다. 이 가구들은 거실을 채우고 있는 것이 아니라, 그녀의 삶을 채우고 있었다. 의자를 벽난로로부터 멀찌감치 떼어놓고, 탁자를 벽에서 멀리 떨어뜨려 놓으니, 모든 게 처음으로 맨얼굴을 드러내며 과거 밖으로 벗어난 느낌이다.

"당신도 곧 떠나겠지요?"

그녀가 절망스럽게 운을 띄웠다.

수많은 약속이 깨져버린 상태다. 이 세상 속에서 무수한 인연을 맺고 있었던 게, 이 세계의 질서가 유지되는 중심에 있었던

게 바로 아이였단 말이 아닌가? 죽음으로써 주느비에브에게 그 같은 좌절감을 안겨준 게 바로 아이였단 말이 아닌가? 그녀는 아무렇게나 내뱉었다.

"힘드네요⋯⋯."

그러자 베르니스는 부드럽게 속삭였다.

"내가 당신을 데리고 가겠소. 내가 당신을 훔쳐 가는 거요. 기억하나요? 내가 언젠가는 돌아오겠다고 말했었지요⋯⋯ 내가 그런 말을 했었지요⋯⋯."

베르니스는 양팔로 그녀를 꼭 껴안아 주었다. 주느비에브가 머리를 약간 뒤로 젖히자, 눈가에 눈물이 가득 맺혀 있었다. 오로지 베르니스는 울고 있는 이 소녀를 두 팔로 꽉 안아주고 있을 뿐이었다.

O월 O일 쥐비 곶에서.

친애하는 베르니스, 오늘은 우편기가 도착하는 날이네. 비행기는 시스네로스를 출발했네. 곧 이곳을 지나 자네에게 보내는 책망 섞인 편지를 싣고 떠날 것이네. 자네가 보낸 편지에 대해서는 많이 생각해보았어. 더불어 포로가 되어버린 우리의 공주님에 대해서도.

어제, 영원토록 바닷물에 씻겨나가며 무척이나 헐벗고 황량한 해변을 산책하면서, 우리의 모습이 마치 그와 비슷하다고 생각했네. 정말 우리가 이 세상에 존재하고 있는 것인지 사실 그것마저 잘 모르겠네. 해 질 무렵의 서글픈 풍경 속에서, 자네는 반짝이는 해변 속으로 스페인 요새가 침몰하는 것을 본 적이 있었지. 신비로운 푸른색으로 해변에 투영된 요새의 모습은 요새 그 자체와 동일한 성질의 것은 아니었어. 그건 그렇게 현실적이지도, 그렇게 확실하지도 않은 자네의 왕국이었어. 하지만 주느비에브만큼은 그냥 그렇게 살도록 내버려 두게나.

 물론 지금 그녀가 얼마나 혼란스러운 상황 속에서 살아가고 있는지 모르는 바는 아니네. 하지만 인생에서 비극이란 드물게 나타나는 법이지. 청산해버려야 할 사랑도, 애정도, 우정도 별로 많진 않아. 자네가 에를랭에 대해 뭐라고 하든, 사람은 그렇게 중요한 게 아니야. 내 생각에 삶이란 말이지…… 뭔가 다른 것에 의지하고 있는 것 같아.

 이런저런 습관, 관습, 법칙 등 자네가 그 필요성도 인정하지 못하고 벗어나 버린 그 모든 것들이 바로 삶에 있어 하나의 틀이 되는 거야. 존재하고 있으려면 자기 주변에 감내해야 할 현실이 필요한 법이라네. 하지만 황당하건 부당하건 이 모든 게 그저 하나의 말에 불과하지. 주느비에브는 말일세. 자네가 그녀를 데려오면 주느비에브 자신에게서 그녀가 벗어나 버리는 결과를 낳게 되네.

 게다가 그녀는 자신이 필요로 하는 게 뭔지 알고 있나? 재물에

288

대한 습성도 그녀 자신은 자각하지 못하고 있네. 그녀의 삶이 내면적이라고 할지라도, 재산을 획득하고 외적인 흥분을 만들어주는 게 바로 재물이며, 세상 속의 이런저런 것들을 지속시켜 주는 게 바로 재물이지. 눈에 보이지 않는 강물이 지하에서 한 저택의 벽을, 추억을, 그 영혼을 백 년 동안이나 먹여 살리는 것처럼 말일세. 그런데 자네는, 눈에 보이지는 않지만 집을 이루고 있던 수많은 물건을 집에서 비워내듯 그녀에게서 그녀의 삶을 비워내려 하고 있어.

자네에게 있어서 사랑한다는 건 곧 새로 태어남을 의미한다는 걸 모르는 바는 아니네. 자네는 새로 태어난 주느비에브를 데려오는 것이라고 생각할 테지. 자네에게 있어 사랑은 때때로 그녀에게서 나타나며 램프처럼 쉽게 피어오르게 할 수 있는 두 눈의 빛깔 같은 거라고 생각했을 걸세. 사실 어떤 때는 지극히 단순한 말들이 엄청난 힘을 가지며 사랑을 더욱 키워주는 듯한 느낌을 받게 되지. 아마도 산다는 건 그와는 다른 문제인 듯하네.

7

주느비에브는 이 커튼과 저 안락의자를 쭉 만져 보는 것이 어쩐지 서먹한 느낌이었다. 살그머니 만져본 것에 불과한데 마치 새로 발견한 경계석을 만지는 듯한 기분이었다. 지금까지는 이렇게 쓰다듬는 것이 하나의 즐거움이었는데……. 지금까지는 이런 세간들이 아무 때나 나타났다 사라졌다 하여 마치 무대배경의 움직임과 같이 경쾌해 보였다. 취향이 너무 확실한 그녀는, 이 페르시아 양탄자가 무엇을 뜻하는 것이며, 이 화가의 무늬 벽지가 무엇을 음미하는지 생각해 본 적이 없었다. 지금까지 이 장식들은 실내를 아늑하게 해주고 있었는데 이제 와서 이런 것들이 처음으로 그녀의 눈에 들어와 마음을 스산하게 하는 것이었다.

주느비에브는 생각했다.

'아무것도 아니야. 나는 여전히, 내 것이 아닌 삶 속에서 이방인으로 살아가고 있는 것뿐이라고.'

그녀는 안락의자에 몸을 파묻고는 두 눈을 감았다. 마치 급행열차의 한 칸에 앉은 것처럼 순간순간이 스쳐 가며 집과 마을, 숲이 휙휙 뒤로 지나가 버리는 것 같았다. 하지만 눈을 뜨면, 앞에 보이는 건 늘 구리로 만든 둥근 고리뿐이었다. 변화란 눈치채지 못하는 사이에 일어나는 것이다. 일주일 후에 눈을 뜨면, 나는 전혀 다른 사람이 되어 있겠지. 그가 나를 데려갈 테니까.

"우리 집 어떻게 생각해요?"

왜 벌써 그녀를 깨운 것일까? 그녀는 주위를 둘러보았지만, 자신의 느낌을 어떻게 표현해야 할지 생각이 나지 않았다. 이 집을 꾸미고 있는 장식에는 뭐랄까 시간이 깃들어 있지 않은 느낌

290

이다. 뼈대도 굳건하지 않은 느낌…….

"이리 와요, 자크, 당신 거기 있었군요…….."

어스름한 빛이 남자 혼자 사는 그 방의 벽지와 긴 의자 위로 비추었다. 벽에 걸린 모로코 직물 위로도 비추었다. 모든 게 5분 만에 붙였다 떼었다 할 수 있는 것들이었다.

"자크, 왜 벽을 이렇게 가린 거죠? 왜 손으로 벽을 만져보기 힘들게 한 거죠?"

그녀는 손바닥으로 돌을 쓰다듬거나, 집 안에 있는 보다 단단하고 견고한 것들을 어루만지는 걸 좋아했었다. 이런 것들이 마치 한 척의 배처럼 오랫동안 사람을 태워줄 수 있다고 생각하는 것 같았다.

그는 자신이 보물처럼 여기는 기념품들을 그녀에게 보여주었다. 그녀는 그것이 무엇인지 알고 있었다. 그녀는 예전에 파리로 돌아와 유령 같은 생활을 하던 식민지 주둔 장교들을 알고 있었다. 그들은 큰길에서 서로 마주치면 아직 살아 있는 것에 대해 서로 놀라워하곤 했었다. 그들의 집에 가보면 사이공의 집이나 마라케시의 빌라를 회상할 수 있었다. 그들은 그곳에서 여자 이야기나 동료 이야기, 혹은 승진에 관한 이야기들을 했다. 하기는 그곳에서는 벽의 살아 있는 조직 같아 보였을 커튼이 여기서는 죽은 물건이나 마찬가지였다.

그녀는 손가락으로 얄팍한 청동 그릇들을 만져 보았다.

"내 골동품들이 맘에 들지 않아요?"

"미안해요, 자크…… 이것들은 좀……."

그녀는 감히 '천박한'이라는 말은 할 수가 없었다. 그러나 복제품이 아닌 진품의 세잔느의 그림과, 모조품이 아닌 진품가구만을 알고 사랑했던 그녀의 고고한 취향이고 보면 이런 자크의 골동품들은 그녀의 안중에 있을 수 없었다.

그럼에도 그녀는 아주 너그러운 마음으로 모든 것을 희생할 각오가 되어 있었다. 그와 함께라면 잿빛 감방이라 해도 견딜 수 있다고 생각했다. 하지만 정작 여기서는 자기 안의 무언가가 손상되는 듯한 느낌이었다. 부잣집 딸의 고상한 품위의 문제가 아니라, 이상하게도 자신의 본모습이 모독당하고 있는 것 같은 기분이 들었다. 자크는 그녀를 이해할 수는 없었지만, 그녀가 불편해하는 것을 느낄 수가 있었다.

"주느비에브, 나는 당신이 예전에 누렸던 호사를 누리게 해줄 수가 없어요. 나는……."

"아이, 자크, 무슨 말이에요! 무슨 생각을 하는 거예요? 저는 전혀 개의치 않아요……."

그녀는 그의 가슴으로 파고들었다.

"나는 그저 당신의 좋은 양탄자보다는 왁스로 잘 닦은 마룻바닥이 더 좋아요……. 이제 제가 당신을 위해 모든 걸 손질해드릴게요."

292

그러다가 갑자기 그녀는 말을 멈추었다. 그녀가 바랐던 소박함이란 이들의 겉모습보다 오히려 훨씬 더 사치스럽고 돈이 많이 든다는 것을 깨달았던 것이다. 그녀가 어렸을 적에 뛰어놀던 거실, 호두나무로 만들어 번쩍거리던 마룻바닥, 몇 세기가 지나도 낡지도, 그렇다고 유행에 뒤지지 않던 그 육중한 탁자…….

그녀는 야릇한 우울함을 느꼈다. 그녀가 허용한 이의 재산에 대한 유감 때문은 아니었다. 아마도 그녀는 없어도 될 것들이 무엇인지 베르니스보다 더 알지 못했을 것이다. 하지만 새로이 시작하게 될 삶에서 풍족하게 사는 건 필요 이상의 것에 해당함을 그녀는 분명히 깨달았다. 그녀에게 호화로운 삶이 필요한 건 아니었다. 하지만 사물에 깃든 이 시간만큼은 이제 더 이상 소유하지 못할 터였다. 그녀는 생각했다. '전에는 집 안에 있던 물건들이 나보다 더 오래 지속돼왔었지. 그렇게 나를 맞아주고, 나와 함께 해주면서 굳건히 밤새도록 내 곁을 지켜주었었어. 하지만 이제는 내가 이 집 안의 물건들보다 더 오랜 체험의 소유자가 되겠군.'

그녀는 또한 '시골에 갔을 때는…….'이라며 옛 생각을 더듬었다. 그녀는 울창한 보리숲을 통해 이 집을 다시 돌아봤다. 표면에서 보면 집은 더욱 안정감이 있어 보였다. 널찍한 돌계단이 땅속 깊이 틀어박혀 있었기 때문이다.

그곳에서 그녀는 겨울의 풍경을 떠올려본다. 숲속의 앙상한 나뭇가지에서 푸른빛을 모두 앗아가는 겨울이면, 집은 뼈대만이 하나하나 드러났다. 세상의 골조마저 보이는 것 같았다.

그녀는 걸으면서 휘파람으로 개들을 부른다. 그녀의 발이 움직일 때마다 발아래에서 낙엽들이 바스락 소리를 낸다. 그러나 그녀는 알고 있었다. 모든 것을 휘몰고 간 겨울이 마른 풀을 뜯어내고 정돈을 한 후에는 봄이 온 누리를 채우고, 나뭇가지 위로 타고 올라 새순을 싹 틔울 것임을, 물의 깊이를 느끼게 하며 물과 같은 역동성을 지닌 이 둥근 나뭇가지들을 새롭게 단장해줄 것임을 그녀는 알고 있었다.

그녀의 아들은 여전히 그곳을 서성대고 있었다. 그녀가 창고에 들어가 설익은 마르멜로 열매를 뒤집어놓으려 할 때, 아이는 간신히 그곳을 빠져나간다. '아가야, 그렇게도 장난치고 다녔으니, 이제 잠을 자는 게 좋지 않을까?'

그곳에서 그녀는 죽은 자들의 표식을 보았고, 이를 두려워하지 않았다. 저마다 집안의 침묵에 그 자신의 침묵을 더 해놓고 있었다. 책에서 눈을 떼고 숨을 죽이면서 이제 막 꺼져간 부르짖음을 맛보는 게 느껴진다.

죽은 자는 사라지는 건가? 변덕스러운 것들 가운데 오직 저들만이 영속적인데도, 저들의 마지막 얼굴이 너무도 진실하기 때문에 그 무엇도 이를 부인할 수가 없는데도 죽은 자가 사라진다고 말 할 수 있겠는가?

'이제 나는 이 사람을 따라가게 될 것이고, 이 사람 때문에 괴로워하고, 이 사람 때문에 의심을 하게 되겠지.' 사실 그녀는 애정과 회의의 구분이 분명할 때 이 인간적인 혼동을 구별해낼 줄 알았다.

그녀는 눈을 뜨고는, 생각에 잠겨 있는 베르니스를 바라보았다.

"자크, 나를 보호해 줘야만 해요. 나는 이렇게 가난한 상태로 새 출발을 하는 것이니까요."

설령 베르니스에게 그리 많은 힘이 없다고 하더라도, 책 속에서보다 아주 조금 더 현실적이며 쓸데없는 광경들밖에 없는 이 세상 속에서, 부에노스아이레스의 이 군중들과 다카르의 이 집에서, 그녀는 살아남을 것이다.

하지만 베르니스는 몸을 숙여 그녀에게 부드럽게 말했다. 그가 자신에 대해 보여주는 이러한 감미로운 애정의 표현을 그녀는 믿고 싶었다. 그녀는 이 사랑의 이미지를 좋아하고 싶었다. 자신을 보호해 줄 만한 것은 그나마 이것밖에 없었으므로…….

오늘 밤 순간의 쾌락 속에서, 그녀는 이 연약한 어깨를, 이 보잘것없는 피신처를 찾아내어 거기에 얼굴을 파묻듯 그렇게 말이다.

295

8

"나를 어디로 데려가는 거죠? 왜 이리로 데려온 건가요?"

"주느비에브, 이 호텔이 마음에 들지 않아요? 다른 곳으로 갈까요?"

"예, 다른 곳으로 가요……."

그녀는 불안함이 섞인 듯한 목소리로 말했다.

자동차의 헤드라이트가 몹시 어두웠다. 그들은 구멍을 통과하듯, 힘겹게 어둠 속을 헤치고 나아갔다. 베르니스는 이따금 그녀를 흘끗 쳐다보았다. 주느비에브는 아주 창백해 보였다.

"추워요?"

"조금요, 하지만 괜찮아요. 모피 옷을 가져오는 걸 깜빡했네요."

그녀는 무척이나 덤벙대는 소녀 같았다. 그녀가 입가에 미소를 지어 보인다.

비가 내리기 시작했다.

'이런 젠장! 밤에 비까지 오다니!'

베르니스는 이렇게 혼잣말하면서도 지상낙원에 가려면 이런 것쯤 으레 거쳐야 하는 과정이라고 생각했다.

상스 지방 근처에 이르렀을 때 그들은 차를 세우고 점화 플러그를 갈아 끼워야 했다. 그는 휴대 전등마저 깜빡 잊고 가져오지 않았다. 그는 비를 맞으면서 잘 듣지 않는 스패너를 서투르게 만졌다. '기차를 탈 걸 그랬어.' 하는 생각이 머릿속에서 집요하게 되풀이되었다. 그가 자가용을 선택한 것은 자동차가 주는 자유로운 이미지 때문이었다. 자유는 무슨 자유인가! 이렇게 떠나오고 나서 계속 바보짓밖에 더했던가. 대체 잊고 온 물건은 왜 그렇게 많으냐 말이다.

"다 되어가요?"

주느비에브가 그의 곁으로 다가왔다. 문득 그녀는 자신이 포로가 된 듯한 느낌이 들었다. 보초병들처럼 그들을 감시하고 있는 주위의 나무들, 도로 정비공의 저 오두막집. 정말 여기서 살아야 하나······.

수리가 끝나자 그는 그녀의 손을 잡았다.

"열이 있는 것 같군요!"

그녀는 미소를 지으며 말했다.

"예······ 조금 피곤해요. 잠 좀 잤으면 좋겠어요."

"그런데 왜 비까지 맞으면서 차에서 내려왔어요?"

엔진도 시원치 않아서 가끔 멈추고, 그르렁거리기도 했다.

"자크, 우리가 도착할 수 있을까요?"

그녀는 열에 들떠 정신이 혼미해져 있었다.

"도착할 수 있겠어요?"

"도착하고말고요, 이제 곧 상스예요."

297

그녀는 숨을 내쉬었다. 그녀는 자신의 능력을 넘어서는 일을 시도했던 것이다. 모두 이 시원찮은 엔진 때문이었다. 자기 앞으로 끌어다 놓기에는 나무 한 그루 한 그루가 너무도 무거웠다. 산 넘어 산이었다. 매번 처음부터 다시 시작해야 했다.

'안 되겠어, 또 차를 세워야겠어.' 베르니스가 이렇게 생각하는 순간 무언가 또 다른 곳이 고장 났을지 모른다는 생각에 이제는 겁이 났다. 꼼짝하지 않는 풍경 역시 마찬가지였다. 그 때문에 좋지 않은 생각들이 꿈틀대고 있었다. 그는 무언가 불가항력의 힘이 모습을 드러내는 것 같아 두려웠다.

"주느비에브, 부디 이 밤의 고약함에 대해서는 생각하지 말고 ……. 스페인에 대해서만, 오직 스페인에 대해서만 생각하도록 해요. 스페인, 좋아하죠?"

그녀의 가느다란 목소리가 어렴풋이 들려왔다.

"네, 자크, 좋아해요……. 그저…… 강도들이 조금 무서울 뿐이지요."

그녀가 부드럽게 미소를 지어 보였다. 이 말에 베르니스는 마음이 아팠다. 그 말인즉슨 스페인으로 향하는 이 동화 속 얘기 같은 여정에 신뢰가 가지 않는다는 얘기밖에는 되지 않았다. 신임을 얻지 못하는 군대는 승리할 수 없다.

"주느비에브, 바로 이 비 때문에, 바로 이 밤 때문에 우리의 믿음이 자꾸만 깎여 들어가는 걸 거예요……."

갑자기 그는 이 밤이 고역과도 같은 질병의 느낌을 주고 있음을 깨달았다. 입안에서 고역 같은 그 맛이 느껴졌다. 새벽이 오더라도 희망이랄 건 없는 밤이었다. 그는 그 밤과 사투를 벌이며 속으로 한 마디 한 마디 되뇌었다. '이 비만 그친다면, 이 비만 그쳐준다면, 새벽에 이 병이 씻은 듯이 나을 텐데……' 이들에게서 무언가가 병들어가고 있었지만, 그는 그게 뭔지 몰랐다. 그는 썩어들어가는 건 바로 땅이라고 생각했고, 병이 든 건 바로 밤이라고 생각했다. 그는 이 병색이 완연히 가실 새벽을 기다렸다. "아침이면 나는 숨을 쉴 수 있을 거야."라거나 "봄이 되면 젊음의 기운이 샘솟겠는걸."이라고 말하는 사형수들처럼 그렇게 하릴없이 새벽을 기다렸다.

"주느비에브, 그곳에 있을 우리의 예쁜 집을 생각해봐요."

그는 말해놓고 곧 해서는 안 될 말을 했다고 후회했다. 주느비에브의 마음속에 어떤 영상을 일으키도록 그려줄 만한 것이 전혀 없었기 때문이었다.

"그래요, 우리 집……."

주느비에브는 간신히 소리 내어 말을 해보았다. 그때 순간적이나마 그녀의 열기가 스쳐왔다. 그녀는 뭔지 모르겠지만 말의 형태가 돼서 나오는 생각들을 떨어냈다. 그에게 두려움을 안겨주는 생각들이었다.

베르니스는 상스 지역의 호텔이 어디 있는지 몰라서 가로등 아

299

래 잠시 차를 세우고, 여행 안내서를 펴들었다. 거의 다 된 가스
등이 그림자를 만들어냈고, 희끄무레한 벽 위로 칠이 벗겨져 '자
전거……'외에는 글씨를 알아보기 어려운 간판 하나를 비춰 보
였다. 그에게는 이게 세상에서 가장 서글프고 가장 저속한 단어
같았다. 한 번도 본 적 없는 그런 단어 같았다. 보잘것없는 생의
상징이랄까. 문득 그는 이전의 생활들이 아주 보잘것없었을 텐
데, 그때는 자신이 그것을 느끼지 못했을 뿐이었다고 생각했다.

"어이, 형씨, 불 좀 있어?"

비쩍 마른 세 놈이 킬킬대며 그에게 다가왔다.

"이 미국인들이 길을 찾고 있는 모양이군그래."

그러고 나서 그들은 주느비에브를 흘끗거렸다.

"당장 꺼져, 이 자식들아!"

베르니스가 으르렁거렸다.

"자네 애인, 별 볼 일 없군? 29번지에 사는 내 애인이라도 한
번 만나보는 게 어때?"

주느비에브는 겁이 나서 그에게 몸을 기댔다.

"뭐라는 거예요? 제발 그냥 가요."

"하지만 주느비에브……."

그는 하고 싶은 말을 참고 삼켰다. 우선 그녀를 위해 호텔을
찾아야 했다. 이 술 취한 놈들이야 뭐가 그리 대수인가? 그는
그녀가 열이 나고 몸이 지쳐 있다는 것을 깨닫고는 이런 작자

300

들과 시간을 낭비할 필요가 없다고 생각했다. 그는 이런 귀찮은 일에 그녀를 얽히게 한 것에 대해 자신을 병적으로 나무랐다.

글로브 호텔 문은 닫혀 있었다. 밤이 되면, 이 작은 호텔들은 모두 잡화상처럼 보였다. 그가 계속 문을 두드리자 마침내 문 저쪽에서 질질 끄는 발걸음 소리가 다가왔다. 야간 관리인이 문을 빠끔히 열었다.

"빈방 없습니다."

"부탁입니다. 아내가 지금 많이 아파요!"

베르니스가 간청했지만 이미 문은 닫혀버린 후였다. 발소리는 복도 쪽으로 사라져버렸다.

이들 뜻대로 되는 일이 하나도 없었다. 주느비에브가 물었다.

"뭐라는 거죠? 왜, 대체 왜 대답도 안 해주는 거죠?"

베르니스는 하마터면, 여기는 파리의 방돔 광장이 아니라고, 작은 호텔들은 배가 부르면 손님을 받지 않는 모양이라고 말할 뻔했다. 그것은 지극히 당연한 일이었다. 그는 아무 말없이 운전석에 앉았다. 그의 얼굴이 땀으로 번들거렸다. 시동도 걸지 않은 채, 그는 번들거리는 포장도로를 뚫어져라 쳐다보고 있었다. 빗방울이 목덜미로 흘러들었다. 그는 지구 전체의 무기력을 그가 해소해야 하는 것 같은 느낌을 받았다. 그리고 다시 또 어리석은 생각이 들었다. 날이 새기만 한다면…….

하지만 이럴수록 정감 어린 말이 필요했다. 때맞춰 주느비에브가 그런 말을 했다.

"이런 건 아무렇지도 않아요. 이게 다 우리의 행복을 위한 거잖아요."

베르니스는 그녀를 쳐다보았다.

"이해해줘서 고마워요."

그는 감동했다. 키스라도 해주고 싶었다. 그러나 이 비와, 이 불편함과 피로감에 그는 다만 그녀의 손만을 잡아주었다. 아까보다 열이 더 올라 있었다. 매 순간, 이 연약한 몸은 조금씩 부서져 가고 있었다. 그는 이런저런 생각들을 떠올리며 침착해지려 애썼다. '뜨거운 그로그 한 잔을 마시게 해주면 아무것도 아닐 거야. 아주 따끈한 걸로 한 잔 줘야지. 그리고 담요로 몸을 꽁꽁 싸주면 될 거야. 이 힘겨웠던 여행을 떠올리며 서로를 바라보고는 웃음 짓게 되겠지.'

그는 막연한 행복감을 느꼈다. 그러나 눈앞에 닥친 현실은 이런 공상과는 얼마나 동떨어져 있던가! 다른 두 곳의 호텔은 아예 나와 보지도 않았다. 그럴 때마다 그는 공상을 다시 해야 했고, 그럴 때마다 공상은 조금씩 현실에서 멀어져갔다. 현실을 살찌워주던 그 공상이 갖고 있던 미약한 힘이 그렇게 사라져갔던 것이다.

주느비에브는 아무 말이 없었다. 그는 그녀가 아무런 불평도 하지 않을 거란 사실을, 그리고 아무런 군말 없이 그저 따라오기만 할 거란 사실을 깨달았다. 그는 몇 시간이고 며칠이고 차를 굴려 갈 수도 있었으나, 이에 대해 그녀는 아무 말도 안 할 것이었다.

'내가 지금 무슨 생각을 하는 거지? 꿈을 꾸고 있는 건가?'

"내 사랑스러운 주느비에브, 많이 아파요?"

"아뇨, 이젠 괜찮아요. 좀 나아졌어요."

그녀는 이제 막 너무 많은 실망감을 느낀 참이다. 그리고 이 모두를 단념해버렸다. 다름 아닌 그를 위해서다. 그가 자신에게 줄 수 없는 것이라면 단념하는 게 낫다고 생각한 것이다. 그건 마치 의욕이 사라져버린 것이나 다름없었다. 그렇게 그녀는 조금씩 더 나아질 것이고, 그러다가 행복마저도 포기하고 말 것이다. 그녀의 상태가 완전히 좋아지고 나면, 아마도 그녀는 '이 얼마나 바보 같은 짓인가? 내가 아직도 꿈을 꾸고 있나 보군.'이라고 생각해버리고 말 것이다.

그들은 에스페랑스 호텔과 앙글르테르 호텔 앞에 차를 세웠다. '비즈니스 여행객 특별 할인'이라는 문구가 쓰여 있었다.

"주느비에브, 내 팔에 기대요⋯⋯. 예, 방 하나 주세요. 그리고 따끈한 그로그 한잔 빨리 가져다주세요! 아내가 많이 아파요. 얼른 뜨거운 걸로 한잔 갖다주세요!"

비즈니스 여행객에게는 특별 할인이라. 어째서 이 구절이 그렇게도 초라하게 느껴진 것일까?

"자, 여기 앉아요. 그럼 좀 나아질 거예요."

부탁한 그로그는 왜 이리 안 올까? 비즈니스 여행객에게는 특별 할인이라……

노쇠한 메이드가 서둘러 달려왔다.

"아이고, 부인. 딱하기도 하셔라. 몹시 떨고 계시는군요. 얼굴은 창백하시고. 물 끓일 주전자라도 하나 가져다드리지요. 14호실입니다. 아주 널찍하고 깨끗한 방이죠. 그럼 손님, 숙박계를 좀 써 주십시오."

잉크 얼룩이 묻은 펜을 손에 들자, 그는 문득 그녀와 자신의 성이 다르다는 것을 깨달았다. 아마도 종업원들이 주느비에브를 이상한 눈으로 바라볼 것 같았다.

'나 때문이야. 어쩌면 이리 융통성이 없는지!'

이번에도 그녀가 도와주었다.

"애인이라고 쓰면 되지 않을까요?"

그들은 파리에 대해, 앞으로 일어날 추문에 대해, 당황해 어쩔 줄 몰라 하는 친지와 이웃 사람들에 대해 생각했다. 아주 곤란한 일이 지금 막 그들 앞에 나타난 것이다. 그러나 그들은 서로의 생각을 읽게 될까 두려워 입을 다물 수밖에 없었다.

베르니스는 엔진이 속을 썩인 일이나, 빗방울 몇 개 맞은 일, 호텔을 찾느라 헤맨 10여 분을 빼고는 지금까지 정작 문제라고 할 수 있는 아무것도 일어나지 않았음을 깨달았다. 그들이 극복

했다고 생각했던 힘 빠지는 난관들이 그들 자신에게서 비롯되고 있었다. 주느비에브도 결국 그 자신에게 불평을 하고 있던 것이었고, 그녀 자신에게서 떼어놓으려 했던 것이 너무도 강력했던 나머지 이미 주느비에브 그 자신은 만신창이가 되어버리고 말았다.

그는 그녀의 두 손을 잡았다. 그러나 여전히 그 어떤 말도 소용없으리란 걸 잘 알고 있었다.

그녀는 잠이 들었다. 그의 생각이 미친 곳은 그녀와 나누게 될 사랑이 아니었다. 하지만 이상하게도 그는 몽상에 잠겼다. 지나간 일들에 대한 회상이었다. 램프의 불길이 꺼져가는 듯했다. 서둘러 램프에 기름을 부어 꺼지지 않게 해야 한다. 그리고 그 자신이 만들어내고 있는 강한 바람으로부터도 램프의 불길을 지켜줘야 한다.

하지만 이 초연함은 무엇인가. 그는 차라리 그녀가 재물에라도 욕심을 내기를 바랐다. 상처받고 감동하며, 또 소리라도 질러서 갖고 싶은 것을 갖고 마는 아이처럼 굴기를 바랐다. 그러면 비록 그의 형편이 보잘것없다 할지라도, 그녀에게 줄 게 많았을 텐데 말이다. 하지만 그는 배고프지 않은 이 소녀 앞에서 초라하게 무릎을 꿇고 있지 않은가.

9

"아뇨, 그냥 좀…… 내버려둬 줄래요…… 아…… 벌써 그렇게 됐나……."

베르니스는 일어나 있었다. 꿈속에서의 그는 마치 무거운 배를 끌고 가는 예인선처럼 몸짓 하나하나가 버거웠다. 자아의 심연으로부터 힘겹게 자아를 끌어올리는 사도의 몸짓과도 같았다. 그의 발걸음 하나하나가 마치 무희의 스텝처럼 의미심장했다.

"주느비에브……."

그는 방 안을 이리저리 서성거렸다. 그 꼴이 참으로 우스웠다.

새벽은 이제 유리창의 더러움을 드러내고 있었다. 지난밤의 유리창은 짙은 푸른색이었다. 램프 불빛을 받아 사파이어의 깊은 색을 품고 있었다. 지난밤의 유리창은 멀리 별나라에까지 닿아 있었다. 꿈을 꾼다. 상상을 해본다. 뱃머리에 서 있다.

주느비에브는 자기의 몸쪽으로 무릎을 오그렸다. 피부가 덜 구워진 빵처럼 물렁거리는 느낌이었고, 심장이 너무 빨리 뛰어 아플 지경이었다. 마치 달리는 기차 안에서 차축의 박자에 맞춰 규칙적으로 뛰고 있는 듯했다. 차창에 이마를 대면 바깥의 풍경이 삽시간에 흘러간다. 그 풍경들은 검은 덩어리처럼 되어 마침내 지평선의 품속으로 평온하게 감싸진다. 죽음처럼 달콤하다.

그녀는 자신을 붙잡아달라고 소리치고 싶었다. 사랑으로 감싸 안는 두 팔은 상대의 과거, 현재, 미래를 함께 감싸 안아준다. 사랑으로 감싸 안는 두 팔은 당신 전부를 그러안아 준다.

"괜찮아요······ 그냥 좀 내버려 둬 주세요······."

그리고 그녀는 자리에서 일어났다.

10

베르니스는 이 결정이 자신들의 의지와 무관하게 이뤄진 것이라고 생각했다. 모든 게 이렇다 할 대화도 오고 가지 않은 채 진행됐다. 이렇게 돌아가는 게 어쩌면 준비된 각본이 아니었나 하는 생각마저 들었다. 몸이 이렇게 아픈 상태에서는 여행을 계속할 수 없는 상황이었다. 나중이 되면 알겠지. 에를랑 또한 멀리 갔다 오느라 잠시 자리를 비운 상태였으므로, 모든 건 곧 원래대로 자리를 잡을 것이었다. 베르니스는 모든 게 이토록 간단해 보일 수 있다는 것에 매우 놀랐다. 실상은 그렇지 않다는 것 또한 그는 잘 알고 있었다. 수월하게 처신할 수 있는 건 바로 그들이었다.

게다가 그는 그 자신에 대해서도 의심이 들기 시작했다. 그는 이번에도 환상 앞에 주저앉고 말았음을 잘 알고 있었다. 하지만 그 환상의 깊이란 얼마나 되던가? 오늘 아침, 잠에서 깨어나며 그는 이 낮고도 초라한 천장 앞에서 곧 생각에 잠겼었다.

'그녀의 집은 한 척의 배 같았다. 이 집은 세대에서 세대로 전해졌지. 여기든 저기든 여행의 방향은 정해져 있지 않지만, 표가 있다는 것, 객실이 있고 노란색 트렁크가 있다는 것만으로도, 배에 몸을 싣는다는 것만으로도 얼마나 안심이 되는가.'

그는 아직 자신이 괴로움을 느끼고 있는 것인지 알 수가 없었다. 그는 그저 경사진 길을 따라가고 있었을 뿐이고, 미래는 대책 없이 다가오고 있었기 때문이다. 사람이란 포기하고 나면 괴로움을 느끼지 못하는 법이다. 심지어 슬픔에 대해서조차 되는 대로 몸을 맡겨버리고 나면 고통은 더 이상 느껴지지 않는다. 나중에 몇몇 장면을 회상하며 그는 고통을 느끼게 될 것이다. 따라서 그는 자신들이 맡은 바 역할의 제2막을 편안하게 연기할 수 있음을 알고 있었다. 몇몇 장면들은 이미 예고되어 있었기 때문이다. 여전히 잘 돌아가지 않는 엔진에 박차를 가하면서 그는 그런 생각을 했다. 어쨌든 도착은 할 것이다. 비탈길을 따라가고 있으니까. 그러나 늘 그렇듯이 목적지까지는 내리막길 그림자가 붙어 다녔다.

퐁텐블로(파리와 상스의 중간쯤에 위치한 소도시) 근처에서 그녀는 갈증이 난다고 했다. 시골 풍경 하나하나가 낯이 익은 곳이었다. 베르니스는 자연스레 안정됐다. 그는 마음이 놓였다. 낯이 면 떠오르는 필연적 풍경이었다.

그들은 허름한 가게에 들러 따뜻한 우유를 주문했다. 서두를

308

필요가 뭐 있겠는가? 그녀는 우유를 조금씩 나눠 마셨다. 서두를 필요가 뭐 있겠는가? 이들에게 일어나는 모든 일들은 필연적인 것이었다. 늘 그렇듯 이 필연성의 이미지다.

그녀는 한결 부드러워진 모습이었다. 그녀는 이런저런 일들에 대해 그에게 고마움을 표했다. 그들의 관계는 어제보다 훨씬 여유가 있어 보였다. 그녀는 문간에서 모이를 쪼아 먹고 있는 작은 새를 가리키며 미소를 짓기도 했다. 문득 그녀의 얼굴이 새로워 보였다. 이런 얼굴을 언제 본 적이 있던가?

그렇다. 그건 여행객의 얼굴이었다. 잠시 자신의 삶에서 벗어난 여행객의 얼굴이었다. 플랫폼에 서 있는 여행객의 얼굴. 이미 얼굴에 웃음이 서려 있고, 이유를 알 수 없는 흥분기가 느껴지는 그런 얼굴이다.

그는 다시금 그녀를 바라보았다. 고개를 숙이고 상념에 잠긴 듯한 그녀의 옆모습이 보였다. 그녀가 조금이라도 고개를 돌렸다면, 그는 그녀를 잃어버리고 말았을 것이다.

그녀는 여전히 그를 사랑하고 있는지 모른다. 그러나 연약한 소녀와 다를 바 없는 이 여자에게서 너무 많은 것을 요구하면 안 된다. 물론 그는 '당신에게 자유를 돌려주겠소.'라는 식의 한심한 문장은 내뱉을 수 없었다. 그는 자신이 무엇을 할 것인지, 자신의 미래에 대해 이야기했다. 그가 계획하고 있던 삶 속에서 그녀는 포로가 아니었다. 그에게 고마움을 표하기 위해, 그녀는 작은 손을 그의 팔에 얹었다.

"당신은 내 전부예요. 사랑하는 당신······ 당신이 내 전부예요."

그건 사실이었다. 하지만 그는 이 말을 듣고, 자신들이 서로 인연이 아님을 깨달았다.

그녀는 고집스러우면서도 상냥한 사람이었다. 완강하고 가혹하며 모순된 구석이 있었지만, 본인은 그 사실을 몰랐다. 하찮은 물건일지언정 무슨 수를 써서라도 지켜내고 마는 사람이었다. 그녀는 조용하고도 상냥한 사람이었다.

그녀는 남편인 에를랭과도 인연이 아니었다. 그 또한 그 사실을 알고 있었다. 남편에게로 돌아가서 다시 이전의 삶을 살아가겠다던 얘기가 그에게는 괴롭게만 들렸다. 그렇다면 그녀의 인연은 무엇이었을까? 지금의 그녀 모습이 고통스러워 보이지는 않았다.

이들은 다시 길을 떠났다. 베르니스는 왼쪽으로 고개를 돌렸다. 괴롭지 않으리란 사실을 잘 알고 있었다. 다만 자기 안에 살고 있는 바보 하나가 크게 상처를 입어 뭐라 설명할 수 없는 눈물을 흘리고 있을 뿐이었다.

파리는 조용했다. 그다지 대수로운 일은 없었다.

11

그 모든 게 다 무슨 소용이란 말인가? 도시는 그의 주변에서 부질없는 소란을 떨고 있었다. 그 번잡함 속에서 그는 아무것도 얻을 수 없다는 사실을 잘 알고 있었다. 그는 자신과는 아무 상관없는 군중들 사이를 거슬러 천천히 올라가면서 생각에 잠겼다.

'내가 있을 때나 없을 때나 이곳은 늘 똑같군.'

그는 머지않아 떠날 것이다. 차라리 잘됐다. 그는 자신이 하는 일이 물질의 끈으로 얽혀 있어 어쩔 수 없이 다시 현실로 돌아가게 되리라는 것을 알고 있었다. 또한 일상생활에서는 사소한 일이라도 매우 중요해지고, 정신적 황폐함도 그 의미가 다소 퇴색된다는 점을 알고 있었다. 기항지에서 오가는 농담 몇 마디 또한 나름의 맛을 지니게 될 것이다. 이상하긴 했지만 분명한 사실이었다. 하지만 그는 그 자신에 대해서도 흥미가 없는 상태였다.

그는 마침 노트르담 사원을 지나던 길이어서 그 안으로 들어갔다. 그는 너무 많은 인파에 놀라 기둥 뒤로 몸을 피했다. 그는 대체 왜 이곳에 들어온 걸까? 본인도 그 이유가 궁금했다. 어쨌든 다소간의 시간적 여유가 있어 그곳에 들른 것만은 분명했다. 밖에서의 시간은 아무런 의미 없이 흘러가 버리지 않던가. 그렇다. '밖에서의 시간은 아무런 의미 없이 흘러가지.' 그는 또한 자신에 대해 다시 한번 생각해볼 필요성을 느꼈다. 그리하여 그는 정신적인 규율에라도 의존하는 것처럼 신앙에 몸을 맡겨버린 것이다. 그리고 스스로 타일렀다. '만약 나 자신을 표현해주고 나를 추슬러주는 한마디를 찾아낸다면, 그것이 나에게는 진실이 될 것이다.' 그러고는 힘없이 이렇게 덧붙였다. '그래도 나는 그 말을 믿지 않을 테지.'

문득 그는 자신이 아직도 머나먼 뱃길 여행을 하고 있는 듯한 느낌이 들었으며, 그렇게 도망치려는 시도로 자신의 삶 전체가 허비되었다는 생각이 들었다. 그리고 설교의 시작은 마치 하나의 출발 신호탄처럼 그를 불안하게 했다.

"천국은⋯⋯."

설교가 시작되었다.

"천국은⋯⋯."

신부는 널따란 설교단의 가장자리에 두 손을 얹고 신도들을 향하여 몸을 굽혔다. 빼곡히 들어찬 신도들은 모든 것을 빨아들여 자양분을 얻으려는 듯하였다. 갑자기 갖가지 영상이 범상치 않은 확신과 더불어 그의 뇌리를 스쳐갔다. 신부는 그물에 걸린 물고기가 떠오른 듯 곧바로 이어갔다.

"갈릴리의 어부가⋯⋯."

신부는 오랫동안 사람들의 기억 속에 남을 만한 단어들만 사용했다. 그는 신도들에게 느릿느릿 영향력을 행사하고 있었으며, 달리기 선수가 보폭을 늘려가듯 서서히 목소리를 높여갔다.

"만일 여러분이, 그 끝없는 사랑을 아신다면……."

그는 다소 숨을 헐떡거리며 잠시 말을 끊었다. 감정이 너무 북받쳐 오른 탓에 설교를 이어가기가 힘들었기 때문이다. 그가 보기엔 지극히 진부한 단어 하나까지도 너무 많은 의미를 담고 있는 것 같았다. 또한 신부는 더 이상 할 말 안 할 말에 대한 분별 능력을 상실한 듯 보였다. 밀랍 양초의 불빛은 그에게 밀랍의 얼굴을 만들어주었다. 신부는 몸을 일으켜 세우고 두 손은 설교대에 받친 채 고개를 쳐들고 몸을 빳빳이 세워 올렸다. 그가 긴장을 풀면 신도들도 바닷물 출렁이듯 다소 술렁거렸다.

이어 신부는 머릿속에 단어들을 떠올린 뒤 포문을 열었다. 이번에는 놀랄 만한 확신을 갖고 설교를 해나갔다. 신부는 자신의 힘이 얼마나 센지 아는 하역 일꾼의 경쾌함을 보여주었다. 설교는 마치 누군가가 그에게 짐을 건네주듯 외부에서 전달된 힘이 그의 속으로 들어갔다가, 다시 그 입을 통해 나오는 것 같았다. 그런 식으로 신도들에게 전달하려는 내용과 이미지가 막연하게나마 그의 내부에서 떠오르는 것 같았다.

설교는 이제 막바지에 다다르고 있었다.

"나는 모든 생명의 근원이로다. 나는 그대들에게로 파고들어가 그대들을 소생시켜주고 다시 밖으로 빠져나오는 밀물과 썰물 같도다. 나는 그대들 속으로 들어가 마음을 어지럽히고 물러나는 악이로다. 그대들 속에 들어가서 영원히 남아 있는 사랑이로다.

그대들은 제4복음서와 마르키온(최초의 이단자)을 내세우며 나에게 대항하려 하도다. 그리하여 복음서에 없는 변조된 말을 하고 있도다. 그대들은 내게 대항하여 인간의 저 하찮은 논리를 들먹이고 있으나, 나는 거기에서 초월해 있는 자요, 바로 그 논리로부터 나는 그대들을 구원해주고 있도다.

죄인들아, 내가 하는 말을 알아들을지어다. 나는 그대들을, 그대들의 학문에서, 그대들의 공식에서, 그대들의 율법에서, 그대들의 정신적 노예살이에서, 숙명보다 더 가혹한 결정론에서 자유롭게 해주노라. 나는 갑옷의 벌어진 틈이자 감옥의 창살이며, 계산상의 오류로다. 나는 곧 삶이니라.

그대들은 별들의 운행을 이론으로 만들어 버렸다. 실험실에서 연구하는 이들이여, 그대들은 이제 별들의 운행에 대해 더 이상 알지 못하게 되었도다. 이는 그대들이 학습하는 책 속에서 하나의 기호로만 나타날 뿐, 그 빛은 더 이상 존재하지 않는다. 그대들은 어린아이보다도 모르게 되었도다. 그대들은 인간의 사랑을 지배하는 법칙까지 발견하였으나, 이 사랑 또한 그대들의 기호에서 벗어난다. 그대들은 한낱 어린 소녀보다도 사랑에 대해 알지 못하는 자들이 되어버렸도다. 괜찮다, 내게로 오라. 이 감미로운 빛과 이 빛나는 사랑을 내 그대들에게 돌려주리라. 나는 그대들을 노예로 삼으려는 게 아니라 그대들을 구원해주려는 것이니라. 처음으로 만유인력의 법칙을 계산하여 그대들을 그 속박 속에 가두었던 자로부터 그대들을 해방시켜 주리라. 내 집만이 유일하게 그대들을 구원해줄 곳일진대, 내 집 밖에서 그대들은 무엇이 되겠는가?

나의 거처 밖에서, 뱃머리 위로 부딪치는 바닷물의 흐름같이 모든 시간의 흐름이 온갖 의미로 충만한 이 선박의 바깥에서, 그대들은 과연 무엇이 되겠는가? 무릇 바닷물의 흐름이란 소리는 내지 않아도 섬들을 솟아오르게 하는 힘을 가지고 있다. 그게 바로 바닷물의 힘이니라.

"내게로 오라. 헛된 노력의 쓰라림을 맛본 그대들이여, 내게로 오라."

"내게로 오라. 법칙밖에 이끌어내지 못하는 생각의 쓰라림을 맛본 그대들이여, 내게로 오라……."

신부는 두 팔을 활짝 벌렸다.

"나는 거두어주는 자이니라. 나는 세상의 죄악을 짊어졌노라. 나는 어린 양을 잃은 짐승들과 같은 그대들의 비애와 불치병을 짊어졌도다. 그에 따라 그대들은 슬픔을 덜어내게 되었도다. 하지만 오늘날을 살아가는 그대들의 죄악은 더욱 끔찍하고 더욱 치유하기 힘든 상태이다. 하지만 나는 다른 것과 마찬가지로 오늘날의 이 죄악을 짊어질 것이니라. 더욱 무거운 영혼의 굴레라도 나는 이를 짊어지고 갈 것이니라. 나는 세상의 모든 짐을 짊어지는 자이니라."

베르니스의 눈에는 좌절한 신부의 모습이 보였다. 신의 계시를 얻기 위한 부르짖음이 아닌 탓이었다. 그가 스스로 자문자답했던 탓이었다.

"그대들은 장난하는 어린아이와 같도다. 매일매일 헛된 노력으로 기력을 소진하는 그대들이여, 내게로 오라. 그대들의 노력에 내가 의미를 부여해주리라. 이 노력은 그대들의 마음속에 자리 잡을 것이고, 나는 이를 그대들의 인생으로 만들 것이니라."
그의 설교는 신도들 사이를 파고들었다. 신부의 설교는 더 이상 베르니스의 귀에 들어오지 않았으나, 그가 했던 말속에 무언가가 하나의 동기처럼 그에게 전해져왔다.

"나는 이를 그대들의 인생으로 만들 것이니라······."
베르니스는 시름에 잠겼다.

"오늘날의 연인들이여, 내게로 오라. 메마르고 가혹하며 절망적인 사랑을 내가 그대들의 인생으로 만들어 주리라. 내게로 오라. 육체에 대한 갈망과 서글픈 후회를 내가 그대들의 인생으로 만들어 주리라."
베르니스는 비애감이 점점 더 커지는 걸 느꼈다.

"나는 인간에게 감탄했던 자이기 때문이니라······."

316

베르니스는 혼란스러웠다

"나만이 인간을 인간답게 되돌려줄 수 있는 자이로다."

신부는 입을 다물었다. 지친 그는 제단 쪽으로 몸을 돌렸다. 신부는 여태껏 자신이 찬양해온 하느님을 경배했다. 그는 마치 모든 것을 바친 사람처럼, 육신의 기력이 다한 것도 무슨 제물이기나 한 것처럼 자기 자신을 미천한 존재로 여겼다. 그는 무의식중에 자기 자신을 그리스도와 동일시했다. 제단 쪽으로 돌아선 그는 놀랍도록 천천히 말을 이어갔다.

"전능하신 아버지시여, 저는 저들을 믿었나이다. 그게 제 삶을 전부 내어준 까닭이옵니다……."

그는 마지막으로 신도들을 굽어보며 덧붙였다.

"그대들을 사랑하기에……."

이어 그는 몸을 떨었다. 베르니스는 장내의 고요함이 범상치 않게 느껴졌다.

"아버지의 이름으로……."

베르니스는 생각했다.

'이 얼마나 절망스러운가! 하나님의 가르침은 다 어디로 갔단 말인가? 나는 하나님의 가르침을 듣지 못했다. 내가 들은 건 오직 완벽하게 절망스러운 하나의 외침이었을 뿐이다.'

베르니스는 밖으로 나왔다. 곧 가로등이 켜질 시간이다. 그는 센 강변을 따라 걷기 시작했다. 나무는 움직임 없이 서 있었고,

317

어지럽게 늘어져 있던 나뭇가지는 황혼 녘의 어스름에 꼼짝없이 잡혀 있었다. 베르니스는 계속 걸었다. 이제 마음이 잔잔해졌다. 하루가 끝나가며 평온함을 안겨주었다. 문제 하나가 해결되었을 때 찾아오는 그런 평온함이다.

그러나 이 황혼 빛은…… 폐허가 된 제국을 위해 사용되는 너무나도 연극적인 배경 같았다. 패잔병들 머리 위로 내려앉는 황혼 무렵을 표현하기 위해, 연약한 사랑의 끈이 끊어진 연인들의 분위기를 표현하기 위해, 그렇게 사용되다 다음 날이면 다른 극을 위해 사용될 그런 배경 같았다. 스산한 저녁에는, 삶이 마지못해 나아가는 경우에는 장차 어떤 비극이 펼쳐질 것인지 몰라 불안감을 조성하는 그런 배경 같았다. 아, 이렇듯 인간적인 불안으로부터 그를 구해줄 무언가가 필요했다.

그때 가로등에 일제히 불이 들어왔다.

12

택시와 버스들이 뒤엉켜 있다. 말로 표현할 수 없을 정도로 번잡하다. 베르니스, 그냥 길을 잃어버리는 것도 좋지 않겠는가? 아둔한 사람 하나가 아스팔트에 붙박이로 서 있다. "갑시다, 좀 비켜서요." 인생에서 단 한 번 만나는 여자들이다. 단 한 번뿐인 기회다. 저기 몽마르트르에서는 더욱 생생한 불빛이 흘러나온다.

벌써 거리의 여자들이 치근거린다. "세상에, 어서요!" 저쪽에서는 또 다른 여자들이 오고 있다. 에스파냐의 창녀들이 보석 상자처럼 지나간다. 그 속에 있으면 예쁘지 않은 여자들도 그럴듯해 보인다. 수백 프랑에 달하는 진주를 목 위에 꿰차고 손에는 주렁주렁 반지를 끼고 있다. 고깃덩이인 온몸을 사치로 휘감은 모습이다. 안절부절못하는 여자가 하나 또 있다.

"이거 놔! 이 호객꾼 녀석, 내가 널 모를 것 같아? 저리 가! 날 좀 지나가게 해달라고. 나도 먹고살아야지!"

이 여자는 베르니스 앞에서 밤참을 먹었다. 여자는 뒤쪽이 V자 모양으로 깊게 파여 등이 훤히 다 드러난 이브닝드레스를 입고 있었다. 베르니스는 여자의 목덜미와 훤히 드러난 어깨, 눈부실 정도로 맨살이 보이는 등만을 바라봤다. 빠르게 온몸에 전율이 흘렀다. 항상 새롭게 만들어지는 이 여체, 언제나 손에 넣을 수 없게 하는 실체, 그것이었다. 여자가 고개를 숙이고 한 손으로 턱을 괸 채 담배를 피우고 있었기 때문에 그는 그녀의 등 쪽에서 펼쳐지는 허허벌판밖에는 볼 수가 없었다. '마치 벽 같군.' 그는 생각했다.

댄서들이 춤을 추기 시작했다. 스텝은 유연했고, 발레의 혼이 저들에게 영혼을 빌려주었다. 베르니스는 저들의 움직임을 균형 있게 끊어주는 이 리듬을 좋아했다. 금방이라도 흐트러질 수 있는 균형이었으나, 댄서들은 늘 놀라우리만큼 확실하게 균형을 되찾았다. 그녀들은 이제 막 제대로 이미지가 구축되려는 찰나에 균형이 흐트러지면 어떡할지를 늘 걱정하였고, 또한 휴식이나 죽음과 같은 순간에 다다르면 이렇게 구축해놓은 모양을 어떻게 하면 동작으로 풀어낼 수 있을까를 염려하였다. 이는 욕구의 발현이기도 했다.

그의 앞에 있는 저 신비로운 등은 호수 표면처럼 매끄러웠다. 하지만 가벼운 몸짓, 생각이나 떨림만으로도 수면은 커다란 파장을 일으키며 출렁거렸다. 베르니스는 생각했다.

'내게는 저기 저 아래 어둠 속에서 요동치는 모든 것이 필요하다.'

댄서들은 모래 위에 몇 가지 수수께끼 같은 동작을 그려 보이고 이를 흔적도 없이 지워버린 뒤 객석에 인사했다. 베르니스는 그중 가장 경쾌하게 추었던 댄서를 손짓해 불렀다.

"춤을 잘 추는군."

그는 잘 익은 과육 같은 여자 몸의 체중을 짐작해봤다. 생각보다 무게가 있음에 그는 매우 놀랐다. 풍만한 몸매였다. 여자는 자리에 앉았다. 그녀의 시선은 강렬했고, 미끈한 목덜미는 황소의 목덜미를 연상시켰다. 또한 그녀의 몸에서 유연성이 가장 떨어지는 관절 부위였다. 여자의 얼굴은 세련되어 보이는 편은 아니었으나, 전체적으로 얼굴에서부터 몸 전체를 감싸는 평온함이 묻어났다.

베르니스는 여자의 머리카락이 온통 땀에 젖어 착 달라붙어 있는 것을 발견했다. 분장한 피부 안쪽으로는 주름이 팬 것이 보였고, 차림새는 후줄근했다. 춤추기를 마친 그녀는 무언가 나사하나가 빠진 듯 모자라 보였고 서툴러 보였다.

"무슨 생각을 그렇게 하죠?"

그녀가 어색하게 물어왔다.

밤에 부산떠는 모든 건 저마다 나름의 의미가 있다. 웨이터의 움직임, 택시 기사 및 호텔 지배인의 움직임 등 모든 움직임에 의미가 있었다. 이들은 자신의 직업을 수행한 것이었고, 그 노력으로 말미암아 그의 앞에 이 샴페인 잔이 놓이고 이 지쳐 있는 여인이 앉아 있는 것이었다.

베르니스는 직업이라는 무대를 통해서 인생을 바라봤다. 거기에는 선도, 악도, 감정의 동요도 없었다. 오로지 한 팀을 이루고 있는 사람들처럼 판에 박히고 중립적인 노동만이 있을 뿐이다. 동작 하나하나를 집결시켜 이로써 하나의 언어를 만들어내는 이 춤 또한 이방인의 방식으로만 말할 수 있을 뿐이었다. 오직 이방인만이 그 의미를 파악할 수 있었으며, 이곳 사람들은 모두 그 의미를 잊은 지 오래였다. 똑같은 아리아를 수백 수천 번 연주하는 음악가가 자신이 연주하는 곡의 의미를 잃어버리는 것과 같은 이치다. 여기에서 댄서들은 투사되는 조명을 받으며 스텝을 밟고 표정을 지어 보였지만 어떤 생각을 하고 있는지는 도통 알 수가 없었다. 어떤 이는 아파오는 다리 생각만 했을 것이고, 또 어떤 이는 무대가 끝난 뒤 연인과의 데이트 생각을 했을 것이다. '빚이 100프랑인데······'라는 생각을 한 이가 있는가 하면, 시종일관 '힘들어.'라는 생각을 한 이가 있었을 것이다.

이미 그의 흥분기는 완전히 가시고 난 뒤였다. 그는 속으로 이렇게 생각했다. '아가씨는 내가 원하는 걸 아무것도 해줄 수가 없어.'

하지만 그는 외로움이 너무나도 지독했던 나머지, 그녀를 필요로 하게 되었다.

13

여자는 너무나도 말이 없는 이 남자가 두려웠다. 한밤중에 깨어나 옆에서 잠든 그를 보고 있자니, 자신이 사람들에게 잊힌 채로 인적 없는 백사장에 홀로 버려진 듯한 느낌이 들었다.

"나 좀 꼭 안아주세요!"

그래도 여자는 폭발적인 애정을 느끼고 있었다. 하지만 이 몸뚱이 안에는 어떤 인생이 갇혀 있는 것인지, 저 딱딱한 두개골 속에는 어떤 꿈이 묻혀 있는 것인지, 도통 알 수가 없었다. 그의 곁에 모로 누워 있자니, 여자는 마치 파도가 밀려왔다 밀려가는 것처럼 남자가 들이쉬었다 내쉬었다 하는 호흡의 기운을 느낄 수가 있었다. 먼바다를 횡단하는 불안감이 엄습했다. 그의 살갗에다 귀를 대어보면 발동기 돌아가는 소리 같기도 하고 무언가를 부숴대는 해머 소리 같기도 한 둔탁한 심장 박동 소리가 들리는데, 이때 그녀는 손에 닿지 않는 무언가가 빠르게 빠져나가는 느낌을 받았다. 적막이 흐르는 가운데, 그녀가 한마디 입을 열자, 그가 꿈속에서 빠져나온다. 그녀는 자신이 던진 말과 그가 대답하는 말 사이에 번개가 칠 때처럼 하나, 둘, 셋 하고 얼마간의 시간 간격이 있는지 세어본다. 그는 마치 저 멀리 들판 너머에 있는 것 같았다. 그가 눈을 감으면 그녀는 죽은 사람만큼 무거운 머리를 돌덩이 들어 올리듯 힘겹게 들어 올렸다. '당신, 대체 뭐가 그리 슬픈 거야⋯⋯.'

참으로 기이한 동행자다.

서로 나란히 누워 있는 두 사람은 서로 말이 없었다. 나와 타인의 삶이란 강물 물줄기 나뉘듯 갈라지는 법이다. 영혼은 눈앞이 아찔할 정도로 빠르게 달아나버리고, 몸은 앞으로 튀어 나가는 카누처럼 쏜살같이 빠져나간다.

"지금이 몇 시지?"

그는 사태를 파악해본다. 정말 이상한 여행이었다.

"오, 내 사랑!"

그녀는 물에서 건져낸 듯한 헝클어진 머리를 뒤로 젖히며 그에게 달라붙었다. 잠에서 깨어나거나 정사를 끝마친 여자는 바다에서 건져낸 것처럼 이마에 머리카락이 달라붙어 흐트러진 모습을 보여준다.

"지금이 몇 시지?"

시간은 왜 자꾸 묻는 걸까? 이곳에서의 시간은 외따로 떨어져 있는 시골 간이역처럼 0시, 1시, 2시, 이렇게 뒤로 물러나 사라지는 것 같았다. 잡아둘 수 없는 무언가가 손가락 사이사이로 빠져나가는 느낌이었다. 늙는다는 것, 그건 아무것도 아니다.

"백발이 된 당신 모습과 그 옆에 얌전히 동무하고 있는 내 모습이 너무나도 눈에 선해요……."

늙는다는 것, 그건 아무것도 아니다.

하지만 허비해버린 이 시간, 무언가 다른 듯한 이 고요함, 아직도 조금 더 멀리 있는 듯한 느낌, 바로 그런 게 피곤함을 몰고 왔다.

"당신 고향 얘기 좀 해줘요."

"거기는……."

베르니스는 그곳에 대해 이야기한다는 게 불가능함을 알고 있다. 도시, 바다, 고향, 모두 마찬가지다. 왠지 모르게 떠오르는 막연한 심상이 있긴 하나, 뭐라 딱히 꼬집어 설명할 순 없다.

그는 손으로 이 여인의 허리를 만져본다. 사람의 몸 가운데 가장 무방비인 곳이다. 여체, 살아 숨 쉬는 육체 중 가장 꾸밈없는 알몸이자, 가장 달콤한 빛을 발하는 알몸이다. 그는 여체에 활기를 불어넣어 주며 태양처럼 뜨겁게, 내부 기온이 오르는 것처럼 은근하게, 그렇게 여체를 데워주는 이 신비로운 삶에 대해 생각해봤다. 베르니스는 그녀가 다정하지도, 그렇다고 예쁘지도 않다고 생각했다. 하지만 그녀는 포근한 사람이었다. 동물처럼 포근함을 안겨주는 그런 사람. 그녀에겐 생동감이 있었다. 또한 그녀의 심장은 쉼 없이 뛰고 있었다. 그녀의 심장은 자신의 것과 달리 몸속에 가둬진 샘과 같이 느껴졌다.

 그는 몇 초 동안 자기 몸속에서 치솟아 올라 미친 새처럼 날개를 퍼덕이다 죽어버린 관능의 쾌락을 생각해 본다. 그런데 지금은⋯⋯.

 지금 유리창에서는 하늘이 파르르 떨리고 있다. 남자의 욕망에 굴복하여 사랑을 나눈 뒤, 완전히 무너져버린 여인이 여기 있다. 영예를 박탈당한 여인이 여기 있다. 여인은 차디찬 별들 가운데로 내쳐졌다. 마음의 풍경이란 이렇듯 빠르게 변해가는 것이다⋯⋯. 욕망을 거치고, 애정을 거치고, 불의 강을 건넌 뒤에는 그렇듯 빠르게 변해버리고 만다. 이제는 육체를 탈피하여 순수하고 냉정하게 저 바다를 향한 뱃머리에 서 있다

14

말끔하게 정돈된 기차 안 휴게실은 플랫폼과 비슷한 분위기를

자아냈다. 베르니스는 파리에서 기차를 기다리느라 무려 한 시간을 허비했다. 차창 유리에 이마를 기댄 채, 베르니스는 사람들의 모습이 지나가는 걸 바라본다. 그는 이 흐름에서 멀리 떨어져 있다. 저마다 무언가 계획을 하나씩 구상하며 바쁘게 움직인다. 그와는 무관한 일들이 서로 긴밀하게 연결되어 있다. 지금 지나가는 이 여인은 열 걸음 정도를 간신히 내디딘 뒤 다른 시간에 속한 사람이 되고 만다. 저기 저 군중들은 눈물과 웃음을 안겨주던 생명체였다. 그리고 지금 저 군중은 죽은 자들의 행렬처럼 보인다.

제3부

1

유럽과 아프리카는 낮 동안 여기저기서 있었던 폭풍우 뒤처리를 하면서 분주히 밤을 보낼 채비를 했다. 그라나다의 폭풍우는 잠잠해졌고, 말라가에서는 비로 바뀌었다. 하지만 어떤 지역에서는 여전히 돌풍이 요동을 치며 나뭇가지와 잎사귀를 뒤흔들어놓았다.

툴루즈, 바르셀로나, 알리칸테에서는 우편기를 서둘러 떠나보내고 나서, 장비들을 정리하고 비행기를 안으로 들인 뒤, 격납고

문을 닫았다. 낮에 우편기가 지나가기로 되어 있는 말라가에서는 따로 조명등을 준비할 필요가 없었다. 게다가 우편기는 착륙하지도 않을 예정이었다. 오늘 역시 아프리카의 해안으로는 눈길도 주지 못한 채 오로지 나침반만 들여다보면서 20미터의 저공비행으로 해협을 건너가야 할 판이다. 세찬 서풍은 바다를 움푹움푹 패어놓았고, 파도는 하얗게 부서졌다. 정박해 있던 배들은 바람 속에서 심하게 흔들렸고, 뱃머리가 바람에 노출된 범선들은 바다 한가운데 떠 있는 것처럼 격렬하게 흔들렸다. 동쪽으로는 지브롤터 해협에서 저기압이 형성되어 비가 억수로 퍼붓고 있었다. 서쪽으로는 구름이 한층 더 높이 올라갔다. 바다 저편 탕헤르에서는 비가 세차게 쏟아지는 가운데 안개가 피어올랐다. 비가 너무나도 억수같이 쏟아져서 마치 도시를 헹구어주는 느낌이 들었다. 지평선에는 뭉게구름이 빽빽이 층을 이루고 있었지만, 라라슈 쪽으로 가면서는 청명한 하늘이 모습을 드러냈다.

  카사블랑카는 탁 트인 맑은 하늘 아래서 마음껏 숨을 쉬고 있었다. 정박해둔 범선들은 전투를 끝마친 양 항구를 수놓고 있었다. 폭풍우가 한바탕 휘젓고 간 바다 표면은 기다란 물결이 부챗살 모양으로 퍼져나가고 있을 뿐, 다른 건 아무것도 없었다. 해질 무렵 평야는 더욱 선명한 초록빛을 띠었고, 물처럼 깊어 보였다. 도심 곳곳은 여전히 비에 젖어 반짝거렸다. 발전소의 전기기사들은 손을 놓고 기다리는 중이었다. 아가디르 비행장의 기사들은 비행기가 도착하려면 아직 4시간 정도의 여유가 있었기 때문에 시내에 나가 저녁 식사를 했다. 포르에티엔, 생 루이, 다카르의 직원들은 한숨 잘 수도 있는 시간이었다.

 저녁 8시, 말라가의 무선국에서 다음과 같은 통보가 왔다.

무전: 우편기 착륙하지 않고 통과.

 카사블랑카에서는 조명 장치의 작동 여부를 점검했다. 붉은 항공 표지등의 불빛이 밤하늘의 한 귀퉁이를 직사각형으로 오려내는 듯했다. 여기저기 등이 나간 램프는 마치 군데군데 이가 빠진 것 같은 형상이었다. 이어 두 번째 차단기가 올라가자, 표지등이 켜지면서 우윳빛과 같은 뽀얀 빛다발이 비행장 중앙으로 쏟아져 나왔다. 빠진 거라곤 배우밖에 없는 완벽한 무대였다. 반사경의 방향이 바뀌었다. 눈에 띄지 않는 빛줄기가 젖은 나무에 걸렸다. 나무는 수정처럼 반짝거렸다. 그런 다음 하얀 가건물이 위용을 드러냈고, 건물 그림자가 한 바퀴 원을 그린 뒤 건물은 곧 자취를 감추었다. 끝으로 할로겐 탐조등 빛줄기가 다시 아래로 내려오며 제자리를 찾았고, 비행기를 위해 백색의 테두리를 만들어주었다.

 주임이 말했다.

 "좋소, 스위치를 끄시오.

그는 다시 사무실로 올라가 최종서류를 점검하고 멍하니 전화기를 바라봤다. 라바트에서 곧 전화가 걸려 올 것이다. 모든 게 준비됐다. 정비공들은 휘발유통과 나무상자 위에 둘러앉아 있었다.

아가디르에서는 무슨 영문인지 도통 알 수 없었다. 그들의 계산에 의하면, 우편기는 이미 카사블랑카를 떠났어야 옳다. 어찌됐든 비행기의 행방이 윤곽을 드러내길 기다리고 있었다. 금성을 비행기 날개의 현등으로 잘못 안 것이 벌써 여남은 번 되었고, 이제 막 북쪽에서 떠오른 북극성 역시 현등으로 잘못 보였다. 탐조등을 밝히기 위해 사람들은 별 하나가 나타나길 학수고대했다. 성좌 가운데에서 제자리를 못 잡고 방황하는 하나의 별이 보이기만을 간절히 기다리는 것이었다.

비행장 주임은 곤혹스러웠다. 그 우편기가 도착하면, 다음 착륙지로 출발시켜야 하는가? 남쪽으로는 짙은 안개가 깔려 있으며, 이 안개가 모로코 남부의 우에드(사하라 사막의 장마철 외에는 물이 없는 강), 나아가 쥐비 곶까지도 이어져 있을 상황이 불안했다. 그리고 쥐비는 무선국의 호출에도 묵묵부답이었다. 야간에 구름 더미 속으로는 프랑스발 아메리카행 우편기를 띄울 수가 없다. 더욱이 사하라의 이곳 기지는 그에게 있어 여전히 미스터리였다.

그렇지만 쥐비에서는 세상으로부터 고립되어 있던 우리는 난파

당한 배처럼 조난 신호를 타전했다.

 무전: 우편기 소식을 알려 달라. 우편기 소식을⋯⋯.

 같은 메시지로 우리를 성가시게 괴롭히는 시스네로스에 우리는 더 이상 응답을 해주지 않고 있었다. 그렇게 1,000킬로미터를 사이에 두고 우리는 그 밤에 서로 무의미한 불평만을 늘어놓고 있었다.
 모두의 긴장이 풀린 건 저녁 8시 50분이었다. 카사블랑카와 아가디르가 서로 전화 연락을 취할 수 있게 된 것이었다. 우리의 무전기도 다시 작동되기 시작했다. 카사블랑카에서 메시지를 보내면, 그 메시지가 그대로 다카르에까지 중계되었다.

 무전: 우편기, 22시에 아가디르로 출발 예정.

 무전: 여기는 아가디르. 쥐비에 알림. 우편기, 0시 30분에 아가디르 도착 예정. 쥐비까지 계속 비행해도 좋겠는가?

 무전: 여기는 쥐비. 아가디르에 알림. 안개가 짙음. 동이 틀 때까지 기다릴 것.

무전: 여기는 쥐비. 시스네로스, 포르에티엔, 다카르에 알림. 우편기, 금일 아가디르에서 묵을 예정.

카사블랑카에서 베르니스는 항공일지에 서명하고는 전등 불빛 아래에서 눈을 깜빡거렸다. 비행 중에도 그의 눈은 즐길 만한 것을 찾지 못했었다. 수륙의 경계에서 그에게 길 안내를 해주며 하얗게 부서지던 파도를 본 것에 그나마 감사를 표해야 했다. 이제 사무실에 있게 된 그의 눈에 들어온 것은 서류함, 하얀 종이 더미, 육중한 가구 등이었다. 집기들이 풍부하게 들어찬 꽉 채워진 세상이었다. 문구멍 속으로 들여다보이는 그곳은 어둠과는 무관한 세계였다.

10시간 동안이나 바람을 맞은 탓에 그의 두 뺨은 벌겋게 달아올라 있었다. 머리에서는 물방울이 흘러내렸고, 그는 맨홀 뚜껑을 열고 올라오는 하수도 공사 인부처럼 밤의 세계를 빠져나왔다. 무거운 장화에 가죽 재킷을 입고, 이마에는 머리카락이 착 달라붙은 채로 그는 고집스럽게 두 눈을 깜빡거렸다. 그는 동작을 멈추었다.

"이대로 계속 비행을 하라는 겁니까?"

서류를 훑어보며 비행장 주임은 무심하게 대답했다.

"당신은 하라는 대로만 하면 됩니다."

베르니스는 이미 주임이 자신에게 출발을 강요하지 않을 거란 사실을 알고 있었고, 오히려 떠나겠다고 나서는 건 자기 쪽이 될 것임을 모르지 않았다. 하지만 각자 자신이 그 판단을 내리고 싶어 했다.

"차라리 제게 가스 핸들이 있는 벽장 안에 눈 가리고 처넣은 뒤, 그 물건을 아가디르까지 운반해가라고 말씀하시죠. 제게 원하시는 게 그거 아닙니까?"

잠시나마 사고를 생각하기에는 그는 속이 너무 복잡했다. 그런 건 마음을 비운 사람들에게나 가능한 일이다. 하지만 벽장에 처박아 날려버린다는 이미지는 그에게 충분한 위협이 되는 것이었다. 불가능한 일도 있는 거다. 그래도 그러면 성공하고 말겠지만…….

비행장 주임은 문을 살짝 열어 어둠 속으로 담배꽁초를 집어 던졌다.

"저기 좀 보시오…….."

"뭘 말입니까?"

"별들 말이오."

그 말에 조종사는 벌컥 화를 냈다.

"그깟 별들이 뭐가 어떻다는 겁니까? 고작 3개가 떴을 뿐인데요. 주임님은 지금 저를 아가디르로 보내려는 거지, 화성으로 보내려는 게 아니잖습니까."

"한 시간 후면 달이 뜰 거요."

332

"달······ 달이라·······"

달을 들먹이는 통에 그의 기분은 더 나빠졌다. 언제 야간 비행을 하기 위해 달이 뜨기를 기다린 적이 있었던가? 도대체 자신을 뭐로 생각하고 있단 말인가? 아직도 초보자?

"좋소. 알았으니 이제 쉬시오."

베르니스는 마음을 가라앉히고, 엊저녁부터 가지고 다니던 샌드위치를 꺼내어 한가로이 먹기 시작했다. 20분 후에 이륙할 생각이었다. 비행장 주임은 미소를 짓고 있었다. 그는 전화기를 손가락으로 톡톡 두들겼다. 그가 이륙할 거라는 사실을 알리게 되리란 건 진작부터 알고 있었다.

모든 준비가 끝난 지금, 구멍이 뻥 뚫린 기분이다. 그렇게 가끔 시간은 멈춰 선다. 베르니스는 의자에 앉아 앞으로 약간 몸을 숙이고 두 무릎 사이에 기름 범벅이 된 시커먼 양손을 낀 채 미동조차 없는 상태로 벽과 그 사이의 어느 한 점을 응시했다. 입을 살짝 벌린 채 비스듬히 앉아 있는 주임은 은밀한 신호 하나를 기다리는 듯했다. 타이피스트는 하품을 한 뒤 손으로 턱을 괴고 졸음이 몸 안으로 퍼져나가는 걸 느꼈다. 모래시계는 분명 흐르기 마련이다. 이어 멀리서 외치는 소리가 들려왔고, 일순간 모든 것이 활력을 되찾기 시작했다. 주임이 손가락 하나를 치켜올렸다. 조종사가 빙그레 웃으며 자리에서 벌떡 일어났다. 가슴은 새로운 공기로 가득 찼다.

"그럼 안녕히!"

이따금 그렇게 필름이 끊긴다. 1초 1초가 가사 상태에 빠졌을 때처럼 더욱 위중했던 부동의 상태가 수습되고, 이어 다시 삶이 활력을 되찾았다.

우선 그는 이륙한다는 생각보다, 파도 소리처럼 세게 때려대는 엔진의 굉음에 묻혀 자신이 습하고 차가운 동굴 속에 갇힌다는 느낌을 받았다. 그에게 힘이 되어주는 건 별로 없어 보였다. 낮에는 둥근 언덕배기, 해안의 굴곡, 푸른 하늘이, 그가 속한 세상을 펼쳐 보이지만, 지금 그는 그 모든 것에서 벗어나 이런저런 요소들이 한데 뒤섞인, 형성되어 가는 중인 세계 속에 있었다. 평야는 마자간, 사피, 모가도르 등 저 밑에서 유리창처럼 빛을 비춰주던 도시들을 데려가며 뒤로 물러갔다. 이어 마지막으로 농가에서 불빛을 보내왔다. 지상에서 보내오는 마지막 탐조등이었다. 갑자기 앞이 깜깜하여 아무것도 보이지 않았다.

'다시 진창 속으로 빠져든 모양이군!'

베르니스는 고도계와 경사계를 주의 깊게 들여다보며, 구름 지대를 벗어나기 위해 고도를 낮췄다. 전구의 미약한 붉은빛에 눈이 부셨다. 그는 이마저도 아예 꺼버렸다.

'됐어, 이제야 빠져나왔군. 그런데 여전히 아무것도 안 보이는걸.'

나지막한 아틀라스산맥의 봉우리들은 표류하는 빙산처럼 반쯤

물에 잠긴 채 소리소문없이 나타나 보이지도 않는 상태에서 지나갔다. 그는 어깨로 이들의 존재를 느낄 수 있었다.

'아무래도 예감이 좋지 않아.'

그는 뒤를 돌아보았다. 유일한 탑승객인 정비사가 무릎 위에 손전등을 올려놓고 책을 읽고 있었다. 조종석에 있는 그에게는 숙인 머리와 동체에 거꾸로 비친 그림자만 보였다. 그림자를 드리운 그 모습이 괴이하게 보였다. "이봐!" 하고 베르니스가 소리쳤으나, 그의 목소리는 외부의 소음에 묻혀버리고 말았다. 그는 비행기 동체를 주먹으로 몇 차례 두드렸다. 정비사는 여전히 고개를 숙인 채 책을 읽고 있었다. 페이지를 넘겼을 때, 그의 표정은 심란해 보였다. "이봐!" 그는 한 번 더 불러보았다. 고작 두 팔 정도 떨어진 거리인데도 도무지 의사를 전달할 길이 없었다. 정비사와의 대화를 단념한 그는 다시 앞쪽으로 몸을 바로잡았다.

'이쯤이면 기르 곶 근처에 와 있어야 하는데, 이곳은 도무지······ ···· 이거 큰일이군·······.'

그는 잠깐 생각에 잠겼다.

'바다에 너무 오래 있는 것 같은데.'

그는 나침반을 보면서 항로를 수정했다. 이상하게도 우측 난바다로 밀리는 듯한 느낌이 들었다. 왼쪽에서 정말로 산이 그를 밀어내기라도 하는 듯한 기분이었다. 그는 놀라 어쩔 줄 몰라

하는 암말처럼 불안에 떨었다.

'비가 오고 있나 보군.'

손을 밖으로 내밀자 세찬 빗방울이 손바닥을 내리쳤다.

'20분 후에는 연안에 닿을 거야. 그럼 평야가 나올 테니 덜 위험하겠지.'

그런데 갑자기 눈앞이 환해졌다! 하늘은 거짓말처럼 구름을 걷어냈고, 별들이 물에 말끔히 씻겨진 듯 반짝거렸다. 게다가 달⋯⋯ 최고의 등불인 달까지 합세해주었다! 아가디르 비행장은 네온사인처럼 세 번 불을 깜빡였다.

'눈이 부셔서 앞을 볼 수가 없군. 달빛까지 있는데 말이지.'

2

쥐비 곶의 새 아침이 어둠의 장막을 거둬내자, 텅 빈 듯한 무대 하나가 드러났다. 배경도 그림자도 없는 무대였다. 모래 언덕과 스페인 요새, 사막은 늘 제자리를 지키고 있었다. 잔잔한 날씨 속에서도 초원과 바다의 풍요로움을 만들어내는 은근한 움직임은 없었다. 느릿느릿 대상 마차를 끌고 가는 유목민들은 모래 알갱이가 변하는 걸 보았고, 그 누구의 발길도 닿지 않은 그곳에서 저녁이면 자신들의 천막을 펼쳤다. 조금만 더 움직여 봤어도 내가 사막의 광활함을 느낄 수 있었을 텐데, 이 만고불

역의 풍경은 싸구려 채색판화처럼 생각을 막아 놓았다.

이곳 우물은 여기서 300킬로미터쯤 떨어진 곳에 있는 우물과 짝을 이루고 있었다. 겉으로 보기에는 우물도 똑같은 것 같고, 모래도 똑같은 것 같으며, 바닥에 잡힌 모래 주름 또한 똑같은 것 같다. 하지만 이를 엮어주고 있는 얼개는 완전히 새로운 것이었다. 매 순간 새로워지는 파도 거품처럼 이 또한 항상 새로운 것으로 갈아진다. 두 번째 우물에서 나는 고독감을 느꼈고, 그다음 우물에서는 외따로 분리되어 있음이 실로 신비롭게 느껴졌다.

아무런 사건도 없이, 하루가 단조롭게 흘러갔다. 그렇게 흘러가는 하루는 천문학자 망원경 속 태양의 움직임과도 같았다. 몇 시간 동안 지구의 배가 태양에 가 있는 것과도 같은 것이다. 이렇게 되면 말이란 것은 인류가 장담했던 담보물을 서서히 잃어버린다. 말에는 오직 모래만이 가둬져 있을 뿐이었다. '애정'이라든가 '사랑'과 같은 지극히 의미심장한 단어들조차 우리의 마음속에 그 어떤 무게감도 남겨주지 못했다.

"5시에 아가디르에서 출발했으니, 벌써 도착하고도 남았을 시간입니다."

"그야 그렇지만 남동풍이 있어서요."

하늘은 온통 누런빛이었다. 몇 시간 뒤, 바람이 불면 몇 달간 북풍이 빚어놓은 사막의 풍경을 완전히 뒤엎어버리고 말 것이다. 하루는 혼란 속에 빠져버린다. 비스듬히 놓인 모래 언덕들은 긴 실타래처럼 모래를 흩뿌려놓을 것이고, 각각의 모래는 헤쳐졌다가 조금 더 먼 곳에서 다시 모양을 만들어낼 것이다.

조용히 귀를 기울여본다. 아니다. 이건 바닷소리다

항공로가 개척된 우편기라면 하등의 문제 될 게 없다. 아가디르와 쥐비 곶 사이는 아직 미개척된 항공로로, 이 구간에서 호의적인 친구는 그 어디에도 존재하지 않는다. 조금 전 하늘에서는 움직이지 않는 신호 하나가 새로이 만들어진 듯하다.

'5시에 아가디르를 출발했는데…….'

사람들의 머리에는 어렴풋이 비극적인 생각이 자리 잡는다. 우편기가 고장이 났는가 싶다가, 기다리는 시간만 더 길어질 뿐 아무런 소식이 없으면 다소 예민해진 분위기 속에서 생산성 없는 논쟁이 이어진다. 그러다가 예정된 시간과의 시간 차가 너무 많이 벌어지면 동작이 줄어들고 말이 짧아지며 불편함에 사로잡힌다.

그리고 별안간 탁자 위로 주먹이 내리쳐진다.

"젠장, 벌써 10시라고!"

이 말에 사람들이 화들짝 놀란다. 무어인 동료였다.

무선사가 라스팔마스와 교신 중이다. 디젤엔진이 요란스럽게 연기를 내뿜고, 교류발전기는 터빈처럼 윙윙거린다. 그는 두 눈을 전류계에 고정해 놓고 있다. 매번 방전될 때마다 장애가 생길 수도 있기 때문이다.

 나는 선 채로 기다린다. 몸이 비스듬히 기울어진 무선사는 왼손을 나에게 내밀고 오른손으로는 여전히 기기를 조작하고 있다. 이어 내게 소리친다.

 "뭐라고?"

 내게는 아무 말도 전해지지 않는다. 20초가 지났다. 그는 또 소리를 질렀다. 여전히 내게는 뭐라는지 들리지 않는다. 나는 '예?'라고만 할 뿐이다. 주변에서 모든 게 반짝거린다. 틈새가 벌어진 덧문은 한 줄기 햇살을 들여보내 준다. 디젤엔진의 크랭크가 축축한 불꽃을 일으키고, 그 짙은 태양 빛을 휘저어 놓고 있었다.

 한참 만에 내 쪽으로 돌아앉은 무선사가 수신기를 벗는다. 엔진이 몇 번 캑캑거리다가 멎는다. 나는 마지막 말 몇 마디를 들었다. 갑자기 조용해지자 그는 내가 한 100m쯤 떨어져 있는 사람처럼 고래고래 소리를 질러서 말을 한다.

 "······ 상관하지 않겠다는 태도로군!"

 "누구 말이오?"

 "저들 말입니다."

 "아, 그래요? 아가디르를 불러낼 수 있소?"

 "통신 재개 시간이 아직 안 됐는데요."

 "하여간 해봅시다."

나는 전송할 메시지를 메모판 위에 휘갈겨 쓴다.

'우편기 미착. 이륙 지연되었는가? 이륙 시간 다시 알려주기 바람.'

"여기 이 전문을 송신해 보시오."

"네, 불러보겠습니다."

다시 소음이 시작된다.

"어떻게 됐소?"

"······ 봐요!

마치 꿈을 꾸고 있는 듯 정신이 산만하다. 그는 '기다려 봐요.' 라는 말을 하려던 것 같다. 우편기는 대체 누가 조종하고 있는 건가? 베르니스, 정말 자네인가? 지금 이렇게 시공간을 벗어나 있는 조종사가 대체 누구란 말인가?

무선사는 무선신호를 종료시킨 후 다시 접속단자에 전원을 넣고 수신기를 귀에 꽂는다. 연필로 탁자 위를 또드락거리며 시간을 한번 본 뒤 곧이어 하품을 한다.

"고장이라······ 이유가 뭐죠?"

"그걸 내가 어떻게 알겠소."

"하긴 그렇군요. 아······ 아무것도 안 들려요. 아가디르에서는 수신이 안 되는 모양인데요."

"다시 해보겠소?"

"다시 해보지요."

 엔진이 다시 가동되기 시작한다.

 아가디르에서는 여전히 응답이 없다. 우리는 지금 아가디르의 목소리에 귀 기울이고 있다. 만약 아가디르 무선국이 다른 무선국과 교신을 시작하면, 우리도 그 통신망 속으로 끼어들 참이다.

 나는 의자에 앉는다. 무료함을 덜기 위해 수신기를 집어 들고 귀에 댄다. 마치 수많은 새들이 재잘거리는 커다란 새장 안으로 들어간 것 같다. 아주 짧거나 혹은 길게, 또 어떤 것은 너무 빠르게 진동한다. 이런 언어를 해독하기는 쉽지 않다. 하지만 텅 빈 곳이라고 생각했던 하늘은 보이지 않는, 얼마나 많은 소리로 가득 차 있는가.

 세 곳의 무선국에서 신호를 보내왔다. 한 무선국이 무전 신호를 종료하면, 다른 무선국이 곧바로 끼어든다. 또 한쪽이 신호를 종료하면 다른 쪽에서 또 끼어들고 하는 식이다.

"이거요? 보르도 무선 호출국입니다."

 날카로우면서도 다급하고 아득한 지저귐이 계속해서 들려온다. 소리는 더 무겁고 더 느리다.

"그럼 이거는요?"

"다카르입니다."

 애석해하는 말투였다. 소리는 끊어졌다 이어지기를 반복했다.

"바르셀로나가 런던을 부르고 있는데······ 런던에서는 아무런 응답이 없군요."

생트아시즈 어딘가 아주 먼 곳에서 중얼거리는 소리가 희미하게 들린다. 사하라 상공에서 어떻게 이런 만남이 이뤄질 수 있는 걸까! 유럽 전체가 한군데 모이고, 각 나라의 수도들이 새 지저귀는 소리로 비밀 얘기를 주고받고 있지 않은가.

갑자기 바로 가까이에서 윙윙거리는 소리가 터져 나온다. 스위치 하나를 건드리자 다른 목소리들이 잠잠해진다.

"아가디르였소?"

"예, 아가디르였습니다."

무슨 까닭인지 무선사는 시계추에 두 눈을 고정한 채, 계속해서 호출 신호를 보낸다.

"아가디르에서 들었소?"

"아니요, 하지만 지금 카사블랑카와 교신 중이니까 곧 알 수 있을 겁니다

우리는 천사의 비밀을 몰래 엿듣고 있다. 허공에서 방황하던 연필은 메모판 위로 내려가 글자 하나를 뱉어놓는다. 또 하나를, 그리고는 순식간에 열 개를 뱉어놓는다. 글자들이 형태를 이루기 시작한다. 마치 꽃이 피어나는 형상이다.

'카사블랑카에 알림······.'

제길! 테네리프(카나리아 군도에서 가장 큰 섬) 때문에 아가디르의 통신 내용을 제대로 알아들을 수가 없다. 테네리프의 엄청나게 큰 목소리가 수신기를 가득 채워놓는다. 그러다가 별안간 뚝 그친다.

무전: ······ 착륙 6시 30분. 다시 이륙······.

불청객 테네리프가 다시 훼방을 놓고 있다. 그러나 내가 알려던 것은 충분히 알았다. 6시 30분에 우편기는 아가디르로 되돌아갔다.

무전: 안개 때문인가, 엔진 고장인가?
무전: ······ 7시가 되어서야 다시 출발할 수 있었다. 연착은 아니다.
무전: 고맙다.

3

자크 베르니스, 자네가 도착하기 전에 자네가 누군지에 대해 말해야겠네. 어제부터는 무선 송신장치 덕분에 자네의 정확한 위치를 알 수 있었지. 오늘 자네는 이곳에 도착해서 규정대로 20분간 머무를 걸세. 자네를 위해 나는 통조림 한 통을 열고 포도주 한 병을 딸 생각이야. 자네는 우리에게 사랑이니, 죽음이니 하는 진짜 제대로 된 문제들에 대해서는 일언반구 말도 안 한 채, 바람의 방향이 어떻고 하늘의 상태는 어떤지, 엔진은 또 어떤 지경인지에 대해서만 이야기를 늘어놓겠지. 그저 우리와 마찬가지로 정비사들이 던지는 가벼운 농담에 킬킬대며 웃을 것이고, 덥다고 투덜대겠지.

나는 자네가 지금 어떤 비행을 마치고 돌아온 건지 이야기하려 하네. 자네가 어떻게 사물의 이면을 들추어보고, 우리 옆에서 자네가 걸어온 길이 우리가 걸어온 길과 어떻게 다른지 이야기해볼 참이야.

자네와 나는 유년 시절을 같이 보냈지. 그 시절을 회상하면 문득 담쟁이덩굴로 뒤덮인 채 쓰러져가는 오래된 담장이 떠오른다네. 우리는 대담한 아이들이었지.

"뭐가 두렵다는 거야? 문 열어봐."

그래, 담쟁이덩굴로 뒤덮인 채 쓰러져가는 오래된 담장. 그 담장은 메마르고 일부가 허물어져 물이 새 나갔고, 햇볕의 흔적과 존재하는 것들의 흔적이 고스란히 남아 있는 담장이었지. 우리가 그냥 '뱀'이라고만 불렀던 도마뱀들은 넝쿨 사이를 지나다니며 바스락거리는 소리를 냈었네. 이미 우리는 죽음이라는 도

344

피의 이미지까지 좋아하고 있었어. 담 한쪽에 있는 돌들에는 온기가 서려 있었고, 돌들은 마치 달걀처럼 담장 속에 품어져 있었고, 마치 달걀처럼 둥글었지. 흙덩어리 하나하나가, 나무의 잔가지 하나하나가 이 태양 빛에 의해 그 신비로움을 모두 벗어버렸었어. 담 너머 저편으로는 풍요롭고 충만하게 시골 마을의 전형적인 여름날이 한껏 펼쳐지고 있었네. 거기에선 교회의 종탑이 보였고, 탈곡기 돌아가는 소리가 들려왔어. 하늘에선 비어 있는 모든 부분이 푸른빛으로 가득했지. 농부들은 낫으로 밀 이삭을 베고, 신부는 포도나무를 소독하고, 어른들은 거실에서 브리지 게임을 즐겼네. 그들은 태어나서 죽을 때까지 육십 평생 이상을 이 외진 땅에서 보내며 이 태양과 밀밭, 집을 지키며 살아온 사람들이었네. 우리는 이들 세대를 살아 있는 '파수꾼'이라고 불렀지. 이유는 과거와 미래라는 이 두 개의 무시무시한 바다 사이에서 가장 위협받는 섬에 있는 걸 우리가 좋아했기 때문이지.

"열쇠를 돌려 봐……."

오래된 나룻배의 다 벗겨진 녹색처럼 빛바랜 녹색의 작은 대문을 여는 건 아이들에겐 금지되어 있었네. 시간의 옷을 입어 녹이 슨 이 커다란 자물쇠에 손을 대는 것 또한 아이들에겐 금지된 행위였지. 자물쇠는 마치 바다에 정박해 있는 범선의 낡은 닻과 같지 않았었나.

물론 어른들은 위가 뚫려 있던 이 웅덩이 때문에 우리가 잘못

될까 봐 걱정된 거겠지. 늪에 빠져 익사한 아이의 공포가 있었던 건지도. 문 뒤에는 우리가 천 년 동안 움직임이 없었을 거라고 말했던 물웅덩이가 잠들어 있었네. 누군가 죽은 물에 대해 말할 때마다 우리는 이곳 물을 생각했지. 초록빛의 작고 둥근 이파리들이 녹색 천으로 뒤덮여 있듯 물에 옷을 입혀주고 있었어. 우리는 돌멩이를 던져보았고, 돌멩이는 구멍들을 만들어 놓았지.

그 육중하고 오래된 나뭇가지 아래에선 그 얼마나 시원했던가. 나뭇가지들은 햇빛의 무게를 견디어 주었지. 그 어떤 햇살도 흙 속의 여린 잔디를 노랗게 만들 수가 없었고, 대지의 귀중한 겉옷에는 손조차도 댈 수가 없었네. 우리가 던진 조약돌들은 별의 운행처럼 제 갈 길을 나아갔네. 우리에게 있어 이 물은 그 깊이를 알 수가 없었으니까.

"좀 앉자······."

그곳에서는 그 어떤 소리도 우리에게 들리지 않았었지. 우리는 우리의 육신을 새롭게 만들어주었던 습기와 향기와 청량함을 맛보았었네. 우리는 세상의 끝에서 길을 잃어버렸지. 우리는 이미 여행한다는 게 무엇보다도 자신의 육신을 변화시키는 일이란 걸 알았던 거야.

"여기는 세상의 다른 쪽 면이야."

그곳은 무척이나 자신만만한 이 여름의 이면이었고, 그 시골 마

346

을의 이면이었으며, 우리를 포로처럼 잡아두고 있는 얼굴들의 이면이었지. 우리는 그 강요의 세상을 끔찍이도 싫어했었잖나. 저녁때가 되면 우리는 인도양에서 보물을 낚아 올린 잠수부처럼 가슴속에 묵직한 비밀들을 잔뜩 품은 채 집으로 돌아왔지. 해가 서산에 기울고 식탁보가 장밋빛으로 물들 황혼이 되면 사람들은 이렇게 말하곤 했었지.

"해가 점점 길어지는군."

그 말에 우리는 마음이 아파졌었네. 우리 스스로가 이 낡은 관습과, 계절·휴가·결혼·죽음 등으로 이루어진 판에 박힌 삶의 노예처럼 느껴졌기 때문이지. 겉치레에 불과한 이 덧없는 소란이 다 뭐란 말인가.

도망친다는 것, 그게 중요한 것이네. 열 살 때 우리는 다락방 골조 안에서 도피처를 발견했지. 죽어 있는 새들과 낡고 터진 트렁크들, 이상야릇한 옷가지들…… 그건 인생의 뒤안길과도 같은 것이었네. 우리가 '숨겨진 보물'이라 칭했던 이 보물은 동화책에 나오는 것과 똑같은 낡은 저택의 보물과 다를 바가 없었지. 사파이어나 오팔, 다이아몬드에 버금가는 보물이었어. 우리의 보물은 미약한 빛을 내고 있었네. 보물은 각각의 벽과 대들보가 존재하는 이유였어. 대들보들은 알 수 없는 그 무언가로부터 집을 지켜주고 있었어. 그래, 시간으로부터 집을 지켜주고 있었던 게야. 시간은 우리 집에서 엄청난 적이 됐기 때문이지. 사람들이 시간에 대해 자신을 지키는 길은 전통이라는 방법을 통하는 것이었네. 과거의 의식을 계속해서 행함으로써 세월의 힘에 맞서 싸우는 것이지. 엄청난 대들보도 시간에 맞서 싸워주고 있었어. 하지만 우리는 그 집이 한 척의 배가 출항하듯 항해를 하고 있었다는 사실을 알고 있었네. 오직 우리들만 알고 있는 사실이었지. 유일하게 선창, 화물창까지 가봤던 우리는 어디로 물이 새어 들어오는지 알고 있었네. 생을 마감하려는 새들이 들어와서 죽는 지붕의 구멍들도 알고 있었지. 집안 골조의 갈라진 틈바구니도 알고 있었네. 아래층 거실에서 손님들은 잡담을 나누었고, 아리따운 여인들은 춤을 추었었지. 이 얼마나 이중적인 평화로움이란 말인가! 아마도 사람들은 손에 흰 장갑을 낀 흑인 하인들이 가져다주는 리큐어를 즐기고 있었겠지. 지나가는 손님들은 그저 그렇게 즐기고만 있었을 뿐이네. 하지만 그 위에서 우리들은 지붕의 갈라진 틈을 통해 푸른 밤이 스며드는 것을 바라보고 있었지. 그 작디작은 구멍으로 오직 별 하나만이 우리 곁을 찾아왔네. 우리에게 있어서는 하늘 전체에서 홀로 밝게 빛나는 별이었지. 그건 병이 들게 하는 별이었네. 우리는 고개를 돌려버렸네. 죽음을 가져다주는 별이었기 때문이지.

우리는 소스라치게 놀랐네. 우리를 둘러싼 모든 것들이 어둠 속에서 묵묵히 자기 일을 하고 있었기 때문이지. 대들보는 자신이 품고 있는 보물로써 빛을 발했네. 삐걱하는 소리가 날 때마다 우리는 나무를 떠올렸지. 모든 게 알갱이를 내보낼 준비가 된 콩깍지 같았어. 낡은 껍데기 안에는 무언가 다른 게 들어 있음을 우리는 믿어 의심치 않았지. 작고 단단한 다이아몬드 같은 이 별 또한 그와 다르지 않을 것이었어. 언젠가 우리는 남쪽 혹은 북쪽으로 걸어가게 될 걸세. 아니면 우리 자신을 찾아 마음속으로 걸어갈 수도 있겠지. 그렇게 도망치는 거지.

 잠잘 시간을 알려주는 별 하나가 자신을 가리고 있던 슬레이트 지붕을 돌아 하나의 분명한 신호처럼 우리 앞에 나타났지. 그러면 우리는 침실로 내려갔네. 그리고 우주에서 사방으로 뻗어나간 빛줄기가 수천 년을 떠돈 끝에 우리에게 도달하는 것처럼, 신비로운 돌이 물줄기 사이를 끊임없이 흘러가는 세상에 대한 기억과, 불어오는 바람에 집이 삐걱거리며 풍랑을 만난 배처럼 위협받는 세상에 대한 기억, 그리고 이런저런 것들이 은근히 보물이 되고 싶어 하는 충동으로 차례차례 반짝이는 세상에 대한 기억을 간직한 채 우리는 꿈속에서 긴 여행을 시작했었지.

 "우선 앉게나. 난 어디가 고장이라도 난 줄 알았네. 한잔하지. 정말이지 어디 고장이라도 난 줄 알고 자네를 찾으러 나가려고 했었어. 비행기가 이미 활주로에서 이륙할 준비를 하고 있었다고. 저길 보게나. 아잇투사 부락 사람들이 이자르구앵 부락을 습격했다네. 혹여 자네가 그 소요 사태에 휘말린 줄 알고 걱정했었지. 마시게나. 뭐 먹고 싶은 거라도 있는가?"

349

"그만 가보겠네."

"5분 남았지 않은가. 이보게, 주느비에브하고 무슨 일이 있었던 게야? 그런데 왜 웃는 거지?"

"아, 아무 일도 없었네. 조금 전에 조종석에서 느닷없이 옛날 노래 하나가 생각났어. 갑자기 어린아이가 된 기분이었네……."

"그래, 그건 그렇고 주느비에브는?"

"잘 모르겠네, 이만 가 볼게."

"자크, 대답 좀 해보게, 그 뒤로 다시 주느비에브를 만났나?"

그는 머뭇거렸다.

"파리에서 툴루즈로 내려오는 길에 한 번 더 만나보려고 길을 곧장 오지 않고 돌아왔었지……."

그러고 나서 자크 베르니스는 그동안 있었던 일을 털어놓았다.

4

그건 시골의 작은 기차역이라기보다는 숨겨진 문이라고 해야 맞을 것 같았다. 역은 밭쪽을 향하고 있었다. 검표원이 한가로이 바라보는 가운데, 사람들은 신비로울 게 없는 하얀 길과 개울, 들장미 숲 쪽으로 나아갔다. 역장은 장미꽃들을 돌보았고, 역무원은 빈 손수레를 미는 시늉을 했다. 비밀의 세계를 지키는 세 파수꾼은 그렇게 가장된 행동 속에서 경계를 서고 있었다.

베르니스의 차표를 들여다보던 검표원이 물었다.

"파리발 툴루즈행인데 왜 여기서 내리시는 겁니까?"

"다음 열차로 갈아타고 가려고요."

검표원이 그의 얼굴을 뚫어지게 쳐다봤다. 그에게 들어가도록 허락해도 좋을지 잠시 망설였다. 하얀 길과 개울, 들장미 숲이 아니라, 메를랭 이후로 사람들이 가면을 쓰고 들어올 수 있었던 이 왕국으로 들어가게 해주느냐의 문제였다. 이 젊은이는 분명 오르페우스 시절 이래로 여행할 때 요구되는 용기와 젊음, 사랑 등 세 가지 미덕을 모두 갖춘 사람처럼 보였다.

"통과하시오."

검표원이 말했다. 특급열차는 이 역이 마치 무슨 착시현상을 일으키는 존재인 양 이곳을 서지 않고 지나갔다. 이 역은 마치 가짜 웨이터와 가짜 악사들, 그리고 가짜 바텐더로 치장한 비밀 주점이라도 되는 것처럼 보였다. 완행열차 안에서 이미 베르니스는 자신의 삶이 방향을 바꾸어 느릿느릿 가고 있음을 느끼고 있었다. 어느 농부의 손수레를 얻어 타고 가던 베르니스는 우리들의 세계로부터 여전히 더 멀어져 가고 있었다. 그는 신비의 세계로 점점 더 빠져들어 갔다. 이미 서른 살의 나이에 주름을 잔뜩 지고 있어 더 늙을 수도 없을 것 같았던 농부는 그에게 들판 하나를 가리켰다.

"이 녀석들 무척 빨리 자라요."

351

이곳에서 자라는 밀들은 우리의 눈에 띄지도 않은 채 얼마나 다급하게 태양을 향해 커가고 있던가!

농부가 이번에는 담을 가리키며 말했다.

"저 담은 우리 고조부께서 쌓으신 거랍니다!"

그 말을 들었을 때 베르니스는, 세상 사람들이 한층 더 멀어 보이고, 불안정하며, 불행하다고 생각했다.

그는 영원의 벽과 영원의 나무를 만져보았다. 그는 자신이 목적지에 도착했음을 알아차렸다.

"이곳이 바로 그 댁입니다. 돌아오실 때까지 기다릴까요?"

그곳은 물속에 잠들어 있는 전설의 왕국이었다. 그곳에서 베르니스는 한 시간을 백 년처럼 느끼며 서 있었다.

그날 저녁에도 손수레와 완행열차, 급행열차는 베르니스가 우리를 오르페우스 이후의 세계, '잠자는 숲 속의 미녀' 이후의 세계로 억지로 데려가는 도피행을 가능하게 해주었다. 그는 하얀 뺨을 차창에 대고 툴루즈로 향하는 다른 여행객과 다를 바가 없어 보였다. 하지만 마음속 깊이 그는 '달의 빛깔'이라든가 '시간의 색깔' 같은 말로 다 형언할 수 없는 추억을 담고 있을 것이었다.

기묘한 방문길이었다. 환하게 맞이하여 주는 소리도 들리지 않았고, 놀라는 기색 또한 없었다. 길은 둔탁한 소리를 만들어냈다. 베르니스는 예전처럼 울타리를 뛰어넘었다. 정원 샛길에 잡

352

초들이 무성하게 자라나 있던 것을 빼고는 달라진 게 아무것도 없었다. 집은 나무들 사이로 하얀 자태를 드러내고 있었지만, 꿈속에처럼 손에 닿을 수 없는 곳에 있는 것 같았다. 다가서면 신기루처럼 사라져버리는 건 아닐까? 그는 널따란 돌층계를 올라갔다. 필요에 의해 만들어진 것이었지만, 돌층계에서는 안정적인 편안함이 느껴졌다.

'이 집에서는 무엇 하나 허투루 만들어진 것이 없군…….' 현관 입구는 어두컴컴했다. 의자 위에는 하얀 모자가 하나 놓여 있었다. 그녀의 모자일까? 이 얼마나 사랑스럽게 흐트러진 모습인가? 이건 아무렇게나 방치해둔 무질서와는 거리가 멀었다. 존재감을 나타내주는 무질서였다. 그에게는 누군가가 남기고 간 동작의 흔적들이 느껴졌다. 의자는 약간 뒤로 밀려난 채 누군가가 그 위에 앉아 한쪽 손을 테이블 위에 올려놓았을 것이다. 거기 있었을 사람의 행동이 그의 눈에 훤히 보였다. 책 한 권이 펼쳐져 있다. 대체 여기 있다 방금 자리를 뜬 사람은 누구일까? 그렇게 자리를 뜬 이유는? 책에서 본 마지막 문장이 누군가의 마음속에서 노래로 불리고 있을지도 모를 일이었다.

한 집에서 일어나는 무수한 일들과 무수한 소란들을 떠올리며 베르니스는 슬며시 미소를 지었다. 사람들은 늘 같은 요구사항에 대비하고 늘 같은 무질서를 정리하며 종일 그렇게 집안을 돌아다닌다. 비극은 지극히 사소한 일들에서 비롯된다. 지나가던 나그네나 이방인의 입장이 되어본다면 충분히 웃어넘길 수 있는 그런 일들이다.

베르니스는 생각했다. '하여튼 여기 또한 다른 곳과 마찬가지로 일 년 내내 하루 한 번 해가 지는 곳이었어. 그렇게 한 번의 주기가 끝나면 다음 날 똑같은 주기가 또다시 이어지며 새 하루를 열어주었지. 사람들은 저녁을 향해 나아갔고, 해가 지면 사람들에겐 근심 걱정할 게 아무것도 없었지. 커튼은 쳐지고 책들은 정리되고 벽난로 앞 불막이는 제자리를 지켰어. 이렇게 얻어진 휴식의 시간은 영원할 수 있었고, 영원한 듯 보였지. 내가 보내는 밤의 시간이란 휴식보다도 못한데…….'

베르니스는 쥐 죽은 듯 자리에 앉아 있었다. 그는 감히 그 어떤 인기척도 낼 수가 없었다. 모든 게 너무도 조용하고 평온해 보였기 때문이다. 정갈히 드리워진 블라인드 사이로 한 줄기 햇살이 스며들어 왔다. '한 군데 헤진 데가 있었군. 여기서는 알지 못하는 사이에 늙는구나.' 하고 베르니스는 생각했다.

'대체 뭘 알고 싶어 여기까지 온 것인가?' 그는 자신에게 반문해 보았다. 옆방에서 들리는 발소리가 집안 전체에 마법처럼 울려 퍼졌다. 차분한 걸음이었다. 제단의 꽃을 정리하는 수녀의 발걸음과도 같았다. '무언가 섬세한 일이라도 하고 있던 것일까? 내 삶은 비극처럼 촘촘한데, 이곳은 각각의 움직임 사이에, 저마다의 생각들 사이에 공기와 공간뿐이로구나.'

창문으로 그는 전원 풍경을 굽어보았다. 기도하러 가는 길, 사냥하러 가는 길, 편지를 부치러 가는 길과 더불어 햇볕 아래 긴 장감이 맴도는 전원 풍경이었다. 멀리서는 탈곡기 돌아가는 소리가 덜컹거리며 들려왔다. 노력을 기울여야 들을 수 있는 소리였다. 어느 배우의 너무나도 작은 목소리가 장내를 압박했다.

새로운 발소리가 들려왔다. '골동품으로 가득 찬 진열장을 정리하고 있나 보군. 어느 세기든 한 세기가 물러갈 때는 그 시대의 잔해를 남기는 법이지.'

그때 사람들의 말소리가 들려왔고, 베르니스는 여기에 귀를 기울였다.

"그녀가 이번 주를 넘길 수 있겠소? 의사선생님 말씀으로는……."

발소리가 멀어져 갔다. 너무나도 놀란 그는 잠자코 있었다. 대체 누가 죽어가고 있단 말인가? 그는 가슴이 미어졌다. 그는 하얀 모자, 펼쳐진 채 놓여 있던 책 등 삶의 흔적이 보였던 걸 모조리 떠올려봤다.

또다시 사람들의 말소리가 들려왔다. 그들의 목소리에는 애정이 가득했지만, 분위기는 차분했다. 사람들은 집안에 죽음의 그림자가 드리워지고 있다는 걸 알고 있었다. 사람들은 고개를 돌리지 않은 채, 묵묵히 죽음을 받아들이고 있었다. 대화는 꾸밈없이 간결했다. 베르니스는 생각했다. '모든 것이 간단하구나. 산

다는 것도, 골동품을 정리한다는 것도, 그리고 죽는다는 것도······
······.'

"거실에 꽃은 꽂아 놨나?"

"예."

사람들은 감정을 억누르며, 담담하고 조용한 목소리로 이야기를 나누고 있었다. 수많은 사소한 일에 대해 말하고 있었으나, 이들 앞으로 다가온 죽음의 그림자가 이들을 어둡게 물들이고 있었다. 잠깐 웃음소리가 나는가 싶더니, 금세 사라졌다. 별로 깊이 있는 웃음은 아니었으나, 무대 위의 권위를 해치지는 않았다. 누군가가 말하는 소리가 들려왔다.

"올라가지 말아요. 그녀가 자고 있어요."

가슴이 아파져 오는 가운데, 베르니스는 쥐 죽은 듯 조용히 앉아 있었다. 그는 누군가에게 발각될까 두려웠다. 모든 걸 표현해야 한다는 필요성 때문에 이방인은 더욱 격식 없는 고통을 만들어내는 법이다. 사람들은 그에게 "그녀와 알고 지냈던 게 바로 당신이었지? 그녀를 사랑했던 게 바로 당신이었어!"라고 소리칠 것이다. 그러면 그는 죽어가는 그녀의 훌륭했던 점들에 대해 호의적이고 인상 깊게 돋보이도록 칭송을 늘어놓아야 할 것이다. 그에게는 그게 고역일 터였다.

그러나 그는 이렇게 가족적인 슬픔에 동참할 만한 자격이 있었다.

356

'나는 그녀를 사랑했으니까·······.'

다시 한번 그녀를 만나야겠다는 생각에 남몰래 조용히 계단을 올라간 베르니스는 그녀가 있는 방문을 살며시 열었다. 그 방은 찬란한 여름의 빛으로 가득 차 있었다. 벽은 환했고, 침대는 흰색이었다. 열린 창문으로는 햇빛이 쏟아져 들어왔다. 멀리서 울리는 평온하고 느릿느릿한 교회 종소리가 심장박동 소리처럼 들려왔다. 있어야 할 온기가 없는 심장 박동소리 같았다. 그녀는 잠이 들어 있었다. 한여름의 참으로 사치스러운 잠이었다.

'그녀가 죽어가고 있어·······.' 그는 발꿈치를 들고서 반짝반짝 윤이 나는 마룻바닥을 걸었다. 그는 그 자신의 평정심에 대해 이해할 수가 없었다. 그런데 그녀가 신음을 냈다. 베르니스는 감히 더 앞으로 나아갈 수가 없었다.

그는 엄청난 존재감을 느꼈다. 환자들의 영혼은 방 안 가득 퍼져 이를 꽉 채우고 있다는 사실, 그리고 방은 마치 하나의 너벅선 같다는 사실을 깨달았다. 거기에선 감히 어떤 가구 하나 손 댈 수도 없고, 발걸음을 뗄 수도 없다.

방 안은 쥐 죽은 듯 조용했다. 오로지 파리 몇 마리가 윙윙거리고 있었을 뿐이다. 저 멀리서 누군가 부르는 소리가 적막을 깨고 있다. 서늘한 바람 한 줄기가 방 안으로 불어왔다. '벌써 저녁이 되었군.' 베르니스는 머지않아 닫힐 덧문과 환하게 켜질 램프의 불빛을 떠올렸다. 이윽고 넘어야 할 산처럼 밤이 환자를 덮칠 것

357

이다. 곁에서 밤을 지키는 램프는 신기루처럼 황홀하게 빛을 발할 것이며, 그림자가 돌아가지 않는 사물들, 그리고 사람들이 12시간 같은 각도에서 바라보는 사물들은 결국 뇌리에 새겨진 채 견디기 힘든 무게로 짓누를 것이다.

"거기 누구 있어요?"

그녀가 물었다.

베르니스는 가까이 다가갔다. 그의 입술에 애정과 연민의 물결이 일었다. 그는 허리를 굽혀 그녀를 부축했다. 두 팔로 그녀를 들어 올려 자신의 힘으로 유지했다.

"자크……."

여자가 그를 뚫어져라 쳐다보았다.

"자크……."

그녀는 생각의 밑바닥에서 그를 끌어올리고 있는 듯했다. 그녀가 그의 어깨를 찾았던 것이 아니라 자신의 추억들을 더듬어 보았다. 물에 빠진 사람이 손에 닿는 것이면 무엇이든 움켜쥐려는 것처럼 여자는 그의 소매에 매달렸다. 그러나 그녀가 붙잡고 있는 것은 어떤 존재도, 어떤 물체도 아니었다. 그것은 단지 하나의 이미지였을 뿐이다. 그녀는 계속해서 그를 바라봤다.

그러자 그는 점점 이상한 기분이 들었다. 주느비에브는 이 주름도, 이 시선도 알아보지 못했다. 그녀는 그의 손을 부여잡으며 호소하고 있었으나, 그는 그녀에게 어떤 구원의 손길도 줄 수가 없었다. 그는 그녀가 가슴속에 품고 있던 그 모습이 아니었다. 이 모습에 싫증이 난 그녀는 그를 밀어내고 고개를 돌렸다.

그녀와의 거리는 이제 넘어설 수 없는 수준이 되어 있었다.

그는 조용히 방을 빠져나와 발소리를 죽이며 다시 한번 복도를 가로질러 갔다. 먼 여행에서 돌아온 느낌이 이럴까? 혼란스러웠던 여행, 어렴풋하게 떠오르는 긴 여행으로부터 되돌아오는 느낌과 비슷했다. 고통을 느꼈던 것일까? 슬픔에 잠긴 것일까? 화물창에 바닷물이 스며들듯 저녁이 슬그머니 깔렸다. 골동품들은 이미 어둠을 머금고 있었다. 유리창에 이마를 기댄 채, 그는 보리수 그림자가 길어지고 서로 합쳐지며 밤의 머리털을 채워가는 걸 보았다. 저 멀리서 마을 하나가 반짝였다. 고작 한 줌 희미한 불빛일 뿐이었다. 그의 손으로 잡아 둘 수 있을 것만 같았다. 이미 거리감은 사라지고 없었다. 팔을 쭉 뻗으면, 손가락이 산언덕에 닿을 수 있을 것 같았다.

집 안에서의 사람 목소리가 잠잠해졌다. 집 안 정리는 끝마쳐진 상태였다. 그는 꼼짝하지 않았다. 그날 저녁과 비슷했던 어떤 저녁의 기억이 떠올랐다. 사람들은 잠수부처럼 힘겹게 몸을 일으켰다. 여자의 매끄러운 얼굴이 굳어졌고, 갑자기 사람들은 앞으로의 일이, 죽음이 두려워졌다.

그는 밖으로 걸어 나왔다. 나오면서 누군가가 알아채기를, 그래서 자신을 멈춰 세우기를 바라며 뒤를 한번 돌아다보았다. 그러면 그의 마음이 슬픔과 기쁨으로 반반 섞여 있을 것이었다. 하지만 아무 일도 일어나지 않았다. 아무도 그를 붙잡아주지 않았다. 그는 아무런 저항 없이 나무들 사이로 미끄러져 들어갔다. 그는 울타리를 뛰어넘었다. 길이 딱딱하게 울려왔다. 그게 끝이었다. 그는 절대, 이곳에 다시 오지 않을 것이다.

5

 베르니스는 이륙하기 전에 자신의 이야기를 모두 간추려서 이렇게 들려주었다.

 "나는 내가 사는 이 세계로 주느비에브를 끌어들이려고 했었네. 하지만 내가 그녀에게 보여준 것은 모두가 빛이 바래고 흐릿해져 버렸지. 첫날밤에는 우리 앞을 가로막은 벽이 너무나도 두꺼워서 우리는 이를 도저히 건널 수가 없었어. 나는 그녀에게 그녀의 집이며 삶이며 영혼이며 하는 것을 도로 되돌려주어야 했네. 포플러 나무가 하나하나 지나가고, 우리가 파리에 점점 더 가까워질수록 세상과 우리 사이의 두꺼운 벽은 점점 사라져갔지. 마치 내가 그녀를 바다 밑으로라도 끌어내리고 싶어 했던 것 같았어. 나중에 내가 다시 그녀를 만나려고 했을 때, 그때는 그녀를 가까이할 수가 없었네. 그때 우리들 사이에는 공간이 가로막혀 있는 게 아니었네. 그보다 더한 것이, 뭐라고 하면

360

좋을까? 4년이라는 세월이 한 천 년쯤 되어버린 것 같았지. 다른 삶과의 거리는 그렇게 멀리 떨어져 있고, 그렇게 다른 것이었네. 하얀 침대 시트와 여름과 명백한 현실들이 주느비에브에게 들러붙어 있었어. 그리고 나는 그녀를 데려올 수가 없었네. 이제 그만 가보겠네."

진주를 손에 넣었지만, 이를 수면 위로 가지고 올라올 줄 몰랐던 인도양의 잠수부여, 자네는 이제 어디에 가서 보물을 찾을 텐가? 내가 납덩이처럼 무겁게 걷고 있는 이 사막에서 나는 아무것도 발견하지 못할 것이다. 하지만 마술사인 자네에게 있어서 이 사막은 모래 장막이자 겉모습에 불과할 뿐이겠지…….

"자크, 이제 떠날 시간이네

6

이제 손발이 마비된 그는 꿈을 꾼다. 이렇게 높은 곳에서는 바닥이 전혀 움직이지 않는 것 같다. 황사의 사하라는 끝이 안 보이는 길처럼 푸른 바다를 침범해 들어간다. 능숙한 조종사인 베르니스는 우측으로 쏠린 연안을 다시 바로잡고 모터를 정렬시킨 가운데 옆으로 미끄러져 나간다. 아프리카를 선회할 때마다 그는 기체를 부드럽게 기울였다. 다카르까지는 아직 2,000킬로미터가 더 남았다.

그의 눈앞에는 눈부실 만큼 흰빛이 펼쳐져 있다. 간혹 벌거벗은 바위들이 눈에 띄었고, 바람이 모래를 쓸어다가 규칙적인 형태의 모래 언덕을 쌓는 모습도 여기저기 보였다. 부동의 대기는 거대하고 단단한 암석처럼 비행기를 사로잡고 있었다. 앞뒤 흔들림도 없었고, 좌우 요동도 없었으며, 풍경마저도 정지된 듯한 느낌이었다. 온통 바람에 둘러싸인 비행기는 시간 속에서만 나아가고 있다. 첫 번째 기항지인 포르에티엔은 공간의 영역이 아닌 시간의 영역에 들어가 있다. 베르니스는 시계를 본다. 앞으로 여섯 시간을 더 정체와 침묵 속에서 견뎌야 한다. 그런 다음 비행기는 허물 벗듯 빠져나올 것이다. 새로운 세상이 오는 것이다.

베르니스는 이러한 기적을 가능케 하는 시계를 바라본다. 그러고는 꼼짝하지 않고 있는 회전계기의 바늘을 들여다본다. 이 계기판의 바늘이 이 다이얼 숫자를 벗어나서 고장을 일으켜 인간을 모래밭으로 내동댕이쳐 버린다면, 시간과 거리는 거의 상상조차 할 수 없을 새로운 의미를 부여받게 될 것이다. 그는 지금 4차원의 세계를 여행하고 있다.

그러나 그에게 이런 숨 막히는 느낌은 낯선 것이 아니었다. 조종사라면 누구나 경험으로 알고 있는 것이었다. 우리의 눈앞에서는 수많은 이미지가 지나간다. 우리들은 모래 언덕과 태양, 침묵의 실제 무게와 맞먹는 고독한 독방의 수감자들이다. 우리 위의 세상은 좌초되었다. 이러한 세상 속에서 우리는 연약한 피조

물에 지나지 않는다. 해 질 녘에 그저 귀찮게 구는 영양들을 쫓아버릴 정도의 힘만을 지녔을 뿐이다. 고작 300미터밖에 못 미치는, 그래서 인간의 귀에도 제대로 도달할 수 없는 목소리를 지닌 그런 존재다. 우리는 모두 어느 날 갑자기 이 미지의 행성에 떨어져 버린 거다.

상공에서의 시간은 보통의 일상 리듬에 비하면 그 폭이 무척이나 넓은 편이다. 카사블랑카에서 우리는 우리의 만남 일정 때문에 수 시간 단위로 계산을 한다. 번번이 약속 때마다 마음이 바뀐다. 비행기 안에서는 30분마다 기후가 달라진다. 피부가 달라지는 셈이다. 여기에서 우리는 주 단위로 시간을 헤아린다. 우리가 기운이 없어 보이면 동료들은 우리를 들어 올려 조종석에 앉혀준다. 동료들의 무쇠 같은 강인한 손목이 우리를 그 세계 밖으로 끄집어내어 자신들의 세계로 집어넣어 주는 것이다.

수많은 미지의 세계 위에서 균형을 잡고 날아다니면서도 베르니스는 정작 자신에 대해 거의 아는 바가 없다는 것을 깨달았다. 갈증, 버려짐, 무어인들의 잔혹함은 그에게서 어떤 의미를 지니는가. 어느 날 갑자기 포르에티엔 기항지만 한 달 이상 방치되는 상황이 발생한다면 그땐 어떤 심정이 될까……? 그는 다시 생각해본다.

'나는 용기가 필요한 게 아니야.'

모든 것이 그저 추상적이기만 하다. 젊은 조종사가 공중회전을 시도할 때, 그가 머리 위로 버리는 것은 비록 가까이 있을지언정 순간의 방심으로 그를 산산조각 내버릴 수 있는 엄청난 장애물들이 아니다. 그가 머리 위로 버리는 건 바로 꿈속에서처럼 유유히 흘러가는 장벽과 나무들이다. 베르니스, 용기라고 했나, 자네?

하지만 그런데도 지금 엔진이 요동을 치자, 언제 무슨 일을 일으킬지 알 수 없는 불안감이 그의 마음 한편에 자리 잡았다.

이윽고 한 시간이 지나자 만과 곶은 결국 무장 해제된 중립지역과 만났다. 프로펠러는 전속력으로 돌아가고 있었다. 하지만 앞에 있는 각각의 지점이 알 수 없는 위협감을 안겨주었다.

아직 1,000킬로미터나 더 남은 상황. 이 거대한 테이블보를 자기 쪽으로 끌어당겨야 한다.

무전: 여기는 포르에티엔. 쥐비 곶에 알림. 우편기 16시 30분에 무사히 도착함.

무전: 여기는 포르에티엔. 생 루이에 알림. 우편기 16시 45분에 출발했음.

무전: 여기는 생 루이. 다카르에 알림. 16시 45분 포르에티엔발 우편기는 야간 비행 계속 예정.

동풍이 분다. 사하라 사막 안쪽에서 불어오는 바람이다. 모래가 누런 소용돌이 속에 휩쓸리며 위로 치솟는다. 새벽이 되자 희부연 빛의 탄력적인 태양이 뜨거운 안개에 의해 일그러지면서 지평선 위로 떨어져 나왔다. 희부연 비누 거품 같았다. 하지만 점점 더 정점에 달하면서 더욱 작아지고 또렷해진 태양은 이제 타오르는 화살이 되어 불같이 뜨거운 화살촉을 목덜미에 내리꽂는다.

동풍이 분다. 잔잔하고 청명한 대기 속에서 비행기는 포르에티엔을 이륙한다. 하지만 100미터 상공에서 이 용암 줄기가 발견된다.

윤활유 온도: 120도.
물 온도: 110도.
2,000미터, 3,000미터까지 올라가야 함은 물론이다. 이 모래폭풍을 다스려야 함은 물론이다. 그러나 5분 동안 수직으로 상승하고 나면, 점화장치와 밸브는 완전히 연소할 것이다. 또한 상승 곡선을 타는 것도 말이 쉽지 여간 어려운 일이 아니다. 이렇게 탄력성이 없는 공기 속에서는 비행기는 고꾸라져 아래로 처박힐 가능성이 높다.

동풍이 분다. 눈을 뜰 수가 없을 지경이다. 태양은 이 누런 소용돌이 속으로 말려 들어간다. 태양의 희부연 얼굴이 이따금 고개

를 쳐들며 작열한다. 대지는 수직으로밖에 보이지 않는다. 급상
승하는 건가? 내리박히는 건가? 기울어지고 있는 건가? 도무지
알 수가 없다. 올라간다고 해도 100미터 그 이상은 힘들 것 같
군. 좋아, 그럼 밑으로 조금 내려가 보자.

바닥에 닿을락 말락 한 상태에서 북쪽 강바람이 불어온다. 이
정도면 순조로운 편이다. 비행기 밖으로 손을 내밀어 본다. 쾌속
보트를 타고 달리면서 손가락으로 차가운 강물을 가르는 듯한
느낌이다.

윤활유 온도: 110도.

물 온도: 95도.

시냇물만큼 시원한가? 정말 그런 것 같다. 기체는 약간 춤을 춘
다. 지면의 기복이 생길 때마다 따귀를 후려쳐주는 기분이다. 아
무것도 보이지 않아 여간 불편한 게 아니다.

티메리스 곶에 이르렀을 때는 지표면에까지 동풍이 불었다. 그
어디에도 마땅한 피난처가 없다. 고무 타는 냄새가 난다. 자기계
의 이상인가? 아니면 접속 부분에 문제가 생긴 걸까? 회전계의
바늘에 주춤하더니 10포인트 뚝 떨어진다. '이제 너까지 말썽을
부리려는 거냐!'

물 온도: 115도

10미터도 상승할 수가 없다. 텀블링이라도 타고 올라온 듯 불쑥 나타난 모래 언덕을 곁눈질로 쳐다본다. 기압계도 힐끗 한번 본다. 점프! 모래 언덕의 충격이다. 조종간을 움켜잡고 부리나케 조종한다. 이런 상태로는 오래 버틸 수 없다. 조심스레 중심을 잡으며 가득 찬 물동이를 이고 가듯 손안에서 비행기의 평형을 유지하려 애를 쓴다.

바퀴 아래 10미터쯤에는 모리타니아가 자신의 모래와 염전, 해변을 풀어놓는다. 자갈 돌풍이라도 휘몰아치는 것 같다.

회전수(R.P.M.) 1520.

첫 번째 에어 포켓(비행기가 하강할 때의 공기 변화지역)이 주먹으로 내려치듯 조종사를 후려친다. 20킬로미터만 더 가면 프랑스 기지가 있다. 있는 것이라곤 그거 하나다. 그곳까지 가야 한다.

물 온도: 120도.

모래 언덕, 바위, 염전이 빨려 들어간다. 모든 게 압연기에 휘말려 들어가는 것 같다. 계속 가라! 주변이 넓어지고 활짝 열렸다가 다시 좁아진다. 바퀴가 닿을락 말락 하고 있다. 끝장이다. 저기 촘촘하게 들어서 있는 검은 바위들이 서서히 다가오는 듯하다 갑자기 위로 솟구친다. 그 위로 날아올라 바위를 흩뜨려

버린다.

회전수(R.P.M.) 1,430.
'얼굴 날아갈 뻔했군……'
손에 닿은 철판이 뜨겁게 달아올랐다. 라디에이터는 거칠게 김을 내뿜는다. 짐을 너무 많이 실은 배처럼 비행기가 가라앉고 있다.

회전수(R.P.M.) 1,400
바퀴 아래로 20센티미터쯤에서 모래가 그에게까지 튀어 올라 재빠른 삽질을 하는 것 같다. 모래 언덕을 하나 넘자 저기 기지 하나가 보인다. 하느님, 감사합니다! 베르니스는 엔진의 스위치를 눌렀다. 아무래도 이 상황에서는 엔진을 꺼야 할 것 같았다.
빠르게 지나가던 풍경이 서서히 멈춰지며 완전히 정지했다. 먼지투성이의 세상이 만들어지고 있다.
사하라의 프랑스군 초소 앞. 나이가 지긋한 중사 한 명이 형제를 만난 듯이 기쁘게 웃으며 맞아주었다. 20명 남짓한 세네갈 군인들이 '받들어총'의 자세를 취했다. 백인이라면 적어도 중사 아니, 비록 나이가 젊다고 해도 중위는 되었을 것이다.
"안녕하십니까, 중사님!"
"어서 오시오, 매우 반갑습니다. 저는 튀니스 출신입니다."

중사는 자신의 어린 시절이며 추억들, 자신의 속마음에 이르기까지 두서없이 베르니스에게 쏟아놓았다. 작은 테이블 하나가 놓여 있고 벽에는 몇 장의 사진이 붙어 있다.

"이건 친척 어른들 사진입니다. 나는 그들을 다 알지는 못하지만, 내년에는 튀니스에 갑니다. 저건 내 친구의 애인이지요. 그 친구는 테이블에 저 사진을 올려놓고는 입만 열었다 하면 그녀 얘기를 했었죠. 그랬는데 그가 죽어버렸어요. 그러고 나서 내가 그 사진을 가져오게 된 것이지요. 나는 애인이 없었거든요."

"중사님, 목이 좀 마른데요."

"그럼 이걸 드셔 보시지요. 내가 포도주를 대접할 수 있어서 기쁘군요. 대위님이 다녀가셨을 때는 포도주가 없었거든요. 벌써 다섯 달이나 됐군요. 그 일이 있고 나서 죽 마음이 울적했어요. 오죽했으면 전속 요청까지 했었는데 어찌나 부끄럽던지요······ 내가 여기서 뭐 하고 지내느냐고요? 매일 밤 편지를 쓰는 일이지요. 밤에는 통 잠을 이루지 못해요. 초를 몇 개 켜놓고 쓰지요. 하지만 반년에 한 번씩 이곳에 우편기가 편지를 싣고 오면, 그 전에 써놓았던 편지는 답장으로 보낼 수가 없게 되지요. 그래서 때마다 다시 써야만 하죠."

베르니스는 중사와 함께 담배를 피우기 위해 초소의 발코니로 올라갔다. 달빛이 비치는 사막은 너무도 공허해 보였다. 중사는 이 초소에서 무엇을 감시할 수 있을까? 아마도 별 아니면 달이

369

겠지…….

"별들의 중사님이시군요?"

"담배는 얼마든지 있으니까 사양 말고 태우세요. 대위님이 왔을 때는 담배도 떨어졌었지요."

베르니스는 곧 그 중위와 대위에 대한 모든 것을 알게 됐다. 그는 중위와 대위의 유일한 장단점 하나씩은 열거할 수 있었다. 한쪽은 너무 즐기는 사람이었던 반면, 다른 한쪽은 너무 사람이 좋다는 것이었다. 그는 또한 모래 한가운데에 동떨어져 있는 늙은 중사에게 어느 젊은 중위가 찾아왔던 일이 거의 사랑에 가까운 추억이었음을 알게 됐다.

"그분은 제게 별에 대해 가르쳐주었지요……."

"예, 당신에게 별들을 맡긴 셈이로군요."

베르니스가 말했다.

이제는 중사가 자기 차례이기라도 하듯 별에 대해 설명해주었다. 거리라는 것에 대해 알게 된 중사에게 있어 튀니스는 멀리 떨어져 있는 곳이었다. 중사는 북극성에 대해 가르쳐주며 자신이 이를 알아볼 수 있다고 장담했다. 항상 북극성을 자신의 왼쪽에 두면 된다는 것이다. 이제 그에게 튀니스는 그리 멀지 않은 곳처럼 느껴졌다.

"우리는 현기증이 날 정도의 속도로 이 별들을 향해 떨어지고 있는 거지요……."

370

중사는 벽에 잠시 몸을 기댔다.

"당신은 모르는 게 없군요!"

"그렇지 않습니다, 중사님. 어떤 중사님 한 분이 이렇게 말한 적도 있어요. '훌륭한 가문에 교육을 많이 받은 분인데도 뒤로 돌아, 하나 제대로 못 하다니, 부끄럽지도 않습니까?' 하고 말 입니다."

"아니, 그것은 전혀 부끄러워할 일이 아니죠. 뒤로 돌아, 그거 쉬운 것은 아니지요."

그는 베르니스를 위로해 주었다.

"중사님, 중사님의 둥근 등불이 저기 있군요⋯⋯."

베르니스가 달을 가리켰다.

"중사님, 혹시 이 노래 아세요?"

'비가 오네, 비가 오네, 양치기 소녀여⋯⋯.'

그는 작은 소리로 흥얼거렸다.

"아, 그 노래, 알고말고요! 튀니스에서 부르던 노래인걸요."

"중사님, 그다음은 뭐지요? 생각이 잘 나지 않아서⋯⋯."

"잠깐만요⋯⋯."

'너의 흰 양들을 몰고 돌아가거라. 저기 저 초막 속으로⋯⋯.'

"중사님, 이제야 생각이 나네요."

'잎이 무성한 나뭇가지 아래서 물소리를 들어보렴. 세찬 소리 를 내며 흘러가는 저 물을 이제 곧 거센 비 쏟아지려니⋯⋯.'

"아, 맞았어요, 맞아요."

중사가 말했다. 그들은 같은 기분을 맛보고 있었다.

"날이 밝아오는군요, 중사님. 이제 일을 시작해야겠죠."

"그럼 물론이지요."

"점화플러그의 스패너 좀 주시겠어요?"

"그럼요, 물론 드려야지요."

"이제 핀셋으로 여기를 눌러주세요."

"말씀만 하세요. 무엇이든 할 테니까요."

"보시다시피, 중사님. 별것 아니었네요. 이제 떠날 수 있겠어요."

중사는 어딘가에서 왔다가 이제 다시 날아가 버리려 하는 신과 같은 젊은이를 바라보았다. 그는 중사에게 노래 한 곡과 튀니스와 자기 자신을 다시 생각하게 해주려고 왔던 신인가⋯⋯. 사막 저 너머 어느 낙원에서 아름다운 전령들이 소리도 없이 찾아왔던 것일까?

"안녕히 계십시오, 중사님."

"안녕히 가십시오⋯⋯."

중사는 자신이 무슨 말을 하는지도 모른 채 무의식중에 입술을 움직였다. 중사는 앞으로 6개월간 지속될 이 사랑을 가슴속에 담아두었다는 말을 어떻게 표현해야 할지 몰랐다.

7

 무전: 여기는 세네갈의 생 루이. 포르에티엔에 알림. 우편기는 생 루이에 도착하지 않았음. 속히 연락 바람.

 무전: 여기는 포르에티엔. 생 루이에 알림. 어제 16시 45분 출발 이후 아무 소식 없음. 즉시 수색하겠음.

 무전: 여기는 세네갈 생 루이. 포르에티엔에 알림. 632호기, 7시 25분, 생 루이 출발. 그 비행기가 포르에티엔에 도착할 때까지 수색대 파견 보류 바람.

 무전: 여기는 포르에티엔. 생 루이에 알림. 632호기, 13시 40분 무사히 도착. 조종사는 시야가 충분하였으나 아무것도 발견하지 못했다고 함. 우편기가 정상 코스를 택했다면 발견했을 것이라는 조종사의 의견임. 철저한 수색을 위해 새로운 조종사가 필요함.

 무전: 여기는 생 루이. 포르에티엔에 알림. 오케이. 즉시 명령을 내리겠음

무전: 여기는 생 루이. 쥐비에 알림. 프랑스발 남아메리카행 우편기 소식 없음. 포르에티엔에 전달 바람.

쥐비.

정비사 한 사람이 돌아와 나에게 말했다.

"앞쪽 좌측에는 물, 우측에는 식료품을 저장해 두었습니다. 뒤쪽에는 예비바퀴와 구급상자를 준비해두었습니다. 10분 내로 준비 완료하겠습니다."

"좋소."

나는 메모판을 끌어당겨 몇 가지 지시사항을 기재했다.

'내가 없는 동안 매일 일지를 기록할 것. 무어인들 급료는 월요일에 지불할 것. 빈 통들은 범선에 실을 것.'

나는 창턱에 팔꿈치를 괴고 내다보았다. 한 달에 한 번 우리에게 신선한 음료수를 보급해주는 범선이 파도 위에서 가볍게 흔들리고 있었다. 그 광경은 매력적이었다. 범선은 나의 사막에 약간의 활기와 신선함을 전해준다. 나는 비둘기의 방문을 받은 방주 속의 노아와 같은 기분이다.

비행 준비가 완료되었다.

무전: 여기는 쥐비. 포르에티엔에 알림. 236호기, 14시 20분, 포르에티엔으로 출발.

백골들은 상인들이 지나다니는 길의 표지판이 되고, 우리의 항로는 추락한 비행기 몇 대가 알려준다.

'보자도르의 비행장까지는 아직 한 시간이 넘게 남았다·······.'

무어인들에게 약탈당한 기체의 잔해들, 그것이 푯말이다.

모래 위를 날아서 1,000킬로미터, 그러면 포르에티엔에 도착한다. 사막 한가운데 4채의 건물이 보인다.

"자네를 기다리고 있었네. 해가 남아 있을 때 떠나려면 이륙을 서둘러야겠어. 한 대는 20킬로미터로 해안선을 따라가고, 다른 한 대는 그 위에서 50킬로미터로 비행하게. 밤이 되면 초소를 기항지로 삼기로 하지. 자네, 비행기를 바꿔 타지 않겠나?"

"그래야겠네, 밸브가 좋지 않아."

우리는 신속히 비행기를 갈아타고 출발했다.

아무것도 아니었다. 거무스름한 바위에 불과했다. 나는 계속해서 이 황량한 사막을 밀고 지나간다. 검은 점을 볼 때마다 긴장된다. 그러나 모래는 내게 검은 바위들밖에 굴려 보내지 않는다.

이제는 동료들이 보이지 않는다. 그들은 이륙하여, 하늘 어디엔가 자신들의 담당구역에서, 솔개 같은 인내력으로 하늘을 날고 있을 것이다. 이제 더 이상 바다도 보이지 않는다. 들끓는 도가니 위에 서 있는 것과 같은 나에게 생명체라고는 아무것도 보이지 않는다. 내 심장이 마구 뛰기 시작한다. 저기 잔해물은 혹시‥‥‥‥ 역시 거무스름한 바위였다.

엔진이 흐르는 강물의 요란한 소리를 쏟아내고 있다. 이 쉼 없는 엔진 소리가 나를 둘러싸고 지치게 한다.

베르니스, 나는 자네가 자네의 그 설명할 수 없는 희망에 몰입된 모습을 종종 보았었지. 이를 말로 뭐라고 옮겨야 할지 모르겠네. 자네가 좋아했던 니체의 말이 떠오르는군. "짧고, 뜨겁고, 쓸쓸하면서도 행복한 나의 여름."

한참을 찾아 헤맨 탓에 두 눈이 몹시 침침하다. 검은 점들이 눈앞에서 춤을 춘다. 지금 있는 곳이 어딘지도 모르겠다.

"그럼 베르니스를 봤단 말입니까, 중사님?"

"새벽녘에 다시 떠났어요."

우리는 초소 발치에 앉았다. 세네갈 병사들은 웃고 있고, 중사는 생각에 잠긴다. 환하게 밝은 황혼이지만 아무 소용이 없다.

우리 중에 누군가가 불쑥 말한다.

"만약 비행기가 산산조각이 났다면‥‥‥‥ 찾기 어렵겠죠‥‥‥‥."

"물론이지."

우리 중 한 사람이 일어나 몇 걸음 걷는다.

"아무래도 어렵겠군‥‥‥‥ 담배 태우겠나?"

우리는 밤 속으로 빨려 들어간다. 짐승도 사람도 그리고 사물들

376

모두······.

  우리가 담뱃불을 등불 삼아 밤 속으로 빨려 들어가자, 세상은 자신의 진정한 넓이를 회복한다. 포르에티엔을 찾아가는 동안 대상들은 절로 늙어버리고 만다. 세네갈의 생 루이는 꿈의 변경에 자리하고 있다. 조금 전까지만 해도 이 사막은 아무 신비한 것도 없는 단지 모래밭에 지나지 않았다. 몇 발치 떨어진 곳에는 마을이 있었고, 인내, 침묵, 고독으로 무장한 중사는 자신의 그 같은 미덕이 모두 허망하다고 생각했다. 그러나 지금 하이에 나의 울부짖음에 사막은 생기를 되찾고, 동물의 울부짖음에 신비로움이 탄생한다. 무언가 태어나고, 사라지고, 다시 시작되고······.

  그러나 저 별들은 우리에게 진정한 거리를 알게 해준다. 평화로운 삶과 충실한 사랑, 우리가 몹시 소중히 여긴다고 믿는 애인, 이런 것들에 이르는 길을 북극성은 알려준다.
  그리고 남십자성은 보물이 있는 곳을 알려준다.

  새벽 3시쯤 되니, 덮고 있는 모직 담요가 얇고 투명한 것처럼 비쳐 보인다. 달의 장난질이다! 나는 얼어붙은 듯한 추위에 잠에서 깨어나 담배를 태우려 발코니로 올라간다. 한 개비, 또 한 개비. 그러다 보면 새벽이 오겠지.

달빛을 가득 받은 이 작은 초소는 잔잔한 수면 위에 떠 있는 항구와 같다. 항해자들을 위한 별들이 무리 지어 떠 있다. 우리 세대의 비행기 나침반은 충실하게 북쪽을 가리키고 있다. 그런데‥‥‥‥.

자네는 지상 위의 마지막 발자국을 남길 곳으로 여기를 선택했던 것인가? 여기는 감각의 세상이 끝나는 곳이네. 이 작은 초소는 부두와도 같은 느낌이지. 이 달빛을 향해 활짝 열려 있는 문턱을 넘어서면 그곳에는 어느 하나 현실적인 것이 없다네.

얼마나 경이로운 밤인가! 자크 베르니스, 자네는 지금 어디 있는가? 혹시 여기에 있는가? 아니면 혹시 저기에 있는 것인가? 이미 자네의 존재가 얼마나 가냘프게 되었는지 알겠는가? 나를 에워싸고 있는 사하라 사막은, 영양의 발자국 외에는 아무런 흔적도 남아 있지 않은 사하라 사막은 지극히 깊게 팬 주름 속에 솜털같이 가벼운 어린아이의 몸을 간신히 견디어낸다네‥‥‥‥.

중사가 올라와 내 옆으로 다가왔다.
"안녕하십니까?"
"안녕하십니까, 중사님."
그는 귀를 기울이고 있지만 아무 소리도 들리지 않는다. 오로지 침묵뿐이다. 베르니스, 자네가 만들어낸 침묵이네.

"담배 한 대 태우시겠습니까?"

"예, 고맙습니다."

중사는 담배를 잘근잘근 씹는다.

"중사님, 저는 내일도 제 동료를 찾아볼 겁니다. 중사님은 그 친구가 어디에 있을 거라고 생각하십니까?"

중사는 자신 있게 지평선 전체를 가리킨다.

잃어버린 아이 하나가 온 사막을 가득 채우고 있다.

베르니스, 자네는 언젠가 나에게 이런 고백을 했었지.

"나는 진정으로 이해할 수 없었던 삶을 좋아했네. 너무 충실하지만은 않은 그런 삶 말이야. 나는 내가 필요로 하는 게 무엇인지조차 잘 모르고 있어. 그건 그저 막연한 동경이었지······."

베르니스, 또 언젠가는 이렇게도 말했었지

"나는 모든 것들의 이면에 숨어 있던 의미를 알아맞혔네. 노력만 하면 그게 뭔지 이해하고, 알고, 또 그걸 밖으로 끄집어낼 수 있을 것 같았어. 내가 밖으로 끄집어낼 수 없었던 친구의 존재 때문에 나는 혼란스러워졌지."

어디선가 배 한 척이 침몰하고 있는 것 같다. 어디선가 아이 하나가 사그라지는 것 같다. 돛과, 돛대와, 희망의 가녀린 떨림이 바닷속으로 가라앉고 있는 것 같다.

새벽, 무어인들의 목쉰 함성이 들려온다. 그들의 낙타들은 매우 지친 상태로 모래 위에 웅크리고 앉아 있다. 소총 3백 자루를 가진 도적 떼가 몰래 북쪽에서 내려와, 갑자기 동쪽에 나타난 상인들을 학살했다고 한다.

이 도적 떼의 이동 방향으로 찾아보면 어떨까?

"그럼 부챗살 모양으로 흩어져서 나가보세. 알겠나? 가운데 있는 비행기가 동쪽으로 가고……."

시문(북아프리카와 아랍 사막지역의 뜨거운 바람을 이르는 말), 고도 50미터부터는 이 바람이 우리를 진공청소기처럼 바짝 말려줄 게야…….

이보게, 자네가 그토록 찾아 헤매던 보물이 바로 여기였단 말인가?

어젯밤 이 모래 언덕 위에 두 팔을 벌린 채, 얼굴은 저 검푸른 하늘의 물굽이를 향하고, 두 눈은 저 별들의 마을을 바라보며 누운 자네는 너무나도 가벼웠지…….

남쪽으로 내려가면서 자네가 얼마나 많은 인연의 끈들을 끊어버렸는지 아는가? 베르니스, 공기처럼 가벼워진 공중의 그대는 친구 하나 외에는 더 이상 가진 게 없었지. 오직 한 가닥의 거미줄이 간신히 이 세상과 자네를 이어주고 있었네…….

그날 밤 자네의 몸은 더 가벼워졌지. 자네는 현기증에 사로잡혔네. 머리 위 가장 높은 곳에 있던 별 속에 자네의 보물이 들어 있었지. 이 얼마나 순식간의 일이던가!

 내 우정의 거미줄이 간신히 이 세상과 자네를 이어주고 있었건만, 충직하지 못한 양치기였던 나는 그만 잠이 들고 말았네.

 무전: 여기는 세네갈 생 루이. 툴루즈에 알림. 프랑스발 남아메리카행 우편기 티메리스 동쪽에서 발견됨. 부근에 비적 떼가 있는 것으로 추정됨. 조종사는 피살되었고 기체 파손됨. 우편물은 무사함. 우편물 다카르로 공수했음

8

 무전: 여기는 다카르. 툴루즈에 알림. 우편물, 다카르에 무사히 도착.

살면서 꼭 읽어야 할 생텍쥐페리 명작선

발행일 초판 1쇄 2023년 2월 22일

지은이 앙투앙 드 생텍쥐페리 **옮긴이** 정시원
펴낸이 강주효 **마케팅** 이동호 **편집** 이태우 **디자인** 하루
펴낸곳 도서출판 버금 **출판등록** 제353-2018-000014호
전화 032)466-3641 **팩스** 032)232-9980
이메일 beo-kum@naver.com
블로그 blog.naver.com/beo-kum
제조국 대한민국
주의사항 종이에 베이거나 긁히지 않게 조심하세요.

ISBN 979-11-978983-1-0(03860)
값 14,000